ATÉ O FIM

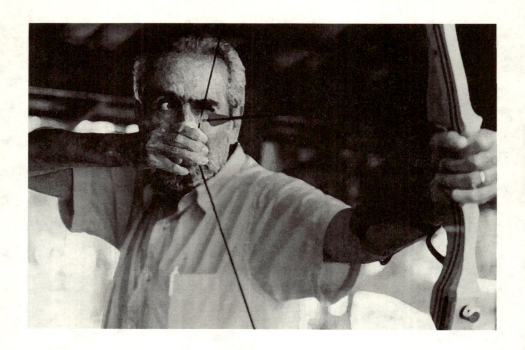

O Arqueiro

GERALDO JORDÃO PEREIRA (1938-2008) começou sua carreira aos 17 anos, quando foi trabalhar com seu pai, o célebre editor José Olympio, publicando obras marcantes como *O menino do dedo verde*, de Maurice Druon, e *Minha vida*, de Charles Chaplin.

Em 1976, fundou a Editora Salamandra com o propósito de formar uma nova geração de leitores e acabou criando um dos catálogos infantis mais premiados do Brasil. Em 1992, fugindo de sua linha editorial, lançou *Muitas vidas, muitos mestres*, de Brian Weiss, livro que deu origem à Editora Sextante.

Fã de histórias de suspense, Geraldo descobriu *O Código Da Vinci* antes mesmo de ele ser lançado nos Estados Unidos. A aposta em ficção, que não era o foco da Sextante, foi certeira: o título se transformou em um dos maiores fenômenos editoriais de todos os tempos.

Mas não foi só aos livros que se dedicou. Com seu desejo de ajudar o próximo, Geraldo desenvolveu diversos projetos sociais que se tornaram sua grande paixão.

Com a missão de publicar histórias empolgantes, tornar os livros cada vez mais acessíveis e despertar o amor pela leitura, a Editora Arqueiro é uma homenagem a esta figura extraordinária, capaz de enxergar mais além, mirar nas coisas verdadeiramente importantes e não perder o idealismo e a esperança diante dos desafios e contratempos da vida.

Título original: *Don't Let Go*

Copyright © 2017 por Harlan Coben
Copyright da tradução © 2019 por Editora Arqueiro Ltda.

Todos os direitos reservados.
Nenhuma parte deste livro pode ser utilizada ou reproduzida
sob quaisquer meios existentes sem autorização por escrito dos editores.

tradução: Marcelo Mendes

preparo de originais: Cindy Leopoldo

revisão: Flávia Midori e Rafaella Lemos

diagramação: Abreu's System

capa: Elmo Rosa

impressão e acabamento: Lis Gráfica e Editora Ltda.

CIP-BRASIL. CATALOGAÇÃO NA PUBLICAÇÃO
SINDICATO NACIONAL DOS EDITORES DE LIVROS, RJ

C586a	Coben, Harlan
	Até o fim/ Harlan Coben; tradução de Marcelo Mendes. São Paulo: Arqueiro, 2019.
	272 p.; 16 x 23 cm
	Tradução de: Don't let go
	ISBN 978-85-8041-938-2
	1. Ficção americana. I. Mendes, Marcelo. II. Título.
19-54857	CDD: 813
	CDU: 82-3(73)

Todos os direitos reservados, no Brasil, por
Editora Arqueiro Ltda.
Rua Funchal, 538 – conjuntos 52 e 54 – Vila Olímpia
04551-060 – São Paulo – SP
Tel.: (11) 3868-4492 – Fax: (11) 3862-5818
E-mail: atendimento@editoraarqueiro.com.br
www.editoraarqueiro.com.br

*Pour Anne
A Ma Vie de Coer Entier*

nota do autor

NA MINHA JUVENTUDE NOS subúrbios de Nova Jersey, circulavam dois boatos sobre minha cidade natal.

O primeiro era que um famoso chefão da máfia habitava um palacete protegido por guardas armados e que, nos fundos da casa, usavam um incinerador como crematório.

O segundo, que inspirou este livro, era que, adjacente à propriedade do suposto chefão, próximo a um colégio, do outro lado de uma cerca de arame farpado e várias placas de PROPRIEDADE PARTICULAR, havia uma base de mísseis antiaéreos Nike com munição nuclear.

Anos mais tarde, descobri que os dois boatos eram verdade.

Daisy estava usando um vestido preto colado ao corpo com um decote tão profundo que poderia dar aulas de filosofia.

Ela localizou seu alvo na outra ponta do balcão, vestindo um terno risca de giz cinza. Humm... O cara tinha idade para ser seu pai. Isso talvez dificultasse as coisas ou... talvez não. Caras mais velhos eram sempre uma incógnita. Alguns, sobretudo os recém-divorciados, precisavam provar que ainda não haviam perdido o poder de fogo, mesmo que isso nunca tivesse existido.

Especialmente quando nunca tinha existido.

Ao atravessar o salão do bar, Daisy teve a impressão de que os olhares masculinos subiam pelas suas pernas nuas. Na extremidade do balcão, ela caprichou no charme e se acomodou no banco ao lado do alvo.

O homem olhava seu copo de uísque como uma cigana diante da bola de cristal. Daisy ficou esperando que ele se virasse para vê-la. Não virou. Por um instante ela observou o perfil dele. A barba era espessa e grisalha. O nariz era tão largo que parecia um molde de silicone feito para um filme de Hollywood. Os cabelos eram compridos, desgrenhados, lembravam um esfregão.

Segundo casamento, calculou Daisy. Provavelmente, segundo divórcio.

Dale Miller (esse era o nome do alvo) ergueu seu uísque com as duas mãos como se estivesse segurando um passarinho ferido.

– Oi – disse Daisy, jogando os cabelos para o lado com um trejeito já muito praticado.

Miller virou a cabeça para encará-la. Daisy esperou que o homem baixasse o olhar para o decote (poxa, com aquele vestido até as mulheres faziam isso), mas ele não o fez.

– Oi – replicou, e voltou sua atenção para o uísque.

De modo geral, Daisy esperava que os alvos tomassem a iniciativa. Essa era sua técnica de praxe. Dava "oi", sorria e os caras ofereciam uma bebida. A velha história de sempre. Mas Miller não parecia a fim de papo. Deu um gole demorado no uísque, depois outro.

Isso era bom. Quanto mais ele bebesse, melhor. Facilitaria bastante as coisas.

– Posso ajudar em alguma coisa? – perguntou ele.

"Tosco", pensou Daisy. Era a palavra mais adequada para descrevê-lo. Apesar do terno, Miller tinha aquele ar casca-grossa de motoqueiro, veterano do Vietnã, uma voz grave e áspera. Era o tipo de coroa que ela estranhamente achava sexy, talvez por conta de suas questões paternas mal resolvidas. Daisy gostava de homens que a faziam se sentir segura.

Fazia tempo que ela não encontrava um.

"Hora de mudar de tática", pensou.

– Você se importa se eu ficar aqui do seu lado um pouquinho? – Inclinando-se na direção dele, deixou o decote bem à mostra e sussurrou: – Um cara aí está me...

– Incomodando?

Ótimo. Ele não falou como um babaca machão, como aqueles tantos que já haviam cruzado seu caminho. Falou de um jeito calmo, casual, até mesmo cavalheiresco. Como um homem que queria protegê-la.

– Não, não... Não é bem isso.

Miller correu os olhos pelo bar.

– Quem é ele?

Daisy pousou a mão no braço de Dale.

– Não é nada grave. Juro. É que... eu me sinto mais segura aqui do seu lado, entendeu?

Miller encarou-a novamente. O nariz não combinava com o restante do rosto, mas quase passava despercebido devido aos penetrantes olhos azuis.

– Claro – disse ele, mas num tom cauteloso. – Quer beber alguma coisa?

Era dessa brecha que ela precisava. Daisy era boa de papo e, cedo ou tarde, os homens acabavam se abrindo com ela, fossem solteiros, casados ou candidatos ao divórcio. Dale Miller demorou um pouco mais que o normal. Salvo engano, já estava no quarto uísque quando começou a falar sobre a iminente separação de Clara, sim, a segunda mulher, dezoito anos mais nova. ("Eu devia ter imaginado. Sou uma besta mesmo.") No uísque seguinte, contou sobre os dois filhos, Ryan e Simone, a batalha pela guarda e seu emprego na área de finanças.

Daisy também precisava se abrir. Era assim que a coisa funcionava: dar linha para fisgar depois. Já tinha uma história pronta para essas ocasiões (totalmente fictícia, claro), mas algo no comportamento de Miller a deixou predisposta a incluir algumas pitadas de sinceridade. Mesmo assim, nunca contaria a verdade. Ninguém a conhecia, exceto Rex. E nem ele sabia de tudo.

Miller bebeu o uísque. Daisy deu um pequeno gole na sua vodca, não queria se embriagar. Já tinha ido ao banheiro duas vezes para esvaziar o copo na pia e enchê-lo de água. Mesmo assim, já estava meio tonta quando recebeu a mensagem de Rex.

P?

P de "Pronta".

– Algum problema? – perguntou Miller.

– Não. Um amigo, só isso.

Ela respondeu com um *S* de "Sim" e voltou a atenção para ele. Esse era o momento em que costumava sugerir ao alvo que fossem para outro lugar mais tranquilo. A maioria não pensava duas vezes (nesse departamento os homens eram totalmente previsíveis), mas Daisy temia que essa abordagem mais direta não funcionasse com Dale Miller. Ele até estava interessado, não era esse o problema, só que por algum motivo parecia... como dizer?... parecia estar acima dessas coisas, num nível superior.

– Posso pedir um favor? – arriscou Daisy.

Miller riu.

– Já pediu um monte de favores hoje.

O homem falava engrolado. Ótimo.

– Você está de carro? – perguntou ela.

– Estou. Por quê?

Daisy olhou à volta, depois continuou:

– Será que... você se incomodaria de me levar até em casa? Não moro longe.

– Claro, nenhum problema. Só preciso de um tempinho. Acho que bebi mais do...

Daisy desceu da banqueta.

– Tudo bem. Vou a pé.

Miller se sobressaltou.

– Espere! O que houve?

– É que... preciso ir pra casa agora. Se você não está em condições de dirigir...

– Não, não – retrucou ele, levantando-se com alguma dificuldade. – Vou levá-la agora.

– Se não for incômodo...

– Incômodo nenhum.

Bingo. Caminhando em direção à porta, Daisy rapidamente mandou uma mensagem para Rex:

AC

Código para: "A caminho."

Alguém poderia dizer que se tratava de um golpe, mas Rex insistia que aquilo era "dinheiro limpo". Daisy não tinha tanta certeza assim, porém também não se sentia muito culpada. O plano era simples, tanto na ideia quanto na execução. Um casal está se separando. A briga pela guarda dos filhos é feia. O desespero é geral. Para vencer a guerra de foice, a mulher (tecnicamente o marido também pode fazer isso, mas geralmente é a mulher) contrata os serviços deles. E o que eles fazem?

Incriminam o marido com uma ação de embriaguez ao volante.

Nada melhor para provar a inadequação de um homem como pai, certo?

Então era assim que funcionava. Daisy tinha duas funções: garantir que o alvo estivesse embriagado, depois colocá-lo ao volante de um carro. Rex, que era da polícia, parava o automóvel, prendia o alvo e, pronto!, a contratante ganhava uma bela vantagem no processo de divórcio. Naquele momento, Rex já esperava por Dale Miller numa viatura a dois quarteirões de distância. Sempre encontrava um lugar mais ermo nas imediações do bar em que o alvo estivera bebendo. Quanto menos testemunhas, melhor. Eles não queriam saber de perguntas.

O negócio era parar o cara, prendê-lo e tchau.

Trocando as pernas, Miller saiu com Daisy para o estacionamento.

– Vem – chamou. – Meu carro está logo ali.

O piso do estacionamento era de cascalho. Miller foi chutando as pedrinhas enquanto conduzia Daisy para um Toyota Corolla cinza. Ele apertou o botão do controle. O carro apitou duas vezes. Daisy ficou confusa ao vê-lo seguir para a porta do carona. O que ele pretendia? Que *ela* dirigisse? Caramba, tomara que não. Ou será que ele estava mais bêbado do que ela imaginava? Mais provável. Mas ela logo viu que não era nem uma coisa nem outra.

Dale abrira a porta para ela, como um legítimo cavalheiro. O primeiro que Daisy via em muito tempo. Por isso ela sequer havia cogitado a possibilidade daquela gentileza.

Ele ficou esperando até que ela se acomodasse no banco, e só então fechou a porta.

Daisy sentiu uma pontada de culpa.

Rex vivia dizendo que eles não faziam nada ilegal ou eticamente questionável. Para início de conversa, nem sempre o plano dava certo. Muitos homens não frequentavam bares. "Esses não têm nada a temer", afirmou Rex certa vez. "Mas, se o cara já está lá, tomando todas... a gente dá um empurrãozinho, só isso. Ninguém o obriga a sair dirigindo bêbado por aí. A decisão é do cara. Ninguém está apontando uma arma pra cabeça dele."

Daisy afivelou o cinto de segurança. Dale fez o mesmo, depois deu partida no Corolla e saiu de ré, os pneus passando pelo cascalho com um som de trituração. Assim que deixou a vaga, Miller parou o carro e ficou olhando para Daisy por um bom tempo. Ela tentou sorrir, mas não conseguiu.

– O que você está escondendo, Daisy? – perguntou ele.

Ela sentiu um frio na espinha e não respondeu.

– Alguma coisa aconteceu com você. Está escrito na sua testa.

Sem saber o que fazer, Daisy tentou levar a coisa na brincadeira.

– Que nada, Dale. Contei toda a história da minha vida lá no bar.

Miller ainda a encarou por mais um segundo ou dois, mas para ela foi uma eternidade. Por fim olhou para a frente e arrancou. Não falou mais nada enquanto eles saíam do estacionamento.

– Vire à esquerda – orientou Daisy, ouvindo o nervosismo na própria voz. – Depois, segunda à direita.

Ainda mudo, Miller foi fazendo as curvas com todo o cuidado, como agem os motoristas que beberam além da conta e não querem ser parados pela polícia. O carro não tinha nada de especial, nada que chamasse a atenção. Estava limpinho, tinha um cheiro forte de aromatizante. Quando Miller dobrou a segunda à direita, Daisy prendeu o fôlego e ficou esperando pelas sirenes e luzes da viatura de Rex.

Para ela, esse era sempre o momento mais perigoso. Nunca dava para prever a reação dos motoristas. Um deles havia tentado fugir às pressas, parando pouco depois ao perceber a inutilidade do que estava fazendo. Alguns começavam a xingar. Outros (mais do que ela poderia imaginar) começavam a chorar. Esses eram os piores. Homens maduros que pouco antes estavam passando suas cantadas, alguns até mesmo com a mão sob o vestido dela, e de repente desandavam a chorar feito criancinhas no jardim de infância.

Percebiam imediatamente o tamanho da burrice que tinham feito. E ficavam arrasados.

Daisy não sabia o que esperar de Dale Miller.

Rex tinha a pontualidade de um suíço: como se obedecendo a uma deixa, surgiu do nada com as luzes azuis do giroflex e a sirene da viatura a pleno vapor. Daisy virou-se para avaliar a reação de Miller. Ele parecia calmo, até mesmo determinado. Teve o cuidado de dar seta antes de encostar o carro à frente de Rex.

A sirene emudeceu, mas as luzes continuaram girando.

Miller deixou o carro em ponto morto e olhou para Daisy. Ela não sabia ao certo que cara fazer. De surpresa? De empatia? Um olhar de "E agora?" e suspirar?

– Não tem jeito – comentou Miller. – Não dá pra gente fugir do passado, dá?

As palavras, e o tom em que foram ditas, deixaram Daisy desconcertada. Sua vontade era gritar para que Rex acabasse logo com aquilo, mas ele vinha caminhando sem pressa, como sempre faziam os policiais. Dale ainda a encarava quando ouviu a batida no vidro às suas costas. Só então baixou a janela.

– Algum problema?

– Documentos, por favor.

Miller entregou a habilitação e os documentos do carro.

– Por acaso o senhor bebeu esta noite, Sr. Miller?

– Uma dose, só isso.

Pelo menos ele era idêntico a todos os outros alvos, que sempre mentiam.

– O senhor se importaria de sair do carro um instante?

Miller encarou Daisy outra vez, e ela fez o possível para não se encolher. Seguiu olhando para a frente, fugindo do contato visual.

– Senhor? – chamou Rex. – Pedi que o senhor...

– Claro, claro.

Dale entreabriu a porta, fazendo acender a luz no teto do carro. Daisy fechou os olhos por um instante. Ele desceu com um grunhido, mantendo a porta aberta. Rex se adiantou para fechá-la, mas deixou a janela como estava, de modo que Daisy pudesse ouvir a conversa entre os dois.

– Sr. Miller, eu gostaria de fazer algumas perguntas como teste de sobriedade.

– Podemos pular essa parte – disse Miller.

– Perdão?

– Por que não vamos direto pro bafômetro? Não é melhor?

A proposta pegou Rex de surpresa. Ele olhou discretamente para Daisy, que deu de ombros, confusa também.

– O senhor tem um bafômetro na viatura, não tem? – prosseguiu Miller.

– Tenho.

– Nesse caso, por que não poupamos o tempo de todo mundo? O seu, o meu e o da senhorita no carro.

Rex hesitou um segundo, depois respondeu:

– Claro, vou buscar.

– Ok.

Assim que Rex deu as costas, Miller sacou a arma e atirou duas vezes na nuca dele. Viu o policial desabar no chão, então virou a arma na direção de Daisy.

"Eles voltaram", pensou ela. "Depois de tantos anos, acabaram me encontrando."

capítulo 1

Escondo o taco de beisebol atrás da perna de modo que Trey (ou pelo menos suponho que seja ele) não o veja.

O suposto Trey vem gingando na minha direção com seu bronzeamento artificial, uma franja emo e tatuagens tribais que enlaçam o bíceps inchado e não significam nada. Ellie o descreveu como "um xis-tudo da babaquice". Exatamente como o cara que vem vindo.

Mesmo assim, preciso ter certeza.

Ao longo dos anos, desenvolvi uma técnica dedutiva bem bacana para saber se estou diante da pessoa certa. Vejam e aprendam.

– Trey?

O imbecil para, capricha na testa franzida de homem das cavernas e pergunta:

– Quem quer saber?

– Você espera que eu diga o quê? "Eu"?

– Hã?

Suspiro. Está vendo, Leo, o tipo de imbecil com que sou obrigado a lidar?

– Você perguntou quem queria saber, não perguntou? – continuo. – Como se estivesse com medo de responder. Se eu o tivesse chamado de Mike, sei lá, você não teria dito "Você está me confundindo, cara"? Quando respondeu "Quem quer saber?", confirmou que realmente é o Trey.

Você devia estar lá para ver a cara de espanto do sujeito.

Dou um passo adiante, ainda escondendo o taco.

Trey posa de gângster, mas posso sentir o medo que ele exala como ondas de calor. Não chega a ser surpresa. Sou um cara relativamente grande, não uma mulher de 1,50 metro que ele pode intimidar para se sentir superior.

– O que você quer?

– Conversar – respondo.

– Sobre o quê?

Uso apenas uma das mãos, porque assim é mais rápido. O taco acerta o joelho do cara como um chicote. Ele grita, mas não cai. Agora seguro o taco com as duas mãos. Lembra-se, Leo, daquilo que o técnico Jauss falava quando a gente jogava na Liga Júnior? "Taco pra trás, cotovelo pra cima." Esse era o mantra dele. Quantos anos a gente tinha? Nove, dez? Não importa. Faço exatamente como Jauss ensinou. Levo o taco lá para trás, ergo o cotovelo e dou mais um golpe.

A madeira aterrissa no mesmo joelho.

Trey desaba como se tivesse levado um tiro.

– Por favor...

Erguendo o taco bem acima da cabeça, como se tivesse um machado nas mãos, miro outra vez o joelho do sujeito, depois concentro todo o peso do corpo e toda a alavancagem contra ele. Algo se parte quando a porrada o acerta. Trey uiva de dor. Levanto o taco novamente. A essa altura, o homem está com as mãos no joelho, tentando protegê-lo. Paciência. Não posso dar mole, posso?

Agora miro o tornozelo. Quando recebe a tacada, o osso afunda sob a força do golpe. O barulho é parecido com o de uma bota pisoteando gravetos secos.

– Você nunca viu a minha cara – digo. – Se der com a língua nos dentes, volto pra te matar.

Não espero pela resposta.

Lembra, Leo, quando papai levou a gente para o nosso primeiro jogo da Liga Profissional? Yankee Stadium. Cadeiras pertinho do campo, bem na frente da terceira base. Ficamos de luva o jogo todo na esperança de que uma bola perdida viesse na nossa direção. Não veio bola nenhuma, claro. Lembro-me do jeito que o papai tinha de olhar para o alto com seu Ray-Ban Wayfarer e o sorrisinho no rosto. Não tinha ninguém mais *cool* do que ele, tinha? Sendo francês, ele não conhecia as regras do jogo. Era o primeiro dele também, mas não estava nem aí, lembra? O importante era estar com os filhos gêmeos.

Isso sempre bastou para ele.

Três quarteirões adiante, jogo o taco na caçamba de lixo de uma loja de conveniência. Usei luvas para não deixar digitais. O taco foi comprado anos antes num bazar de garagem perto de Atlantic City. Impossível ligá-lo a mim. Não que eu esteja preocupado. A polícia não vai se dar ao trabalho de vasculhar uma caçamba de lixo cheia de copos de milk-shake de framboesa só para ajudar um idiota feito Trey. Nos programas de TV, pode ser que sim. Na vida real, o ataque seria classificado como uma briga particular, algum drogado que se desentendeu com o traficante, alguém que não pagou suas dívidas de jogo ou qualquer outra coisa que tornasse aquela surra um castigo mais do que merecido.

Atravesso a rua e faço um caminho de rato até a vaga onde deixei o carro. Estou usando um boné preto dos Brooklyn Nets e procuro manter a cabeça baixa. Como disse antes, não creio que a polícia vá levar este caso a sério, mas sempre tem aquele novato que vai atrás das imagens da câmera de segurança.

Não custa nada me precaver.

Pego meu carro, sigo para a Interestadual 280 e volto direto para Westbridge. O celular toca. Ellie chamando. Como se soubesse o que andei aprontando. Ela é minha consciência em forma de gente. Ignoro a chamada.

Westbridge é aquele típico subúrbio do Sonho Americano que a mídia talvez qualifique como "bem família", "abastado" ou até mesmo "privilegiado", mas nunca "chique". Tem churrascos do Rotary Club, parques de diversão do Kiwanis Club, paradas de Quatro de Julho, feirinhas de orgânicos nas manhãs de sábado. A garotada ainda vai de bicicleta para a aula. Todo mundo comparece às partidas de futebol americano locais, sobretudo quando o adversário é a escola de Livingston, nossa grande rival. Os jogos da Liga Júnior de beisebol ainda são muito concorridos. Faz anos que o técnico Jauss morreu, mas deram o nome dele a um dos campos.

Ainda passo por lá, só que agora numa viatura. Isso mesmo, *aquele* policial agora sou eu. Lembro-me de você, Leo, na direita do campo externo. Você não gostava de beisebol (agora sei disso), mas sabia que eu não jogaria se você não jogasse também. Alguns veteranos ainda comentam sobre meus arremessos imbatíveis na semifinal do campeonato estadual. Você não era bom o suficiente para ser convocado, então os cartolas da Liga Júnior o colocaram como responsável pelas estatísticas. Acho que fizeram isso só para me agradar. Na época eu não percebi.

Você sempre foi o mais inteligente de nós dois, Leo, o mais maduro, então provavelmente percebeu.

Chego em casa e deixo o carro diante da garagem. Meus vizinhos Tammy e Ned Walsh (na minha cabeça o cara é o Ned Flanders de *Os Simpsons*, porque tem um bigodão e um jeito exageradamente afável) estão limpando suas calhas. Ambos acenam para mim.

– E aí, Nap?

– Oi, Ned. Oi, Tammy.

Sou assim, sempre simpático. O vizinho perfeito. Aliás, sou a espécie mais rara nas áreas metropolitanas da atualidade, onde um homem heterossexual, solteiro e sem filhos talvez seja uma ocorrência tão incomum quanto um cigarro numa clínica. Portanto, tento ao máximo me fazer passar por um cara normal, pacato e confiável.

Inofensivo.

Papai morreu faz cinco anos, então é bem provável que alguns vizinhos me vejam como um daqueles esquisitões reclusos que nunca saem da casa dos pais, algo como o Boo Radley de *O sol é para todos*. É por isso que procuro caprichar na manutenção da casa. É por isso que às vezes trago mulheres para exibi-las, mesmo sabendo que a relação não tem futuro nenhum.

Houve um tempo em que um cara como eu seria visto como um excêntrico charmoso, um solteirão convicto. Hoje, no entanto, acho que os vizinhos ficam preocupados, temendo que eu seja um pedófilo ou algo assim. Então faço o possível para tranquilizá-los.

Muitos conhecem a nossa história, então devem achar natural que eu não tenha me mudado.

Ainda estou acenando para Ned e Tammy.

– E o time do Brody, como tem se saído? – pergunto.

Nada disso me interessa, mas preciso cuidar da imagem.

– Oito vitórias, uma derrota – responde Tammy.

– Excelente!

– Por que você não vai ao jogo da próxima quarta?

– Eu adoraria.

Tanto quanto adoraria ter um rim removido com uma colher de sobremesa.

Dou um último sorriso, novamente aceno feito um idiota e entro em casa. Não durmo mais no nosso quarto, Leo. Desde aquela noite não consigo nem olhar para o nosso velho beliche (sempre digo "aquela noite" porque não consigo engolir "suicídio duplo" ou "morte acidental", nem mesmo "assassinato", embora ninguém considere essa possibilidade). Passei a dormir no andar de baixo, naquele cômodo que a gente chamava de "escritório". Aliás, um de nós deveria ter feito isso muito antes. Nosso quarto tinha um tamanho bom para duas crianças, não para dois marmanjos adolescentes.

Mas nunca me importei com isso. Acho que você também não.

Quando papai morreu, passei para o quarto de casal. Ellie me ajudou a converter nosso velho cômodo num home office com aqueles módulos de laca branca, um estilo que ela chama de "Casa de Fazenda Moderna e Urbana". Até hoje não sei o que isso significa.

Subo para o quarto e estou tirando a camisa quando a campainha toca. Imagino que seja alguma entrega dos correios. São os únicos que aparecem de repente, sem ligar antes. Então não me dou ao trabalho de descer. Quando a campainha toca outra vez, tento lembrar se encomendei algo que exija minha assinatura. Não me recordo de nada. Olho pela janela.

Polícia.

Eles estão à paisana, mas eu sempre sei, talvez pela postura, as roupas ou, sei lá, qualquer outra coisa mais sutil. Não creio que seja apenas porque também sou um deles. São dois, um homem e uma mulher. Por um instante fico achando que tem algo a ver com Trey (a dedução mais lógica, certo?), mas numa olhada rápida percebo uma placa da Pensilvânia no carro deles, um sedã sem identificação, só que obviamente da polícia, como se alguém tivesse pichado a lataria anunciando isso.

Rapidamente visto um moletom cinza e dou uma conferida no espelho. A única palavra que me vem à cabeça é "esplêndido". Bem, não é a única, mas digamos que sim. Desço correndo e abro a porta.

Nunca imaginei o que ia encontrar do outro lado.

Nunca imaginei, Leo, que aquela porta aberta me levaria novamente até você.

capítulo 2

COMO EU FALEI, SÃO dois policiais.

A mulher é mais velha que o homem, deve ter cinquenta e tantos anos e está vestindo um blazer azul-marinho, jeans e sapatos confortáveis. O volume da arma atrapalha o caimento do blazer, mas ela não parece ser do tipo que se importa com isso. O homem, que aparenta uns quarenta, veste um terno cor de folha morta, desses que geralmente vemos num coordenador de colégio.

Ela abre um sorriso duro.

– Detetive Dumas?

A mulher pronuncia o sobrenome como se escreve: *Du-mas*. Acontece que o nome é francês, e a pronúncia correta é *Du-má*, como o famoso escritor. Leo e eu nascemos em Marselha. Quando viemos para os Estados Unidos aos oito anos e nos instalamos em Westbridge, nossos novos "amigos" achavam muito engraçado pronunciar Dumas como "Dumb Ass", como se fôssemos idiotas. Certos adultos ainda acham, mas... bem, eles e eu não votamos nos mesmos candidatos, se é que vocês me entendem.

Não me dou ao trabalho de corrigi-la.

– Em que posso ajudá-los?

– Sou a tenente Stacy Reynolds. Este é o detetive Bates.

Não gosto da *vibe* que estou sentindo. Tenho a impressão de que vieram dar uma notícia ruim, como a morte de alguém muito próximo. Eu mesmo já fiz isso muitas vezes, essas visitas de condolência. Nunca foram o meu forte. No entanto, por mais triste que possa parecer, não consigo me lembrar de ninguém próximo o bastante para justificar esse expediente comigo. A única pessoa é Ellie, mas ela também está em Westbridge, Nova Jersey, não na Pensilvânia.

Pulo a parte do "muito prazer" e vou direto ao assunto:

– O que vieram fazer aqui?

– Será que podemos entrar? – pergunta Reynolds com um sorriso de cansaço. – A viagem foi longa.

– E eu estou precisando de um banheiro – acrescenta Bates.

– Depois você mija. O que estão fazendo aqui?

– Sem marra, por favor – diz Bates.

– Sem rodeios, por favor. Também sou da polícia, vocês vieram de longe, não precisamos esticar o assunto.

Bates me fulmina com o olhar. Não estou nem aí. Reynolds toca o braço dele para evitar uma explosão. Continuo não dando a mínima.

– Tem razão – concorda Reynolds. – Infelizmente, a notícia não é boa.

Fico esperando.

– Um policial foi morto – revela Bates.

Agora, sim, fico interessado. Há assassinatos. E há policiais mortos. Ninguém quer que sejam tratadas como duas coisas distintas, uma pior do que a outra, mas tem um monte de coisas que a gente não quer.

– Quem? – pergunto.

– Rex Canton.

Eles ficam esperando para ver minha reação. Não esboço nenhuma, mas tento analisar os diferentes ângulos.

– Você conhece o sargento Canton? – pergunta Reynolds.

– Eu o conheci. Séculos atrás.

– Quando foi a última vez que o viu?

Ainda estou decifrando o motivo da visita deles.

– Não lembro. Na formatura do colégio, talvez.

– Depois disso... nunca mais?

– Não que eu me lembre.

– É possível que vocês tenham se encontrado alguma outra vez?

Dou de ombros.

– É possível que ele tenha comparecido a alguma festa de reunião dos colegas de escola ou algo assim.

– Mas você não tem certeza.

– Não, não tenho.

– Não parece muito abalado com a notícia – observa Bates.

– Por dentro estou aos prantos. Por fora sou um cara durão.

– Sarcasmo desnecessário – diz ele. – Um colega nosso morreu.

– Desnecessário mesmo é esse papo furado. Conheci Canton no colégio. Isso é tudo. Depois não o vi mais. Não sabia que ele morava na Pensilvânia. Nem sabia que era policial. Como ele foi morto?

– Dois tiros numa abordagem – responde Reynolds.

Rex Canton. Conheci o cara, claro, só que ele era mais seu amigo, Leo. Mais da sua turma que da minha. Me lembro de uma foto idiota em que vocês aparecem fantasiados de roqueiro para um concurso de calouros da escola. Rex era o baterista da banda, tinha um espaço grande entre os dentes da frente. Mas parecia um cara legal.

– Será que podemos ir direto ao ponto? – peço.

– Que ponto?

Não estou com a menor paciência.

– O que vocês querem comigo?

Reynolds me encara, talvez haja um princípio de sorriso no rosto dela.

– Você nem imagina?

– Não.

– Preciso de um banheiro urgente. Conversamos depois, senão vou acabar molhando seu capacho.

Abro caminho para os dois e mostro onde fica o banheiro. Reynolds entra primeiro. Bates fica esperando, meio que saltitando, apertado. Meu celular toca. Ellie de novo. Cancelo a chamada e mando uma mensagem dizendo que ligo de volta assim que puder. Ouço quando Reynolds abre a torneira para lavar as mãos. Ela sai do banheiro sem pressa, Bates entra. O cara é, digamos, escandaloso. Mija "feito um cavalo de corrida", como diziam os mais velhos.

Vamos conversar na sala. Também foi Ellie quem decorou o cômodo, mas num outro estilo: "caverna de homem com toques de mulher". As paredes têm lambris de madeira, a televisão é dessas enormes, mas o bar é de acrílico e os sofás são de couro falso num tom estranho de roxo.

– Então?

Reynolds olha para Bates. Recebe a aprovação dele, depois diz:

– Encontramos algumas digitais.

– Onde? – pergunto.

– Perdão?

– Vocês disseram que Rex foi morto numa abordagem.

– Isso.

– Nesse caso, onde o corpo foi encontrado? No carro dele? Na rua?

– Na rua.

– Então, onde exatamente vocês encontraram as digitais? Na rua?

– O "onde" não é importante – retruca Reynolds. – O importante é o "de quem".

Fico esperando. Nenhum dos dois abre a boca.

– De quem são as digitais? – indago.

– Bem, isso é parte do problema – diz ela. – Acontece que não encontramos compatibilidade em nenhuma base de dados criminal. A pessoa não é fichada. Mesmo assim, elas estão no sistema.

Sempre ouvi a expressão "fiquei com os pelos da nuca em pé", mas acho que só agora entendi o que significa. Reynolds espera que eu diga algo, só que não vou lhe dar essa satisfação. A bola segue com ela. Vou deixar que faça o gol.

– As digitais estão no sistema – prossegue ela – porque dez anos atrás, você, detetive Dumas, as incluiu na base de dados, descrevendo essa mulher como "uma pessoa de interesse". Dez anos atrás, quando tinha acabado de entrar pra polícia, você pediu para ser notificado caso fosse registrada alguma compatibilidade com essas digitais.

Faço o possível para esconder o choque, mas acho que não estou me saindo muito bem. Estou relembrando o passado, Leo. Aquelas noites de verão há quinze anos, aquelas caminhadas que eu e ela costumávamos fazer sob o luar. A gente ia até Riker Hill e estendia uma manta no chão. Me lembro do calor, do maravilhamento e da pureza do sexo que a gente fazia, claro, mas sobretudo do "depois": eu ali, ainda recuperando o fôlego, deitado de costas para admirar o céu da noite, a cabeça dela no meu peito, a mão na barriga, e por um tempo a gente não dizia nada, mas depois conversava de um jeito que me fazia ter certeza, certeza *absoluta*, de que nunca ia me cansar de conversar com ela.

Você teria sido o nosso padrinho.

Você me conhece. Nunca precisei de muitos amigos. Eu tinha você, Leo. E tinha ela. Daí perdi você. Depois a perdi.

Reynolds e Bates agora estão me observando, curiosos.

– Detetive Dumas?

Interrompo as lembranças.

– Vocês estão dizendo que as digitais são da Maura?

– Exatamente.

– Mas ela ainda não foi encontrada.

– Ainda não – diz Reynolds. – Você pode nos dar uma explicação?

Pego minha carteira e as chaves de casa.

– No caminho eu explico. Agora vamos.

capítulo 3

REYNOLDS E BATES, CLARO, preferem me interrogar imediatamente.

– No carro – insisto. – Quero ver a cena do crime.

Estamos os três descendo pelo caminho de tijolos que papai instalou por conta própria vinte anos atrás. Eu sigo na frente. Eles se apressam para me alcançar.

– E se a gente não quiser levar você? – questiona Reynolds.

Paro onde estou e aceno, dizendo:

– Tchauzinho, então. Tenham uma boa viagem de retorno.

Bates realmente não gosta de mim.

– Podemos obrigá-lo a responder.

– Acha mesmo? Tudo bem. – Faço menção de voltar para dentro de casa. – Vamos ver o que acontece.

Reynolds se interpõe no meu caminho.

– Estamos tentando encontrar o assassino de um policial.

– Eu também.

Modéstia à parte, sou um excelente investigador. Só que preciso ver a cena do crime pessoalmente. Conheço os implicados. Talvez possa ajudar. Seja como for, se Maura estiver mesmo de volta, não há nada nem ninguém que me faça ficar de fora.

Só que realmente não quero explicar nada disso a Reynolds e Bates.

– São quantas horas de viagem? – pergunto.

– Duas se formos em alta velocidade.

Abro os braços como num gesto de boas-vindas.

– Vocês vão ficar comigo dentro de um carro por duas horas! Imaginem só quantas perguntas podem fazer!

Bates fecha a cara. Não gosta da ideia ou talvez esteja tão acostumado a pagar de mau ao lado da parceira mais razoável que se esqueceu de desligar o piloto automático. Eles vão acabar cedendo. Todos nós sabemos disso. É só uma questão de como e quando.

– Como você vai para casa depois? – pergunta Reynolds.

– Porque não somos motoristas da Uber – acrescenta Bates.

– Isso, o meu transporte de volta – digo. – É nisso que a gente devia estar pensando agora.

Mais carrancas. Eles acabam jogando a toalha. Reynolds se acomoda ao volante do carro, Bates no banco do carona.

– Ninguém vai abrir a porta pra mim? – indago.

Uma alfinetada desnecessária, mas... não resisti. Antes de entrar no carro, pego o celular e abro minha lista de contatos favoritos. Reynolds olha da janela com uma expressão de quem não está acreditando no que vê. Sinalizo para que espere um instante.

Ellie atende, e eu digo:

– Preciso cancelar esta noite.

Nas noites de domingo trabalho como voluntário num abrigo para mulheres vítimas de violência doméstica.

– O que houve?

– Lembra-se do Rex Canton?

– Do colégio? Claro.

Ellie é feliz no casamento e tem duas filhas. Sou padrinho de ambas, o que é estranho, mas até que funciona. Não conheço ninguém melhor do que Ellie.

– Ele era da polícia da Pensilvânia – continuo.

– Acho que ouvi alguma coisa a respeito.

– Nunca comentou nada comigo.

– Por que comentaria?

– Tem razão.

– E daí? O que aconteceu com ele?

– Foi morto numa operação. Alguém atirou nele numa abordagem.

– Caramba, isso é horrível.

Muita gente fala isso da boca para fora. No caso de Ellie, a empatia é nitidamente genuína.

– E o que isso tem a ver com você? – pergunta ela.

– Depois eu explico.

Ellie não perde tempo pedindo detalhes. Sabe que eu diria mais se quisesse.

– Tudo bem, me ligue se precisar de alguma coisa.

– Cuide da Brenda por mim.

Ficamos calados por alguns segundos. Brenda é uma das mulheres assistidas pelo abrigo de Ellie. Mãe de duas crianças. Um marido violento transformou sua vida num inferno. Duas semanas atrás, no meio da madrugada, ela fugiu para o abrigo com uma concussão, algumas costelas quebradas e a roupa do corpo. Desde esse dia ela se recusa a sair, nem mesmo para respirar um ar fresco no pátio cercado do abrigo. Deixou tudo para trás, menos as crianças. Treme muito. Anda sempre muito assustada, temendo levar uma porrada a qualquer momento.

Minha vontade é dizer a Ellie que Brenda já pode passar na casa dela para finalmente pegar suas coisas, pois o tal marido violento, um cretino chamado Trey, vai ficar longe por uns dias. Só que, nesse caso, mesmo se tratando de Ellie, prefiro ficar na minha.

Ela vai acabar descobrindo. Sempre descobre.

– Fale pra Brenda que não sumi, que vou voltar.

– Falo, sim, pode deixar – garante ela, e desliga.

Sozinho no banco de trás, farejo o cheiro à minha volta, típico das viaturas da polícia: um misto de suor, desespero e medo. Reynolds e Bates vão na frente como se fossem meus pais. Não começam o interrogatório imediatamente. Ficam calados. Reviro os olhos. Quem será que eles pensam que estão enganando? Esqueceram que também sou da polícia? Estão tentando me fazer falar, testando minha paciência para que eu entregue alguma coisa. Esse é o equivalente automotivo de fazer um bandido suar na sala de interrogatório da delegacia, deixando o cara mofar.

Não vou fazer o jogo deles. Fecho os olhos e tento dormir.

Reynolds me acorda.

– Seu primeiro nome é mesmo Napoleon?

– Sim.

Meu pai, francês, odiava esse nome, mas minha mãe, a "americana em Paris", insistiu.

– Napoleon Dumas?

– Todo mundo me chama de Nap.

– Nome de viadinho.

– Bates, por acaso não te chamam de Master em vez de Mister?

– Hã?

Reynolds reprime a risada. Difícil acreditar que Bates nunca tenha ouvido essa antes. O cara chega ao ponto de testar as palavras, cochichando para si mesmo:

– Master Bates... – Só então percebe o trocadilho com *masturbate*. – Você é um babaca, Dumas.

Dessa vez pronuncia meu nome corretamente.

– Então, Nap, vamos logo ao que interessa? – diz a tenente Reynolds.

– Você é quem manda.

– Foi você quem incluiu o nome de Maura Wells no AFIS, correto?

AFIS: sigla em inglês para Sistema Automatizado de Identificação de Datilogramas.

– Digamos que sim.

– Quando?

Isso eles já sabem.

– Dez anos atrás.

– Por quê?

– Porque ela desapareceu.

– Demos uma olhada nisso – diz Bates. – A família dela não deu queixa na polícia.

Não falo nada. Deixo o silêncio se alongar um pouco. É Reynolds que o quebra:

– Nap?

Sei perfeitamente que não vou ficar bem na fita, mas não posso fazer nada.

– Maura Wells era minha namorada no colégio. No último ano, ela terminou o relacionamento por mensagem de texto. Cortou todo tipo de contato. Mudou de cidade. Tentei encontrá-la, mas não consegui.

Reynolds e Bates se entreolham.

– Falou com os pais dela? – pergunta Reynolds.

– Com a mãe.

– E...?

– Ela disse que o paradeiro de Maura não era da minha conta e que eu deveria tocar minha vida.

– Um bom conselho – comenta Bates.

Não mordo a isca.

– Quantos anos você tinha na época? – pergunta Reynolds.

– Dezoito.

– Então você procurou por ela e não a encontrou...

– Certo.

– Depois fez o quê?

Prefiro não abrir o jogo, mas Rex está morto, Maura talvez tenha reaparecido e a gente precisa dar alguma informação para receber outra em troca.

– Quando entrei na polícia, coloquei as digitais dela no AFIS. Registrei uma queixa, dizendo que ela tinha sumido.

– Legalmente, você não podia ter feito isso – afirma Bates.

– Será que não? Vocês vieram atrás de mim por causa de uma questão protocolar?

– Não – responde Reynolds. – Não é isso.

– Sei lá – fala Bates, fazendo-se de desconfiado. – Uma garota te dá um pé na bunda. Cinco anos depois você infringe as normas colocando o nome dela no sistema, talvez pensando em, sei lá, reatar o namoro. – Ele dá de ombros. – Isso cheira a assédio.

– Um comportamento meio estranho, Nap – acrescenta Reynolds.

Eles já devem saber alguma coisa do meu passado, aposto. Só que não o bastante.

– Imagino que você tenha procurado Maura Wells sozinho – diz Bates.

– Mais ou menos.

– E imagino que não a tenha encontrado.

– Correto.

– Alguma ideia de onde ela possa ter andado nesses últimos quinze anos?

A essa altura, já estamos na autoestrada, indo na direção oeste. Ainda tento encaixar as peças do quebra-cabeça, juntar as lembranças que tenho de Maura com as que tenho de Rex. Também penso em você, Leo. Você era amigo dos dois. Será que isso significa alguma coisa? Pode ser que sim, pode ser que não. Éramos todos da mesma classe no último ano, de modo que todo mundo se conhecia. Mas até que ponto Maura e Rex eram próximos? Será que Rex a reconheceu acidentalmente? Nesse caso, isso quer dizer que ela o matou?

– Não, não faço a menor ideia – respondo.

– Estranho – comenta Reynolds. – Não encontramos nenhum registro de atividade recente para Maura Wells. Nenhuma transação com cartão de crédito, nenhuma conta bancária, nenhuma declaração de imposto de renda. Ainda estamos pesquisando os...

– Não vão encontrar nada.

– Você andou pesquisando também.

Não é uma pergunta.

– Quando Maura Wells sumiu do mapa? – pergunta a tenente.

– Até onde sei, quinze anos atrás.

capítulo 4

A CENA DO CRIME É um pequeno trecho de uma ruazinha erma, dessas que a gente encontra nas imediações de um aeroporto ou estação de trem. Nenhuma residência. Um parque industrial que já viu dias melhores. Alguns armazéns abandonados ou em vias de abandono.

Descemos do carro. Alguns cavaletes improvisados circundam o local do crime, mas nada impede que o motorista faça o contorno e passe por eles. Não vejo veículo nenhum, e faço uma anotação mental: ausência de trânsito. O sangue ainda está no asfalto. Alguém desenhou a silhueta do corpo com giz no ponto em que Rex caiu. Nem lembro a última vez que vi um desenho assim.

– Então, vamos aos fatos – digo.

– Você não está aqui como investigador – rosna Bates.

– Quer medir forças comigo ou prefere descobrir quem matou um policial? O detetive me fuzila com o olhar.

– Mesmo que a assassina seja uma ex-namoradinha sua?

Especialmente nesse caso. É o que penso, mas não falo.

Eles ficam calados por mais alguns minutos, bancando os difíceis, até que Reynolds diz:

– O oficial Rex Canton intercepta um Toyota Corolla nesta área à uma e quinze da madrugada. Supostamente um caso de embriaguez ao volante.

– Imagino que Rex tenha avisado a central por rádio.

– Sim, avisou.

Esse é o protocolo. O policial para o carro, avisa a central e informa o número da placa para saber se o veículo é roubado ou se tem algum tipo de antecedente. Também levanta o nome do proprietário.

– Então, de quem era o carro? – pergunto.

– Alugado.

Isso me preocupa. Isso e um monte de outras coisas.

– Não era de uma das grandes, era?

– Como?

– A locadora. Não era a Hertz ou a Avis, certo?

– Não. Era uma locadora pequena, chamada Sal's.

– Deixe-me adivinhar – digo. – O carro foi alugado na região do aeroporto. Não estava reservado.

Reynolds e Bates trocam um olhar rápido.

– Como você sabe? – questiona o policial.

Ignoro a pergunta, olho para Reynolds.

– Foi alugado por um tal de Dale Miller – diz ela. – Um cara de Portland, Maine.

– O documento de identidade era falso ou roubado? – indago.

Mais uma vez eles se entreolham.

– Roubado.

Passo os dedos sobre o sangue no asfalto. Está seco.

– E as imagens da câmera de segurança da locadora?

– Devem chegar a qualquer momento, mas o funcionário informou que Dale Miller era um homem mais velho, sessenta e muitos anos, talvez setenta.

– Onde encontraram o Corolla? – pergunto.

– A mais ou menos um quilômetro do aeroporto de Filadélfia.

– Quantas digitais foram encontradas?

– No banco da frente? Só as de Maura Wells. A locadora faz uma limpeza bastante meticulosa entre um locatário e outro.

– Sei – digo.

Uma caminhonete desvia do bloqueio e segue adiante. O primeiro veículo desde a nossa chegada.

– No banco da frente – repito.

– Perdão?

– Você disse que as digitais foram encontradas na frente. De que lado? Do motorista ou do carona?

Outro olhar trocado entre os dois.

– Tanto em um quanto no outro.

Examino a rua, reflito sobre a posição da silhueta em giz, tento reconstituir a cena. Depois pergunto a ambos:

– Vocês já têm alguma tese em mente?

– Duas pessoas estavam no Corolla, um homem e sua ex-namorada, Maura – diz Reynolds. – Canton parou o carro numa operação de rotina. Alguma coisa assustou os dois. Eles entraram em pânico, atiraram duas vezes na nuca de Canton e se mandaram.

– Provavelmente foi o homem quem atirou – diz Bates. – Ele estava fora do carro. Disparou a arma, sua ex assumiu a direção e ele se jogou no banco do carona. Isso explicaria as impressões dela nos dois bancos.

– Como dissemos, o carro foi alugado com um documento falso – prossegue Reynolds. – Então achamos que o homem tinha algo a esconder. Canton para o carro deles, descobre um podre qualquer e morre por causa disso.

Assinto como se estivesse aplaudindo o trabalho deles. A tese está errada, mas, como não tenho outra melhor, não vejo motivo para confrontá-los. Eles estão tentando costurar as informações. Eu faria a mesma coisa se estivesse no lugar deles. Preciso saber exatamente o que estão escondendo, e a única maneira de descobrir é sendo simpático.

Forjo o mais charmoso dos meus sorrisos.

– Posso dar uma olhada nas imagens da câmera da viatura?

Isso seria ótimo, claro. Nem sempre essas câmeras de painel mostram tudo, mas acho que esta mostraria o suficiente. Fico esperando pela resposta deles (a essa altura eles teriam todo o direito de interromper a cooperação), mas, dessa vez, quando eles se entreolham, percebo algo diferente.

Os dois parecem constrangidos.

– Que tal você abrir o jogo primeiro? – diz Bates. – Chega de enrolação.

Meus sorrisos charmosos não têm o mesmo efeito de antigamente.

– Eu tinha dezoito anos – falo. – Estava no último ano da escola. Maura era minha namorada.

– E terminou com você – completa Bates. – Isso você já contou.

Reynolds o silencia com um gesto.

– O que aconteceu, Nap?

– A mãe de Maura. Vocês devem tê-la interrogado. O que ela disse?

– Quem faz perguntas aqui somos nós, Dumas – retruca Bates.

Mas Reynolds novamente percebe que minha intenção é ajudar.

– Encontramos a mãe, sim – revela ela.

– E...?

– Ela disse que há anos não fala com a filha, que não tem ideia de onde ela possa estar.

– Vocês estiveram pessoalmente com a Sra. Wells?

– Não. Ela se recusou a nos receber. Mandou uma declaração por meio do advogado.

– Vocês acreditam nela? – pergunto.

– Você acredita?

– Não.

Ainda não posso contar a eles essa parte da história. Depois que Maura me chutou, invadi a casa dela. Uma grande burrice, eu sei. Uma imprudência. Ou não. Eu estava me sentindo perdido, zonzo com as duas porradas que tinha levado da vida. Acabara de perder meu irmão, aí logo em seguida o amor da minha vida. Isso talvez explique o que fiz.

Mas por que exatamente invadi a casa de Maura? Precisava encontrar alguma pista sobre o paradeiro dela. Eu ali, um moleque de dezoito anos, bancando o detetive. Não encontrei muita coisa, mas roubei dois objetos do banheiro dela: um copo e uma escova de dentes. Na época eu não fazia a menor ideia de que um dia entraria para a polícia, mas guardei o copo e a escova, não me perguntem por quê. Foi assim que, anos depois, consegui incluir as digitais e o DNA de Maura no banco de dados.

Ah, e fui pego.

Pela polícia, ainda por cima. Mais especificamente, pelo capitão Augie Styles.

Você gostava do Augie, não gostava, Leo?

Depois daquela noite, Augie se tornou uma espécie de mentor. Foi por causa dele que entrei para a corporação. Ele e papai se tornaram amigos. Companheiros de cerveja, por assim dizer. A tragédia nos deixou mais próximos, acho. Nesses momentos a gente costuma procurar a companhia de quem entende o que estamos passando, mesmo que isso não acabe com a dor por completo. Uma relação agridoce.

– Por que você não acredita na Sra. Wells? – pergunta Reynolds.

– Fiquei um tempo de olho nela.

– Na mãe da sua ex? – Bates mal pode acreditar no que está ouvindo. – Porra, Dumas, você é um stalker de carteirinha.

Finjo que ele não está ali.

– A Sra. Wells recebe ligações de celulares descartáveis. Ou pelo menos recebia.

– E como você sabe disso? – pergunta Bates.

Não respondo.

– Por acaso você tinha um mandado pra examinar as chamadas telefônicas dela?

Também não respondo. Sigo olhando para Reynolds.

– Você acha que essas chamadas podem ser da Maura? – indaga ela.

Dou de ombros.

– Nesse caso, do que será que sua ex tanto se esconde?

Novamente respondo com os ombros.

– Você deve ter alguma tese – diz ela.

Realmente tenho. Mas ainda não posso falar. Minha hipótese, num primeiro exame, é ao mesmo tempo óbvia e impossível. Levei um tempão para aceitá-la. Cheguei a trocar uma ideia com duas pessoas: Augie e Ellie. Ambos acham que fiquei doido.

– Posso ver a câmera de painel? – peço outra vez a Reynolds.

– Ainda não terminamos as perguntas – intervém Bates.

– Se vocês me mostrarem as imagens dessa câmera – insisto –, acho que posso desvendar o mistério.

Reynolds e Bates trocam mais um olhar desconfortável.

Ela dá um passo na minha direção.

– Não tem imagem nenhuma.

Para mim, isso foi uma estranha surpresa. Posso ver que para os dois também.

– A câmera não estava ligada – diz Bates, como se isso explicasse alguma coisa. – Canton estava fora de expediente.

– Imaginamos que ele tenha desligado a câmera – complementa Reynolds – porque já estava voltando pra delegacia.

– A que horas terminava o turno dele? – pergunto.

– Meia-noite.

– A delegacia fica a quantos quilômetros daqui?

– Uns cinco.

– Então... o que Rex andou fazendo entre meia-noite e uma e quinze da manhã?

– Ainda estamos tentando descobrir – diz Reynolds. – Até onde sabemos, ele apenas estendeu sua ronda.

– O que não é raro – acrescenta Bates rapidamente. – Você sabe como é. Quem cumpre o turno diurno muitas vezes acaba voltando pra casa no carro de patrulha.

– Desligar a câmera de painel não é protocolar – comenta Reynolds –, mas muita gente faz isso.

Não estou engolindo a história deles, nem eles estão se esforçando muito para me convencer.

O telefone pendurado no cinto de Bates toca. Ele se afasta para atender. Segundos depois, diz:

– Onde? – Emudece um instante, depois desliga e volta para o lado de Reynolds. – Precisamos ir.

* * *

Eles me deixam numa rodoviária tão deserta que espero ver bolas de feno rolando a qualquer momento. Acho até que não tem nenhum guichê aberto.

Dois quarteirões adiante encontro um motel, um pulgueiro que promete todo o glamour e todas as amenidades de uma infecção de herpes, o que nesse caso é uma metáfora de muitos níveis. O letreiro luminoso anuncia o preço da hora, uma "TV em cores" (será que ainda existe TV em preto e branco?) e "quartos temáticos".

– Vou querer a suíte da gonorreia – digo ao recepcionista.

Ele joga a chave no balcão tão rápido que chego a ficar desconfiado: de repente existe mesmo uma suíte da gonorreia. A cor predominante do quarto poderia, com muita boa vontade, ser chamada de amarelo-claro, mas estava bem mais próxima de algo como amarelo-mijo. Lembrando que minha vacina antitétano está em dia, tiro a colcha e arrisco me jogar na cama.

O capitão Augie não foi conversar com papai na noite em que invadi a casa de Maura.

Talvez por medo de que papai tivesse um infarto caso visse uma viatura da polícia estacionar novamente na nossa entrada. Nunca vou esquecer essa imagem: Augie fazendo a curva em câmera lenta, abrindo a porta, subindo a entrada da nossa casa com aquele seu jeito meio "cansado de guerra" de caminhar. Sua vida fora estilhaçada horas antes e ele estava ciente de que sua visita faria o mesmo com a nossa.

Bem, foi por isso que, em vez de procurar papai, ele me cercou a caminho da escola para me interrogar sobre a invasão.

– Não quero te colocar em encrenca – disse ele –, mas você não pode fazer uma coisa dessas.

– Ela sabe de alguma coisa – falei.

– Não, não sabe – retrucou Augie. – Maura está assustada, só isso.

– Você falou com ela?

– Confie em mim, filho. Você precisa virar essa página.

Foi o que fiz. Confiei nele. E ainda confio. Mas não virei a página.

Com as mãos cruzadas sob a cabeça, fico olhando para as manchas do teto, mas prefiro não pensar em como elas foram parar ali. Neste exato momento, Augie está num resort chamado Sea Pine na ilha de Hilton Head, acompanhado de uma mulher que conheceu num site de namoro para a terceira idade. Não sou eu quem vai incomodá-lo numa hora dessas. Faz oito anos que ele se divorciou. Seu casamento com Audrey sofreu um baque terrível "naquela noite", mas seguiu aos trancos e barrancos por mais sete anos até o inevitável fim. Augie levou um bom tempo para voltar à pista; portanto, não vejo motivo para estragar sua viagem com uma simples especulação.

Ele chega amanhã ou depois. Posso esperar.

Talvez seja o caso de ligar para Ellie e discutir minha hipótese com ela, mas, quando vou pegar o telefone, alguém bate com veemência à porta do quarto. Levanto para ver o que é. Dois policiais querem falar comigo, ambos mal-encarados. Dizem por aí que cedo ou tarde os integrantes de um casal começam a se parecer um com o outro. A mesma coisa acontece nas parcerias da polícia, eu acho. Neste caso, ambos os homens são brancos, bombados e testudos. Se eu encontrá-los outra vez, provavelmente não vou saber quem é quem.

– O senhor se importa de nos deixar entrar? – diz o Clone Um.

– Trouxeram um mandado? – pergunto.

– Não.

– Então, sim.

– Sim o quê?

– Sim, eu me importo.

– Pena.

O Clone Dois me dá um empurrão. Não reajo. Os dois entram e fecham a porta.

Clone Um ironiza mais um pouco:

– Coisa fina, esse seu cafofo.

Imagino que seja essa a sua ideia de um insulto inteligente. Como se eu tivesse pessoalmente decorado o quarto.

– Ouvimos dizer que você está segurando informação – comenta o Clone Um.

– Rex era amigo nosso – anuncia o Clone Dois.

– Policial também.

– E você está segurando informação.

Não estou com a menor paciência, então saco minha arma e aponto para os dois. Por essa eles não esperavam.

– Que diabos você pensa que...?

– Vocês entraram no meu quarto sem uma ordem judicial – respondo.

Aponto a arma para um e para o outro, depois volto para o espaço entre eles.

– Seria a coisa mais fácil do mundo apagar vocês, colocar uma arma na mão de cada um e alegar autodefesa.

– Ficou maluco? – questiona o Clone Um.

Vejo claramente que ele está com medo, então dou um passo na sua direção. Faço a minha melhor cara de doido. Sou ótimo nisso, em caras de doido. Você sabe disso, Leo.

– Topa uma briga de orelha?

– Uma *o quê*?

– Seu parceiro aí vai embora – explico, sinalizando com a arma –, e a gente fica sozinho aqui, de porta trancada, desarmado. Só podemos sair quando um estiver com a orelha do outro entre os dentes. E aí, vai encarar?

Dou mais um passo, bato os dentes como se estivesse mastigando.

– Você é doido de pedra, cara – diz o Clone Um.

– Muito mais do que você imagina. – A esta altura já estou tão empolgado que chego a torcer para que ele aceite a proposta. – E aí, grandalhão? Topa ou não?

Alguém bate à porta, e o sujeito praticamente dá um salto para abri-la.

É Stacy Reynolds. Escondo minha arma atrás do corpo. Reynolds não gosta nem um pouco de encontrar os colegas no meu quarto. Fulmina ambos com o olhar, e eles baixam a cabeça feito dois colegiais diante da diretora.

– Que palhaçada é esta? – pergunta ela.

– É que... – arrisca o Clone Dois, depois dá de ombros.

– O cara sabe de alguma coisa e não quer dizer – explica o Clone Um. – A gente só queria adiantar seu trabalho.

– Saiam daqui. Já.

Eles saem. Só então Reynolds percebe a arma que escondi.

– O que deu em você, Nap?

Guardo a arma no coldre.

– Não precisa se preocupar.

Ela balança a cabeça.

– Os policiais seriam profissionais melhores se Deus desse a eles pênis maiores.

– Você também é policial, esqueceu?

– Pra mim especialmente. Anda, vem comigo. Quero te mostrar uma coisa.

capítulo 5

HAL OLHA PARA CIMA com uma expressão triste. É o barman do Larry and Graig's Bar & Grill.

– Era uma gostosa – diz ele. Franzindo o cenho, acrescenta: – Gostosa demais pro coroa que estava com ela, com certeza.

Larry and Graig's Bar & Grill realmente é um bar, mas fica devendo no quesito grill. Não vejo nenhuma grelha por perto. O chão melado tem uma camada de serragem e cascas de amendoim típica dos pubs. Os cheiros de cerveja choca e vômito empestam o ambiente. Não preciso ir ao banheiro para saber que a descarga não funciona nos mictórios, embora eles transbordem cubos de gelo.

Reynolds sinaliza para que eu tome a palavra.

– Como era a aparência dela? – pergunto.

Hal ainda está franzindo o cenho.

– Que parte de "muito gostosa" você não entendeu?

– Ruiva, loura, morena?

– Morena quer dizer de cabelo preto, não é?

Olho de relance para Reynolds.

– Sim, Hal, morena quer dizer de cabelo preto.

– Então ela é morena.

– Mais alguma coisa?

– Gostosa.

– Sim, isso a gente já entendeu.

– Sarada – acrescenta ele.

Reynolds bufa baixinho.

– E ela estava com um cara, não estava?

– Muita areia pro caminhãozinho dele, isso eu posso dizer.

– Não só pode como já disse – lembro. – Chegaram juntos?

– Não.

– Qual dos dois chegou primeiro? – pergunta Reynolds.

– O coroa. – Hal aponta na minha direção. – Sentou bem aí onde você está.

– Como ele era fisicamente?

– Sessenta e tantos anos, cabelo comprido, barba desgrenhada, narigão.

Parecia um caipira, desses que montam em porco, mas estava de terno. Um terno cinza com camisa branca e gravata azul.

– Dele você se lembra – digo.

– Hã?

– Dele você se lembra. Mas... e dela?

– Se você tivesse visto o vestidinho preto que ela estava usando, também não ia se lembrar de muita coisa depois.

Reynolds intervém antes de perder o fio da meada:

– Então ele chega sozinho, senta aqui e pede alguma coisa pra beber. Fica quanto tempo até a mulher chegar?

– Sei lá. Vinte, trinta minutos.

– Aí ela chega e...?

– Não chega simplesmente. Faz uma entrada, sabe como é?

– Sim, nós sabemos – digo.

– Vem direto até o coroa – prossegue Hal, arregalando os olhos como se estivesse falando de um disco voador – e começa a seduzir o cara.

– Eles já se conheciam?

– Acho que não. Pelo menos não foi essa a *vibe* que eu captei.

– E qual foi a *vibe*?

Hal dá de ombros.

– Fiquei achando que era uma garota de programa. Foi isso que pensei, se vocês querem saber a verdade.

– Vocês recebem muitas por aqui? – pergunto.

O barman se retrai, então Reynolds diz:

– Não estamos nem aí pra prostituição, Hal. Um policial foi assassinado. É disso que estamos falando.

– Às vezes, sim – responde ele afinal. – Quer dizer, tem duas boates de strip nas redondezas. Às vezes, as moças vêm pra cá depois do trabalho, querendo fazer um extra.

Olho para Reynolds, mas ela já está me encarando, pensando a mesma coisa que eu.

– Já pedi ao Bates que desse uma olhada nisso.

– Essa moça já tinha vindo aqui antes? – pergunto a Hal.

– Sim, duas vezes.

– Do que exatamente você se lembra?

Hal espalma as mãos.

– Quantas vezes preciso repetir?

– Era gostosa – respondo para ele.

Sou ótimo nos estados de negação. A tal "gostosa" talvez não seja Maura, embora a descrição se aplique a ela perfeitamente, por mais vaga que seja.

– Nessas outras duas vezes... ela foi embora acompanhada?

– Sim.

Fico imaginando a cena. Três vezes nesta espelunca. Três vezes indo embora com um cara. Maura. Faço o que posso para reprimir a dor.

Hal coça o queixo.

– Pensando bem, talvez ela não seja uma profissional.

– Por quê?

– Não é o tipo dela.

– E qual é o tipo dela?

– É como o que o juiz disse sobre a pornografia: basta ver pra saber o que é. Quer dizer, nada impede que ela seja garota de programa. Provavelmente é. Mas também pode ser outra coisa. Pode ser uma maluca, entende? Volta e meia aparece por aqui uma dessas mulheres casadas, mãe de três filhos. Elas vêm, catam um cara qualquer e... sei lá. São umas malucas. Talvez ela seja uma dessas.

Bela ajuda, Hal.

Reynolds começa a bater o pé, impaciente. Tinha um objetivo quando me trouxe para o bar, algo bem diferente deste interrogatório com o barman.

Então vamos lá. Sinalizo para ela: chegou a hora.

– Ok – diz ela a Hal. – Mostre a ele o videotape.

A televisão é dessas antigas, de tubo. Está em cima do balcão. Ao nosso lado há apenas duas pessoas, ambas aparentemente enamoradas do copo à sua frente e nada mais. Hal liga o aparelho. Um pontinho azul surge na tela, seguido de uma estática furiosa. Hal confere a traseira da TV.

– Cabo frouxo – diz ele, firmando-o.

A outra ponta do tal cabo está conectada a um videocassete. A portinhola quebrada deixa à mostra a fita velha dentro do aparelho.

Um sonoro clique é produzido quando Hal aperta o play. A imagem do vídeo é de péssima qualidade: encardida, granulada, desfocada. A câmera de segurança fica em algum ponto bem alto do estacionamento, captando quase tudo do espaço ou, por esse mesmo motivo, captando quase nada. Dá para distinguir a marca de alguns carros, a cor de outros, mas as placas são completamente ilegíveis.

– O chefe fica gravando por cima até a fita arrebentar – explica Hal.

Sei bem como é: a seguradora provavelmente exige a presença de uma câmera de segurança, então o chefe instala o que há de mais vagabundo só para cumprir a norma. A fita avança como pode. Reynolds aponta para um carro no canto superior direito da tela.

– Achamos que pode ser esse o carro alugado – diz ela.

– Sei. Podemos adiantar a fita mais um pouco?

Hal aperta o botão e as imagens vão avançando à moda antiga, como se filmadas em alta velocidade, e para no momento em que duas pessoas saem do bar para o estacionamento. Elas estão de costas, pouco nítidas em razão da distância da câmera.

Então vejo a mulher caminhando.

O tempo para. Quase posso ouvir o pulsar, agora mais lento, dos meus batimentos cardíacos: *tic, tic, tic...* E de repente vem o *cabum* de um coração estilhaçado em mil pedaços.

Lembro-me da primeira vez que vi esse caminhar. Havia uma canção chamada "Castanets", de Alejandro Escovedo, que papai adorava. Lembra, Leo? Claro que lembra. Aquele verso em que ele fala dessa mulher impossivelmente sexy: "Gosto ainda mais quando ela se afasta." Nunca concordei com isso: preferia mil vezes quando via Maura vindo na minha direção com aqueles ombros empinados, aquele olhar penetrante. Mas entendo perfeitamente o que Escovedo quer dizer.

Último ano de colégio. Os gêmeos Dumas estavam apaixonados. Apresentei você a Diana Styles, filha do Augie e da Audrey, e uma semana depois você me apresentou a Maura Wells. Será que a gente precisava ser sincronizado até nisso, Leo, no departamento das meninas e dos namoros? Maura era a *outsider* que andava com a turma dos nerds. Diana era a boa-moça líder de torcida e vice-presidente do grêmio estudantil. Na época, Augie era capitão da polícia e treinador do meu time de futebol. Lembro que ele costumava fazer uma piadinha dizendo que a filha namorava "o melhor dos irmãos Dumas".

Pelo menos acho que era piada.

Sei que é bobagem, mas ainda fico pensando no que poderia ter acontecido. Nunca chegamos a conversar sobre essas coisas mais específicas, não é, Leo? Sobre a vida depois do colégio. Será que a gente teria ido para a mesma universidade? Será que eu teria continuado com a Maura? Você com a Diana?

Bobagem.

– E aí? – diz Reynolds.

– É a Maura.

– Tem certeza?

Não me dou ao trabalho de responder. Ainda estou atento à gravação. O homem grisalho abre a porta do carro para Maura entrar, vai para o outro lado e assume a direção. O carro sai de ré, vai para a saída do estacionamento. Continuo olhando até o veículo sumir de vista.

– Eles beberam muito? – pergunto a Hal.

Mais uma vez o barman puxa o freio de mão. E Reynolds procura apaziguá-lo da mesma maneira, mais ou menos com as mesmas palavras:

– Não estamos nem aí para a responsabilidade do bar, Hal. Um policial foi assassinado.

– Pois é, eles beberam bastante.

Reflito um momento, tentando entender o que pode ter acontecido.

– Ah, tem mais uma coisa – acrescenta Hal. – O nome dela não era Maura. Quer dizer, pelo menos não foi esse o nome que ela usou.

– E qual foi o nome que ela usou? – pergunta Reynolds.

– Daisy.

Reynolds olha para mim com um ar preocupado, o que me deixa estranhamente comovido.

– Tudo bem com você?

Sei o que ela está pensando. Meu grande amor, uma mulher na qual tenho pensado obsessivamente nos últimos quinze anos, frequentava uma espelunca feito esta, usando nomes falsos para depois sair com estranhos. O mau cheiro da casa começa a embrulhar meu estômago. Levanto do banco, agradeço a Hal, sigo às pressas para a porta e saio para o estacionamento que acabei de ver no vídeo. Encho os pulmões com um pouco de ar fresco, mas não é por isso que estou aqui.

Olho para a vaga onde o carro alugado estava estacionado.

Reynolds surge ao meu lado.

– Alguma ideia? – indaga ela.

– O cara abriu a porta do carro pra ela.

– E daí?

– Não estava trocando as pernas, não teve dificuldade pra encontrar as chaves do carro, não esqueceu as boas maneiras.

– De novo: e daí?

– Você prestou atenção quando ele tirou o carro da vaga?

– Sim.

– Nenhuma barbeiragem, nenhuma freada brusca.

– Isso não quer dizer nada.

Caminho até a rua. Reynolds me segue.

– Onde Rex Canton parou o carro deles?

Ela hesita por um instante, entendendo aonde quero chegar.

– Segunda esquina à direita.

Mais ou menos como eu havia imaginado. Em menos de cinco minutos chegamos a pé à cena do crime. Olho de volta para o bar, depois olho para o local onde Rex caiu.

Nada disso faz sentido. Ainda. Mas estou chegando perto.

– Estranho, Rex parou o carro deles muito perto do bar – comento.

– Provavelmente estava vigiando.

– Aposto que naquele vídeo a gente vai encontrar um monte de gente saindo do bar muito mais bêbada que o tal grisalho – observo. – Então, por que Rex parou justamente o carro deles?

Reynolds dá de ombros.

– Talvez porque os outros sejam daqui, e o grisalho estava num carro alugado.

– Atacar um forasteiro... Você acha que é isso que ele queria?

– Sim.

– Um forasteiro que por acaso está acompanhado de uma mulher que ele conheceu no colégio?

O vento começa a soprar mais forte, lambendo os cabelos de Reynolds. Ela afasta as mechas do rosto, depois diz:

– Já vi coincidências maiores.

– Eu também.

Mas isso não é coincidência. Procuro reconstituir a cena. Começo com o que sei: Maura e o coroa saem do bar; ele abre a porta do carro para ela; eles saem para a rua; Rex para o carro deles.

– Nap?

– Preciso que você verifique uma coisa pra mim.

capítulo 6

As IMAGENS DA CÂMERA de segurança da locadora são bem melhores. Acompanho o vídeo em silêncio. Assim como no bar, e em quase todos os casos, a câmera foi instalada num ponto mais alto. Sabendo disso, os bandidos recorrem a truques bem simples para se safar. No caso da locadora, o sujeito com o documento falso em nome de Dale Miller está usando um boné enterrado na testa. Além disso, sempre mantém a cabeça baixa, de modo que é impossível discernir seus traços com alguma clareza. Dá para ver um princípio de barba, não mais do que isso. Ele manca de uma perna.

– Um profissional – digo a Reynolds.

– Como assim?

– Boné enterrado, cabeça baixa, falso manco.

– Como você sabe que ele não está mancando de verdade?

– Pelo mesmo motivo que reconheci o modo de caminhar da Maura. Todo mundo tem um jeito característico de andar. Então, qual é a maneira mais fácil de esconder isso e despistar a polícia?

– Fingindo que manca – responde Reynolds.

Saímos da minilocadora e voltamos para o ar frio da noite. Mais adiante um homem acende um cigarro e sopra um jato de fumaça para o alto, exatamente como papai costumava fazer. Comecei a fumar logo depois da morte dele e só fui parar um ano depois. Sei que é uma grande burrice. Papai morreu de câncer no pulmão, fruto de muitos anos de tabagismo, e mesmo assim minha reação à morte horrível que ele teve foi começar a fumar. Eu gostava de sair dos estabelecimentos para fumar sozinho na rua ou onde quer que fosse, como esse cara está fazendo agora. Talvez fosse este o apelo: quando eu acendia um cigarro, as pessoas ficavam longe de mim.

– Também não podemos confiar na aparência dele – digo. – A barba, o cabelão grisalho, tudo isso pode ser um disfarce. Muitas vezes o cara se fantasia de velho só pra que as pessoas o subestimem. Se Rex para um motorista por embriaguez e encontra um velhote na direção, é bem possível que baixe a guarda.

– Tem razão – concorda Reynolds. – Vou providenciar um exame mais minucioso daquele vídeo, uma análise de cada fotograma. Talvez os peritos encontrem algum detalhe mais nítido.

– Ótimo.

– Você já formulou uma tese, Nap?

– Não exatamente.

– Mas...?

Vejo o fumante dar mais um trago no seu cigarro e exalar a fumaça pelas narinas. Hoje sou um francófilo. Falo francês fluentemente. Gosto de vinho, de queijo, do circo todo. Isso talvez explique o cigarro. Os franceses fumam, e muito. Na realidade, essa minha francofilia não caiu do céu; afinal de contas, nasci em Marselha e passei os primeiros oito anos de vida em Lyon. Não se trata de uma encenação para impressionar os outros. Não sou um desses patetas pretensiosos que não entendem nada de vinho e de uma hora para a outra precisam de uma maleta especial ou começam a tratar a rolha da garrafa como se ela fosse a língua de uma amante.

– Nap?

– Reynolds, você acredita em intuição? Acredita em faro policial?

– Claro que não. Já vi muitos colegas meterem os pés pelas mãos justamente por causa disso, dessa história de "faro" e "intuição" – diz ela, abrindo e fechando as aspas com os dedos.

Gosto dessa Stacy Reynolds. Gosto muito.

– Pois é. É exatamente disso que estou falando.

Hoje o dia foi longo. Parece que faz um mês que dei uma surra de taco em Trey. Estou rodando apenas na adrenalina, e agora estou exausto. Mas, como eu ia dizendo, gosto muito dessa Reynolds. Talvez esteja em dívida com ela. Então pensei: por que não?

– Eu tinha um irmão gêmeo. O nome dele era Leo.

Ela fica esperando.

– Você sabe alguma coisa sobre isso? – pergunto.

– Não. Deveria saber?

Balanço a cabeça.

– Leo tinha uma namorada chamada Diana Styles. Todos nós crescemos em Westbridge, lá onde você foi me buscar.

– Uma bela cidade – diz ela.

– Também acho. – Não sei direito como começar. A coisa toda não faz muito sentido, então vou falando sem elaborar, sem pensar muito. – No nosso último ano de ensino médio, meu irmão gêmeo, Leo, namorava essa garota, Diana. Eles saíram uma noite. Eu estava fora, num jogo de hóquei em outra cidade. Um jogo contra a escola de Parsippany Hills.

Engraçado, essas coisas que a gente nunca esquece. Fiz dois gols e dei duas assistências.

– Impressionante.

Abro um leve sorriso ao pensar nessa época da minha vida. Se fechar os olhos, acho que consigo rever cada minuto desse jogo. Meu segundo gol foi o que decidiu a partida. Um dos nossos jogadores tinha sido expulso. Roubei o disco pouco antes da linha azul, fugi para a esquerda, driblei o goleiro, e com um *backhand* fiz o disco voar por cima dos ombros do cara. Foi um divisor de águas.

Uma van com o nome da locadora (Sal's Rent-A-Vehicle) estaciona diante do pequeno balcão. Passageiros cansados descem e formam uma fila. Todo mundo parece ter um aspecto cansado quando precisa alugar um carro.

– Então você estava num jogo de hóquei fora da cidade... – diz Reynolds para me apressar.

– Naquela noite, Leo e Diana foram atropelados por um trem. Morte instantânea.

Reynolds leva a mão à boca.

– Sinto muito.

Permaneço calado.

– Acidente? Suicídio?

– Ninguém sabe. Eu, pelo menos, não sei.

O último passageiro a descer da van é um executivo obeso arrastando consigo uma mala obesa com uma das rodinhas quebradas. Já está vermelho de tanto esforço.

– E o laudo oficial disse o quê? – pergunta Reynolds.

– Morte acidental – respondo. – Dois estudantes com muito álcool nas veias, alguma droga também. As pessoas costumavam andar nos trilhos dessa linha, às vezes fazendo desafios imbecis umas para as outras. Nos anos setenta outro garoto morreu no mesmo lugar, tentando saltar os trilhos. Bem, o pessoal da escola ficou horrorizado, o luto foi geral. A mídia fez uma ampla cobertura do caso, mas de um jeito sempre moralista: jovens bonitos, drogas, álcool, onde foi que a sociedade errou... esse tipo de coisa, sabe?

– Sei – diz Reynolds. – Você disse que eles estavam no último ano do colégio.

– Sim.

– Na mesma época que você estava namorando Maura Wells.

Ela é boa.

– Então, quando foi exatamente que a Maura sumiu?

Reynolds já juntou os pontinhos. Confirmo a suspeita dela com um aceno de cabeça.

– Merda – comenta ela. – Quanto tempo depois?

– Alguns dias. A mãe alegou que eu era uma má influência. Queria ver a filha longe daquela cidade horrível em que jovens bebiam, usavam drogas e se jogavam na frente de trens. Maura supostamente foi transferida pra um colégio interno.

– Acontece – diz Reynolds.

– Pois é.

– Você acreditou?

– Não.

– Onde Maura estava na noite em que seu irmão e a namorada dele morreram?

– Não sei.

Reynolds agora entende.

– Então é por isso que você ainda está procurando por ela. Não é só por causa do decote matador.

– Sim. Se bem que o decote também tem lá o seu peso.

– Ah, os homens... – Reynolds se aproxima. – Você acha... o quê? Que Maura sabe alguma coisa sobre a morte do seu irmão?

Não falo nada.

– Que motivo você tem pra achar isso, Nap?

Abro e fecho aspas com as mãos.

– "Intuição". "Faro policial".

capítulo 7

TENHO UMA VIDA E um trabalho, então contrato um carro com motorista para me levar de volta para casa.

Ellie liga pedindo notícias, digo que isso pode esperar. Combinamos de tomar café juntos no Armstrong Diner. Desligo o telefone, fecho os olhos e durmo durante o resto da viagem. Pago o motorista e ofereço um adicional para que ele possa pernoitar em Westbridge.

– Obrigado, mas preciso voltar – diz ele.

Então capricho na gorjeta. Para um policial, sou relativamente rico. Por que não seria? Sou o único herdeiro do papai. Há quem diga que o dinheiro é a fonte de todos os males. Pode ser. Outros dizem que dinheiro não compra felicidade. Também pode ser. Mas se você sabe lidar com ele, o dinheiro compra liberdade e tempo, coisas bem mais tangíveis do que felicidade.

Passa da meia-noite. Mesmo assim, pego meu carro e sigo para o Clara Maass Medical Center de Belleville. Dou minha carteirada de policial e subo para o quarto de Trey. Espio através da porta. Ele está dormindo com a perna engessada para o alto. Nenhum acompanhante à vista. Dou mais uma carteirada, dessa vez para a enfermeira, e digo que estou investigando o caso dele. Ela informa que Trey vai ficar pelo menos seis meses sem poder andar. Agradeço e vou embora.

Volto para minha casa vazia, deito na cama e fico olhando para o teto. Às vezes esqueço como é estranho um cara sozinho morar numa casa dessas, num bairro desses, mas a essa altura já me acostumei. Lembro como aquela noite parecia tão promissora. Eu tinha chegado em casa na maior pilha depois de ter vencido o jogo contra a Parsippany Hills. Os olheiros das universidades estavam lá. Dois deles chegaram a fazer uma proposta. Eu mal podia esperar para te contar tudo, Leo. Eu e papai ficamos na cozinha, esperando você chegar. As boas notícias nunca eram realmente boas antes de eu dividi-las com você. Ficamos jogando conversa fora, papai e eu, mas sempre com a orelha em pé, esperando seu carro estacionar na rua. A maioria dos garotos da cidade tinha hora marcada para chegar em casa, mas papai nunca exigia nada de nós. Muita gente via nisso certa preguiça, mas ele não estava nem aí, apenas dizia que confiava na gente.

Dez horas, e nada de você chegar, Leo. Onze horas, meia-noite... Já eram quase duas da madrugada quando um carro finalmente apareceu e eu corri para a porta.

Mas não era você, claro. Era Augie numa viatura de patrulha.

Na manhã seguinte, tomo uma chuveirada quente e demorada. Procuro não pensar em nada. Nenhuma novidade com relação ao caso de Rex, e eu não quero perder mais tempo com especulações. Pego o carro e vou para o Armstrong Diner. Quem quiser saber quais são os melhores *diners* de uma cidade, basta perguntar a um policial. O Armstrong é uma espécie de híbrido. Fisicamente é o que há de mais autêntico em se tratando dos *diners* de Nova Jersey, um estilo nitidamente retrô: fachada de alumínio, neon com a palavra DINER na frente, máquina de refrigerantes no balcão, quadro-negro com os especiais do dia, bancos de couro sintético. A cozinha, no entanto, é moderna e socialmente responsável. O café vem com um selo de *fair trade* (comércio justo). A comida é "diretamente da fazenda para o prato" (no caso dos ovos, não sei direito que outro caminho poderiam fazer).

Ellie já está à minha espera. Sempre marcamos horário para os nossos encontros, mas ela chega mais cedo. Sento à sua frente.

– Bom dia! – diz ela com a habitual animação.

Faço uma careta de dor. Ellie adora isso.

Ela cruza uma perna sob o corpo e senta nela para ficar mais alta. A mulher é elétrica. Parece que se move mesmo quando está absolutamente parada. Nunca tomei seu pulso, mas imagino que os batimentos em repouso marquem bem acima de cem.

– Por quem vamos começar? – pergunta. – Rex ou Trey?

– Quem?

– Trey – diz ela, séria.

Faço cara de paisagem.

– Trey é o namorado violento da Brenda – informa ela.

– Ah, claro. O que tem ele?

– Alguém atacou o cara com um taco de beisebol. Ele vai ficar sem andar por um bom tempo.

– Puxa, que pena.

– É, dá pra ver que você está arrasado.

Fico tentado a dizer: "Arrasado está o joelho de Trey." Consigo me conter.

– O lado bom – prossegue Ellie – é que Brenda pôde passar em casa. Pegou as coisas dela e dos filhos, finalmente conseguiu dormir. Então estamos todos gratos.

Ellie me encara um segundo a mais que o normal.

– Pois é. Rex agora – digo.

– O quê?

– Você perguntou se eu queria começar pelo Rex ou pelo Trey.

– Já falamos sobre o Trey – diz ela.

Agora sou eu que a encaro.

– Assunto encerrado?

– Assunto encerrado.

– Ótimo.

Bunny, a garçonete de estilo retrô, com um lápis espetado nos cabelos descoloridos, chega à mesa para servir seu café *fair trade*.

– Então, queridos – começa ela. – O mesmo de sempre?

Ellie e eu assentimos. Somos frequentadores assíduos do lugar. Quase sempre pedimos o sanduíche de gema mole. Ellie prefere o "simples": dois ovos no pão *sourdough* com queijo cheddar e abacate. O meu é igual, mas com bacon.

– Ok – diz ela. – Me conte sobre o Rex.

– Encontraram digitais na cena do crime. São da Maura.

Ellie pisca várias vezes antes de arregalar os olhos. Acho que já tive minha cota de má sorte na vida. Não tenho família, não tenho namorada, não tenho nenhum projeto de vida, não tenho lá muitos amigos. Mas Ellie é uma pessoa maravilhosa, uma mulher cuja bondade chega a ofuscar de tão óbvia, mesmo nas noites mais escuras; ela é minha melhor amiga. Pense bem. Foi *Ellie* quem me escolheu para esse papel, o de melhor amigo, então isso significa o seguinte: por mais que eu seja um fracassado na vida, às vezes faço a coisa certa.

Não escondo nada dela.

Quando chego à parte sobre Maura no bar, Ellie fica visivelmente triste.

– Puxa, Nap...

– Tudo bem, não se preocupe comigo.

Ela me lança um olhar de ceticismo que geralmente faço por merecer.

– Não creio que ela tivesse ido lá pra fazer programa ou pegar alguém – digo.

– Então o quê?

– De certo modo, é até pior.

– Como assim?

Desconverso. Não adianta especular nada até que Reynolds me dê a informação que pedi.

– Quando a gente se falou ontem – comenta Ellie –, você já sabia que as digitais eram da Maura, não sabia?

– Sim.

– Percebi no seu tom de voz. Tudo bem, você tinha acabado de saber da morte de um amigo de colégio, o que não é pouco, mas achei você meio... Então tomei uma pequena providência. – Ela tira um livro grande da bolsa infinitamente maior, quase uma mochila militar. – Encontrei uma coisa.

– O que é isto?

– O anuário de formatura da sua turma.

Ela deixa o livro sobre a mesa de fórmica.

– Você encomendou uma cópia no início do ano letivo, mas nunca foi buscar, por motivos óbvios. Então guardei pra você.

– Durante quinze anos?

Ela dá de ombros.

– Eu era a presidente do comitê de formatura.

– Claro que era.

A secundarista Ellie era uma dessas patricinhas que viviam de suéter de lã e colarzinho de pérola. Era a mais inteligente da turma, mas fazia o tipo que choramingava antes da prova, terminava antes de todo mundo (com todas as respostas certas) e passava o resto do tempo estudando. Andava sempre com dois lápis perfeitamente apontados, e o caderno dela sempre parecia novo, como o de pessoas normais no primeiro dia de aula.

– Por que você resolveu me dar isto agora? – pergunto.

– Quero te mostrar uma coisa.

Só então percebo que algumas páginas estão marcadas com um post-it rosa. Ellie molha o dedo na língua e vai folheando o livro até uma delas, lá pelo final.

– Você nunca ficou curioso pra saber como lidamos com Leo e Diana?

– Como assim, "lidaram"?

– No anuário. O comitê ficou dividido. Uns queriam que a foto deles viesse no lugar normal, obedecendo à ordem alfabética, igual a todo mundo. Outros queriam uma página especial só para os dois, numa espécie de homenagem póstuma.

Dou um gole na minha água.

– Vocês realmente chegaram a discutir isso?

– Você nem deve lembrar. Afinal, a gente mal se conhecia na época. Cheguei a pedir sua opinião.

– Lembro, sim.

Eu dei minha opinião de um jeito malcriado, dizendo que tanto fazia, talvez tenha dito coisa pior. Leo estava morto. Eu não queria nem saber de anuário de formatura.

– No fim das contas, acabamos decidindo pela página especial. A secretária do comitê... Era Cindy Monroe, lembra?

– Lembro.

– Às vezes, ela era meio metódica.

– Você quer dizer "chata pra cacete".

– Ué, não é a mesma coisa? Seja como for, Cindy Monroe defendia a tese de que, tecnicamente falando, as páginas principais eram reservadas exclusivamente para os formandos.

– Leo e Diana morreram antes de se formar.

– Exatamente.

– Ellie?

– Diga.

– Será que podemos ir direto ao assunto agora?

– Dois pães com ovo – anuncia a garçonete Bunny, deixando os pratos à nossa frente. – Bom apetite.

O cheirinho bom invade minhas narinas, despertando o estômago. Tomando cuidado para não fazer muita bagunça, pego o sanduíche com as duas mãos e dou uma mordida. A gema começa a escorrer por dentro do pão.

Ambrosia. Maná. O néctar dos deuses. Você escolhe a definição que quiser.

– Não quero azedar sua refeição – diz Ellie, afinal.

– Ellie...

– Tudo bem.

Ela abre o anuário na tal página marcada.

E lá está você, Leo.

Na foto você está usando um blazer que herdou de mim porque sempre fui o maior dos dois, mesmo sendo seu gêmeo. Acho que estava no oitavo ano quando comprei esse blazer. A gravata é do papai. Você era péssimo para dar nós, então ele sempre te socorria, dando um toque final. Alguém tentou domesticar sua juba rebelde com gel, sem muito sucesso. E você está sorrindo, então não me contenho e sorrio de volta.

Não sou a primeira pessoa a perder um irmão prematuramente. Nem a primeira a perder um gêmeo. Sua morte, Leo, foi uma catástrofe, quanto a isso não há dúvida. Mas também não foi o fim do mundo. Consegui me reerguer. Duas semanas depois "daquela noite" eu já estava de volta à escola. Até joguei uma partida de hóquei no sábado seguinte contra a Morris Knolls, o que foi bom para distrair a cabeça. Mas acho que exagerei um pouco na dose de fúria: com dez minutos de jogo levei um cartão amarelo por quase arremessar um garoto contra a parede de vidro. Você teria adorado ver. Claro, senti certa dificuldade para acompanhar as aulas. Nas primeiras semanas sempre aparecia alguém para me paparicar, mas aos poucos tudo voltou ao normal. Quando me ferrei numa prova de história, lembro que a Sra. Freedman veio conversar comigo, dizendo com delicadeza, mas com firmeza também, que eu não podia usar sua morte como desculpa. E ela tinha toda a razão. A vida continua, como deve ser, mas isso me parecia um absurdo. Quando temos uma ferida aberta, pelo menos temos alguma coisa. Quando a ferida se fecha, sobra o quê? A gente segue adiante, só que não era isso que eu queria.

Augie diz que isso explica minha obsessão pelos detalhes, minha recusa em aceitar o que para os outros é tão óbvio.

Ainda estou olhando para a foto. Quando finalmente consigo falar, percebo que estou com a voz embargada:

– Por que você está me mostrando isso?

– Repare na lapela do Leo.

Ellie se debruça na mesa e aponta para o alfinete de prata espetado no blazer do meu irmão. Sorrio de novo.

– São dois C's superpostos – digo.

– C's superpostos?

Ainda estou sorrindo, lembrando como você era nerd.

– Clube da Conspiração – explico.

– A Westbridge High não tinha nenhum Clube da Conspiração.

– Oficialmente, não. Era pra ser uma espécie de sociedade secreta, algo assim.

– Então você sabia da história?

– Claro que sabia.

Ellie puxa o anuário de volta, abre outra página, depois gira o livro para que eu veja. Agora é minha própria foto. Postura de pedra, sorriso duro. Ellie aponta para minha lapela sem nenhum alfinete espetado.

– Eu não era membro – digo.

– Quem mais era?

– Como eu disse, era pra ser uma sociedade secreta. Em tese ninguém podia saber de nada. Um clubinho boboca, só isso, um reduto de nerds...

Ela vira a página, depois aponta para a foto de um garoto de cabelos curtinhos, quase raspados. Rex Canton. Ele inclina a cabeça para o lado como se tivesse acabado de ser surpreendido por alguém. Um sorriso largo deixa à mostra o espaço entre os incisivos.

– O negócio é o seguinte – começa Ellie. – Quando você mencionou o Rex, a primeira coisa que fiz foi procurar a foto dele neste anuário. E vi isto aqui – comenta ela, mostrando o *CC* do alfinete de lapela. – Você sabia que ele era membro?

– Não, não sabia. Mas também nunca perguntei. Como eu disse, era pra ser uma sociedade secreta. Nunca dei muita bola.

– Não conhece nenhum dos outros membros?

– Eles não podiam falar nada, mas... – Levanto os olhos para encará-la. – Tem foto da Maura também?

– Não. Depois que ela foi transferida, retiramos a foto dela. Maura também pertencia ao...?

– Sim.

Maura chegou a Westbridge no fim do penúltimo ano do ensino médio. Era um mistério para todo mundo, uma garota muita linda e totalmente introspectiva, parecia não dar a mínima para as convenções da escola. Gostava de ir para Manhattan nos fins de semana. Mochilava na Europa. Tinha um lado sombrio e misterioso, buscava o perigo. Era o tipo de garota que namorava universitários ou professores. Éramos provincianos demais para o seu bico. Como foi que você, Leo, conseguiu conquistar a amizade de alguém assim? Você nunca me contou. Lembro que um dia cheguei em casa e dei de cara com vocês dois ali, estudando juntos na mesa da cozinha. Mal pude acreditar. Você com Maura Wells.

– Eu, ahn, dei uma olhada na foto da Diana – diz Ellie, a voz meio embargada.

Ela e Diana eram melhores amigas desde o segundo ano. Aliás, foi isto que nos aproximou: a tristeza. Eu tinha acabado de perder você, Leo. Ela, a Diana.

– Não tem nenhum alfinete na lapela dela – continuou Ellie. – Acho que Diana teria me contado se participasse desse tal clube secreto.

– Não participava. A menos que tivesse entrado depois de começar a namorar o Leo.

Ellie ergue seu sanduíche.

– Afinal de contas, o que era esse Clube da Conspiração?

– Você tem um tempinho livre depois que a gente acabar de comer?

– Tenho.

– Então vamos dar uma caminhada. Talvez seja mais fácil explicar.

Ellie dá uma mordida, lambuza as mãos com a gema do ovo, limpa os dedos e a boca com o guardanapo.

– Você acha que pode haver algum vínculo entre esse clube e...

– E o que aconteceu com Leo e Diana? Talvez. O que você acha?

Ellie pega a faca e espeta a gema com ela.

– Sempre achei que a morte deles foi acidental. – Ela me olha diretamente. – Achava que aquelas suas suposições eram meio, sei lá... estapafúrdias.

– Você nunca me falou isso.

Ela dá de ombros.

– Achava também que você precisava de uma aliada, não de outra pessoa dizendo que você estava doido.

Não sei como reagir a isso, então digo apenas:

– Obrigado.

– Mas agora...

Ellie franze o cenho, perdida nos próprios pensamentos.

– Agora o quê?

– Agora sabemos que fim levaram três membros desse clube.

– Pois é. Leo e Rex estão mortos.

– E Maura, que desapareceu quinze anos atrás, estava presente quando Rex foi assassinado.

– Também é possível que Diana tenha entrado pro clube depois que essa foto do anuário foi tirada. Vai saber.

– Nesse caso seriam quatro pessoas mortas. Seja como for, não dá pra acreditar que tudo não passa de uma grande coincidência, que essas mortes não estejam relacionadas de alguma forma. Isso, sim, seria estapafúrdio.

Pego meu sanduíche e dou mais uma mordida. Mantenho os olhos baixos, mas sei que Ellie está me observando.

– Nap?

– Hum.

– Olhei todas as fotos deste anuário com uma lupa, procurando um alfinete na lapela.

– E aí, encontrou mais algum?

– Mais dois. Outros dois colegas nossos também tinham o alfinete.

capítulo 8

ELLIE E EU ESTAMOS subindo a velha trilha que fica logo atrás da nossa antiga escola, a Benjamin Franklin. No nosso tempo de estudantes, era chamada de "a Trilha". Quanta imaginação, não é?

– Nem acredito que a Trilha ainda esteja aqui – diz Ellie.

Levo um susto.

– Você também vinha aqui?

– Eu? Nunca. Eram só os bagunceiros que vinham.

– *Bagunceiros?*

– Melhor do que "rebeldes" ou "maus elementos". – Ela pousa a mão no meu braço. – Você vinha, não vinha?

– No último ano, basicamente.

– Pra fazer o quê? Beber? Fumar? Transar?

– As três coisas – respondo. Depois, com um sorriso triste, acrescento algo que só falaria para Ellie: – Mas beber e fumar não eram muito a minha praia.

– Você vinha com a Maura, é isso?

Não preciso responder.

Era para este bosque nos fundos da escola que vinham os alunos quando queriam beber, fumar cigarro ou maconha, ou fazer sexo. Toda cidade tem um lugar assim. Westbridge não é diferente, pelo menos na superfície. Começamos a subir a colina. O bosque é largo e sinuoso, mais do que profundo. Parece que estamos a quilômetros da civilização, mas na realidade nunca estamos a mais do que duzentos ou trezentos metros de uma ruazinha qualquer.

– Os namoradinhos vinham aqui pra "dar uns amassos", como a gente dizia na época.

– É verdade.

– Ou mais que isso.

Deixo passar. Não gosto de estar aqui. Desde "aquela noite", Leo, que não piso neste lugar. Não por sua causa. Não mesmo. Você e Diana morreram na linha férrea do outro lado da cidade. Westbridge é bem grande. Trinta mil habitantes. Seis escolas primárias alimentando três secundárias. Uma área de quase quarenta quilômetros quadrados. Eu levaria no mínimo uns dez minutos para ir daqui até o local onde vocês morreram, e apenas se desse sorte com os sinais abertos.

O problema é que este bosque me lembra Maura. Lembra tudo aquilo que ela me fazia sentir. Lembra o fato de que depois dela ninguém mais me fez sentir da mesma forma, por mais que isso soe clichê.

Se eu estou falando do lado físico da coisa?

Sim.

Podem pensar o que quiserem de mim, não ligo. Minha única defesa é que, para mim, o físico está intimamente ligado ao emocional. O êxtase sexual a que eu chegava pelas mãos dela não tinha nada a ver com as experimentações de um garoto de dezoito anos, nem com a novidade da coisa, muito menos com a técnica. Tinha a ver com algo bem mais profundo.

Por outro lado, também sou experiente o bastante para saber que tudo isso pode ser conversa fiada.

– Eu não conhecia Maura direito – diz Ellie. – Ela chegou... o quê? No fim do penúltimo ano?

– Isso, no verão.

– Ela meio que me intimidava.

– Sei como é.

Como eu disse antes, Ellie era a mais certinha da turma. Naquele anuário há uma foto de nós dois juntos só porque fomos votados "os candidatos mais prováveis a uma carreira de sucesso". Engraçado. A gente mal se conhecia antes de posar para essa foto. Na minha cabeça, Ellie não passava de uma santinha metida a besta. Que diabos a gente poderia ter em comum? Provavelmente eu poderia identificar cada um dos passos que nos aproximaram, um processo gradual depois da morte do Leo e da Diana, a amizade que continuou firme depois que ela foi estudar em Princeton e eu fiquei em Westbridge. Essas coisas. Mas, assim, de supetão, acho que teria dificuldade para me lembrar dos pormenores, do que vimos um no outro além da dor em comum, as placas de sinalização. Sou grato por tê-la encontrado, só isso.

– Maura parecia mais velha – diz ela. – Mais experiente também. Sei lá. Era uma garota... sexy.

Não sou eu quem vai discordar.

– Certas garotas têm essa coisa, sabe? – continuou Ellie. – Parece que há um duplo sentido em tudo que fazem ou dizem. Você acha que estou sendo machista?

– Só um pouquinho.

– Mas você entende o que estou querendo dizer, não entende?

– Ô, se entendo.

– Então... Voltando ao Clube da Conspiração. Os outros dois que tinham o alfinete eram Hank Stroud e Beth Lashley. Lembra quem são?

– Lembro. Eram amigos do Leo. Você os conhecia?

– Hank era um gênio da matemática – diz ela. – Éramos colegas na aula de cálculo. O professor teve que montar um programa especial só pra ele. Estudou no MIT, eu acho.

– Sim, estudou.

– Você sabe que fim ele levou? – pergunta Ellie, séria.

– Mais ou menos. A última notícia que tive foi que ele ainda está na cidade. Alguém o viu jogando basquete na rua.

– Seis meses atrás eu também vi, mas na estação de trem. Falando sozinho, resmungando consigo mesmo. Uma coisa horrível. Triste, você não acha?

– Acho.

Ellie para onde está, recostando-se numa árvore.

– Vamos lá: até onde sabemos, quem eram os membros do clube? – indaga ela. – Só para efeito de raciocínio, suponhamos que Diana também fizesse parte do grupo.

– Ok.

– Então são seis ao todo: Leo, Diana, Maura, Rex, Hank e Beth.

Retomo a caminhada, Ellie vem atrás e segue falando:

– Leo está morto. Diana está morta. Rex está morto. Maura está desaparecida. Hank virou um... virou o quê? Um mendigo?

– Não. É um paciente em regime aberto da clínica de Essex Pines.

– Quer dizer então que ele é um... doente mental?

– Tipo isso.

– Então resta Beth.

– O que você sabe sobre ela? – pergunto.

– Nada. Foi estudar fora e nunca mais voltou. Como coordenadora do clube de ex-alunos, tentei falar com ela, encontrar um endereço de correspondência pra convidá-la para as nossas festas e reuniões, essas coisas. Não encontrei nada.

– Falou com os pais dela?

– Eles se mudaram pra Flórida, pelo que sei. Escrevi pra eles também, mas não recebi nenhuma resposta.

Hank e Beth. Talvez seja o caso de ir conversar com os dois. Mas iria dizer exatamente o quê?

– Pra onde estamos indo, Nap?

– Falta pouco – respondo.

Quero mostrar a ela. Ou talvez queria ver com meus próprios olhos. Estou rodeado de velhos fantasmas. Os pinheiros perfumam o ar. Aqui e ali vemos uma garrafa quebrada ou um maço de cigarro no chão.

Estamos quase lá. Posso até estar imaginando coisas, eu sei, mas de repente tenho a impressão de que nada se mexe à minha volta, nem mesmo o ar. É como se houvesse alguém à espreita, observando a gente. Paro diante de uma árvore, passo a mão pelo tronco e esbarro num prego enferrujado. Vou para a árvore vizinha, examino o tronco e encontro outro prego igual. Hesito um instante.

– Que foi? – pergunta Ellie.

– Nunca fui mais longe do que isto.

– Por quê?

– Está vendo estes pregos? Tinha um monte de placas por aqui.

– Placas de quê? "Propriedade particular"?

– Eram advertências, em letras grandes e vermelhas, dizendo que se tratava de uma área protegida. Embaixo, em letras menores, vinha um adendo que dava até medo, informando o número do decreto que delimitava a área, proibindo fotografias, dizendo que as câmeras poderiam ser confiscadas, etc., etc. Terminava com a seguinte frase em itálico: *Permissão para uso de força bruta.*

– Verdade? Força bruta?

– Verdade.

– Você tem uma ótima memória.

– Maura roubou uma dessas placas e pendurou no quarto dela – digo rindo.

– Está brincando...

– Juro.

– É, você sempre gostou de uma maluquete.

– Pode ser.

– Até hoje, aliás. Esse é o seu problema.

Seguimos em frente. Sinto uma coisa estranha ao pisar pela primeira vez na área delimitada pelas placas: é como se um campo de força finalmente tivesse sido eliminado para permitir a passagem de estranhos. Uns cinquenta metros adiante avistamos o que sobrou de uma cerca de arame farpado. Quando nos aproximamos, avistamos as ruínas de alguns barracões engolidos pelo matagal.

– Cheguei a fazer um trabalho sobre isso na escola – comenta Ellie.

– Isso o quê?

– Você sabe o que funcionava aqui, não sabe?

Sei, mas deixo que ela me conte.

– O quê?

– Uma base do Projeto Nike para lançamento de mísseis antiaéreos. Muita gente ainda não acredita nisso, mas é verdade. Na década de 1950, em plena Guerra Fria, o Exército escondia essas bases em cidadezinhas pequenas, tipo Westbridge. Nas fazendas, nos bosques... As pessoas achavam que era boato, mas não, era tudo verdade.

À nossa volta, apenas silêncio. Seguimos adiante. Chegando mais perto, avisto o que parece ser uma velha caserna. Tento imaginar a cena: os soldados, os veículos, as plataformas de lançamento.

– Mísseis com mais de dez metros e ogivas nucleares podem ter sido lançados daqui. – Ellie leva a mão à testa para fazer sombra e olha fixamente para a frente como se ainda pudesse enxergar os tais mísseis. – Este lugar não deve ficar a mais que uns cem metros da casa dos Carlino na Downing Road. A missão dos Nikes era proteger Nova York de um ataque aéreo por parte dos soviéticos.

Felizmente tenho Ellie por perto para refrescar minha memória.

– Você sabe quando foi que cancelaram o Projeto Nike? – pergunto.

– No início dos anos setenta, acho.

– Deve ter sido. Esta base aqui foi fechada em 1974.

– Um quarto de século antes dos nossos últimos anos de colégio.

– Certo.

– E daí? O que você está pensando?

– Bem, muita gente... Quer dizer, se você perguntar aos mais velhos, a maioria vai dizer que, se essas bases eram secretas, então eram o segredo mais mal guardado de todo o estado de Nova Jersey. Todo mundo sabia que existiam. Alguém me contou que chegaram a colocar um míssil num dos carros alegóricos da parada de Quatro de Julho. Não sei se é verdade, mas...

Seguimos andando. Minha intenção é entrar na velha base (não sei por quê), mas a cerca enferrujada continua firme, um velho soldado que se recusa a jogar a toalha. Olhamos através do alambrado.

– A base Nike de Livingston foi transformada num parque – explica Ellie – Um parque para artistas. As antigas casernas foram convertidas em ateliês. A de East Hanover foi demolida pra dar lugar a um projeto imobiliário. Em Sandy Hook também tem uma, onde as pessoas podem fazer um tour sobre a Guerra Fria.

O bosque está completamente silencioso. Nenhum passarinho canta. Nenhuma árvore farfalha. Ouço apenas os ruídos da minha própria respiração. O passado não morre simplesmente. Seja lá o que aconteceu nesta base ainda assombra o lugar. É isso que a gente sente às vezes quando visita um sítio arqueológico, quando entra num velho casarão, ou quando está sozinho num bosque como este. Os ecos vão ficando cada vez mais fracos, cada vez mais longe, mas nunca somem totalmente.

– Então, o que aconteceu com esta base depois que encerraram as atividades? – pergunta Ellie.

– Era exatamente isso que o Clube da Conspiração queria descobrir.

capítulo 9

VOLTAMOS PARA O CARRO de Ellie. Antes de entrar, ela aperta meu rosto com o carinho de uma mãe. Esse é o sentimento que desperta em mim. Algo que acontece apenas com ela, pelo menos até onde lembro. É esquisito, eu sei. Mas Ellie parece realmente preocupada comigo.

– Não sei direito o que dizer num momento como este, Nap.

– Estou bem.

– Quer saber? Talvez seja melhor pra você.

– Melhor como?

– Não quero soar dramática, mas os fantasmas daquela noite ainda estão presos aí, dentro de você. Talvez a verdade os liberte.

Não digo nada, apenas assinto e fecho a porta do carro. Ela vai embora. Antes que eu chegue ao meu próprio carro, o celular toca: Stacy Reynolds chamando.

– Como você sabia? – pergunta ela.

Fico esperando.

– Em três outras ocasiões, Rex Canton parou motoristas embriagados naquele mesmo lugar.

Sigo calado. Reynolds poderia ter descoberto tudo isso em poucos minutos. Ainda tem muito a contar, e posso perfeitamente imaginar o que é.

– Nap?

É assim que ela quer jogar, então indago:

– Todos os motoristas eram homens, correto?

– Correto.

– E todos estavam no meio de um processo de divórcio ou guarda dos filhos, correto?

– De guarda dos filhos – responde ela. – Todos os três.

– Duvido que sejam apenas esses três. É bem provável que Rex tenha feito isso em outros lugares.

– Vou dar uma olhada em todos os casos de embriaguez que ele registrou. Pode ser que demore.

Entro no carro e dou partida no motor.

– Como você sabia? – insiste Reynolds. – Não vá me dizer que foi intuição ou faro policial.

– Não era uma certeza absoluta, mas apenas achei que Rex parou o carro muito perto do bar.

– Nada impede que ele estivesse fazendo a ronda.

– A gente viu a gravação. Apesar da má qualidade, dava pra perceber que o motorista do carro não deu nenhum sinal de embriaguez. Então... por que diabos Rex parou o cara? Sem falar que uma ex-colega dele acompanhava o motorista. É muita coincidência. Aquilo só podia ser uma armadilha.

– Ainda não entendi direito – diz Reynolds. – O motorista saiu do carro pra executar Rex?

– Provavelmente.

– Sua ex ajudou?

– Acho que não – respondo.

– Você está falando com o coração?

– Não, com a cabeça. Com a lógica.

– Então explique.

– Você ouviu o que o barman contou. Ela chegou ao bar, tomou uns drinques, esperou que o cara ficasse tonto e foi com ele pro carro. Não precisava fazer nada disso se estivesse de conluio com o sujeito.

– Podia ser parte da encenação.

– Podia – admito.

– Mas sua tese faz sentido. Então você acha que Maura estava trabalhando com Rex?

– Acho.

– Isso não exclui a possibilidade de ela ter armado uma armadilha pro Rex também.

– É verdade.

– Se ela não estava envolvida no assassinato, onde se meteu?

– Não sei.

– Talvez ela tenha sido coagida pelo assassino, tenha sido obrigada a assumir a direção e levar o cara pro aeroporto ou algo assim.

– Pode ser.

– E depois, o que será que aconteceu?

– Acho que estamos colocando a carroça na frente dos bois – digo. – Precisamos investigar mais. Duvido que as mulheres envolvidas nos processos de guarda dos filhos tenham simplesmente procurado Rex, dizendo: "Oi, preciso arruinar a reputação do meu marido."

– Certo. Nesse caso, como ele foi contratado?

– Imagino que tenha sido por intermédio de um advogado. Esse deve ser o nosso primeiro passo, Reynolds. Descobrir quem é esse advogado e interrogá-lo sobre Maura e Rex.

– Ele... ou ela, não vamos ser machistas aqui... vai recorrer ao seu direito de confidencialidade.

– Uma coisa de cada vez.

– Tudo bem – diz Reynolds. – Você acha então que o assassinato de Rex foi um ato de vingança por parte de um desses maridos?

Essa é a hipótese mais sensata, mas lembro a ela que ainda não temos informações suficientes. Não menciono o Clube da Conspiração porque a história ainda não concatena com essa outra, a dos maridos incriminados. Ainda tenho a esperança, mesmo que isso seja uma grande bobagem, de que o assassinato de Rex esteja vinculado de algum modo à sua morte, Leo. Por que não? Vou deixar que Reynolds conduza a investigação das armadilhas. Quanto ao Clube da Conspiração, eu me viro sozinho. O que significa que preciso localizar Hank Stroud e Beth Lashley.

E envolver Augie outra vez.

Mas isso pode esperar. Não vejo motivo para reabrir essa ferida, sobretudo nesse momento em que Augie está dando um passo importante na sua vida pessoal. Por outro lado, não é do meu feitio esconder as coisas do capitão. Não gostaria que ele decidisse o que sou capaz de enfrentar ou não, portanto não vou fazer isso com ele.

Ainda assim, Augie é o pai de Diana. Não vai ser nada fácil.

Já estou na autoestrada quando aperto o botão do volante e peço ao telefone que ligue para Augie. Ele atende no terceiro toque.

– Oi, Nap.

Augie é um cara grande, tem um barril no lugar do peito, uma voz agradavelmente áspera.

– Já voltou de Hilton Head?

– Ontem à noite.

– Está em casa?

– Estou, por quê?

– Posso dar um pulo aí mais tarde?

Ele hesita um instante, depois diz:

– Pode, claro.

– Ótimo. E aí, como foi a viagem?

– Depois eu conto – diz ele, e desliga.

Fico me perguntando se Augie estava sozinho enquanto falávamos ou se estava com sua nova "amiga". O que seria ótimo, acho. Penso também que nada disso é da minha conta.

Augie mora no apartamento térreo de um prédio de tijolinhos aparentes na Oak Street, um condomínio que poderia muito bem se chamar "Depósito de Pais Divorciados". Oito anos atrás ele se mudou "temporariamente" para o imóvel, deixando para Audrey, a mãe de Diana, a casa na qual eles haviam criado a filha única. Meses depois, Audrey vendeu a casa sem consultá-lo. Fez isso, tal como ela me contou, mais pelo bem de Augie do que pelo seu próprio.

Augie abre a porta e a primeira coisa que vejo são os tacos de golfe no hall às suas costas.

– Então, como foi em Hilton Head? – pergunto.

– Muito bem.

– Levou esses tacos aí?

– Puxa, você é um excelente detetive.

– Não gosto de me gabar.

– Levei, sim – responde ele afinal. – Mas não usei.

Isso me faz sorrir.

– Quer dizer então que as coisas correram bem com...

– Yvonne.

– Yvonne – repito, arqueando a sobrancelha. – Um belo nome.

Ele se afasta para me deixar entrar.

– Acho que não vamos muito longe, eu e ela.

Pena. Não conheço essa Yvonne, mas imagino uma mulher segura de si, simpática e divertida, descomplicada, dessas de riso solto, que gosta de dar o braço para o companheiro ao caminhar com ele na praia. Fico triste por conta de uma pessoa que nunca vi na vida.

Olho para Augie. Ele dá de ombros.

– Outras virão.

– Claro – digo. – Muitos peixes neste mar.

Era de esperar que o apartamento tivesse uma decoração genérica, mais para cafona. Que nada. Augie adora frequentar as feiras de arte locais, está sempre comprando alguma coisa nelas. Nunca deixa os mesmos quadros na parede por mais de um ou dois meses. A estante de carvalho com portas de vidro está apinhada de livros. Augie é um dos leitores mais vorazes que conheço. Dividiu sua coleção em duas categorias básicas, ficção e não ficção, mas não organizou os autores em ordem alfabética ou coisa que o valha.

Sento na sala.

– Seu turno já acabou? – pergunta Augie.

– Sim. E o seu?

– Também.

Augie ainda é capitão do Departamento de Polícia de Westbridge. Aposenta-se daqui a um ano. Entrei para a polícia por causa do que aconteceu a você, Leo, mas acho que não teria ido tão longe sem a orientação de Augie. Estou sentado na mesma poltrona em que sento toda vez que venho aqui. Na estante, os livros de uma prateleira estão amparados por um troféu conquistado pela sua equipe, e minha também, no campeonato estadual de futebol americano estudantil. Fora isso não há na sala nenhum outro objeto de caráter mais pessoal: nenhum porta-retratos, nenhum diploma, nenhuma condecoração, nada.

Ele me entrega uma garrafa de vinho. Um Chateau Haut-Bailly 2009. Cerca de duzentos dólares na loja.

– Muito bom – digo.

– Abra pra mim.

– Você devia guardar isto aqui pra uma ocasião especial.

Augie toma a garrafa da minha mão e a abre com o saca-rolha.

– Acha que seu pai diria uma coisa dessas?

– Não – respondo rindo.

Papai gostava de contar que o avô dele, meu bisavô, sempre guardava seus melhores vinhos para as ocasiões especiais. O homem morreu quando os alemães invadiram Paris, e foram os nazistas que acabaram bebendo todo o vinho dele. Lição aprendida: nunca deixar as coisas para depois. Na minha juventude, a gente sempre usava a louça boa no dia a dia. Sempre a melhor roupa de cama. Nossas taças eram de cristal Waterford. Quando papai morreu, sua adega estava quase vazia.

– Seu pai falava a mesma coisa com palavras mais rebuscadas – observa Augie. – Eu prefiro as de Groucho Marx.

– Que são...?

– "Não vou beber nenhum vinho antes da hora. Ok, agora é a hora."

Augie serve o vinho nas taças, me passa uma delas e fazemos um brinde. Sem nenhuma afetação, rodopio a bebida no cristal e sinto o aroma. Identifico notas deliciosas de amora-preta, ameixa, *crème de cassis* e – por favor, não riam – grafite de lápis. Dou o primeiro gole: um vinho nitidamente frutado, com um frescor vívido... Bom, você entendeu. Um minuto inteiro de persistência. Um espetáculo.

Augie fica esperando para ver minha reação. Não preciso fazer mais do que menear a cabeça. Ambos olhamos para o lugar onde papai estaria sentado se estivesse conosco. A saudade reverbera fundo no meu peito. Ele adoraria tanto o vinho quanto a nossa companhia.

Papai era a pura definição daquilo que os franceses chamam de *joie de vivre*, ou alegria de viver. Nem sei se alegria é a palavra certa. Sei, por experiência própria, que os franceses adoram *sentir*. Eles recebem de braços abertos a experiência completa dos grandes amores e das grandes tragédias, sem recuar ou buscar refúgio numa postura qualquer de defesa. Se recebem uma porrada da vida, empinam o queixo e saboreiam o momento. Isso, sim, é viver a vida até as últimas consequências.

Papai era assim.

E é por isso, Leo, que eu seria uma decepção para ele.

Portanto, pelo menos naquilo que realmente importa, talvez eu não seja um francófilo de verdade.

– Então, Nap, o que te trouxe aqui?

Começo pelo assassinato de Rex, depois solto a bomba das digitais de Maura. Augie quase se esquece do vinho enquanto ouve a história toda.

Termino e fico esperando. Augie também. Policiais sabem esperar.

– E aí, o que você acha disso tudo? – pergunto, por fim.

Augie fica de pé.

– O caso não é meu. *Ergo*, não cabe a mim achar nada. Mas pelo menos agora você sabe.

– Sei o quê?

– Alguma coisa sobre Maura.

– Não muito – digo.

– Tem razão, não muito.

Permaneço calado, dou um gole no vinho.

– Vou me permitir uma conjectura maluca – diz Augie. – Você acha que de algum modo esse assassinato tem a ver com Diana e Leo?

– Não sei se chegaria a tanto. Pelo menos, não ainda.

Augie suspira.

– Vamos lá, até onde você já chegou?

– Rex conhecia Leo.

– Provavelmente conhecia Diana também. Vocês todos eram colegas de turma, não eram? Westbridge nem é tão grande assim.

– Tem mais.

Pego minha bolsa e tiro o anuário. Augie o toma das minhas mãos.

– Post-it rosa? – indaga.

– São da Ellie.

– Eu devia ter imaginado. O que tem pra ver aqui?

Enquanto ouve sobre os alfinetes e o Clube da Conspiração, Augie abre um pequeno sorriso. Terminada a história, pergunta:

– Então, qual é a sua tese?

Não digo nada. O pequeno sorriso fica maior.

– Você acha que esses garotos do Clube descobriram algum segredo cabeludo sobre a base militar escondida no bosque? – indaga Augie, remexendo os dedos como se estivesse lançando um feitiço. – Um segredo tão cabeludo que... o quê? Tão cabeludo que alguém precisou eliminar Diana e Leo? Foi isso que você pensou, Nap?

Dou mais um gole no vinho. Augie começa a andar de um lado para o outro, examinando as páginas marcadas.

– E agora, quinze anos depois, e por um motivo insondável, Rex precisa ser eliminado também. Estranho que ninguém tivesse pensado nele antes. Mas tudo bem. De uma hora pra outra agentes secretos são despachados pra apagar o cara.

Augie para onde está e olha para mim.

– Você está se divertindo com tudo isso, não está? – pergunto.

– Um pouquinho, acho.

Ele abre mais uma das páginas marcadas.

– Beth Ashley – diz. – Morreu também?

– Não, acho que não. Ainda não descobri nada sobre ela.

Instigado pela curiosidade, Augie abre na página seguinte.

– Ah, o Hank Stroud. Bem, esse a gente sabe que ainda está na cidade. Com um pé no mundo da lua, eu sei, mas pelo menos não foi comido pelo bicho-papão.

Ele pula para a página seguinte e dessa vez fica lívido. Lívido e mudo. Observando seu olhar, fico me perguntando se realmente foi uma boa ideia ter vindo aqui. Não sei exatamente qual é a página que ele está olhando, mas posso ver que é uma das últimas. Então imagino o que seja. A expressão dele não muda, mas todo o resto, sim. A dor retesa os músculos do rosto. Agora há um leve tremor nas mãos. Minha vontade é dizer algo para consolá-lo, mas sei que este é um daqueles momentos em que as palavras são como um apêndice: ou são inúteis ou trazem um enorme risco.

Então não digo nada.

Fico esperando enquanto Augie admira a foto da sua filha de dezessete anos que naquela noite não voltou para casa. Quando ele finalmente consegue falar, é como se tivesse uma pedra sobre o peito.

– Eram duas crianças, Nap.

Sinto os dedos apertando a taça de vinho.

– Duas crianças burras e inexperientes – prossegue Augie. – Tinham bebido muito. Misturaram drogas com álcool. A noite estava escura, já era tarde. Estavam fazendo o que na linha de trem? Será que estavam apenas de bobeira nos trilhos? Ou correndo em cima deles, às gargalhadas, chapados demais pra perceber o que estavam fazendo? Ou será que tinham desafiado um ao outro pra ver quem era o mais corajoso, o último a saltar antes da passagem do trem? Foi assim que Jimmy Riccio morreu em 1973. Não sei, Nap. Gostaria muito de saber. Preciso saber exatamente o que aconteceu. Saber se a morte de minha filha foi rápida ou sofrida. Se virou para olhar no último segundo e soube ali mesmo que sua vida tinha acabado ou se foi pega de surpresa. Esse é o problema, Nap. Minha obrigação, minha única obrigação como pai, era proteger Diana, mas naquela noite permiti que ela saísse. Então fico me perguntando se ela sofreu muito, se sabia que ia morrer. Nesse caso... será que chamou por mim? Será que chamou pelo pai, esperando que eu pudesse fazer alguma coisa pra salvá-la?

Não me mexo. Não consigo me mexer.

– Você vai investigar isso tudo, não vai?

À custa de algum esforço, consigo responder:

– Vou.

Augie devolve o anuário e já está saindo da sala quando diz:

– Talvez seja melhor eu ficar de fora.

capítulo 10

Então começo sozinho minha investigação.

Ligo para a clínica de Essex Pines e fico surpreso com a rapidez com que consigo falar com um dos médicos de Hank Stroud.

– O senhor sabe que a confidencialidade dos pacientes é garantida por lei, não sabe? – indaga ele.

– Sei.

– Pois é. Não posso dizer nada sobre o estado do Sr. Stroud.

– Quero falar com ele, só isso.

– Ele não é um interno.

– É, eu sei.

– Então deve saber também que ele não mora aqui.

Sempre tem um engraçadinho.

– Doutor... Desculpe, não perguntei o seu nome.

– Bauer. Por quê?

– Só pra saber o nome da pessoa que está obstruindo o trabalho da polícia.

Silêncio.

– Sou detetive, estou tentando localizar Hank. Alguma ideia de onde ele possa estar?

– Nenhuma.

– Vocês não têm o endereço dele?

– Uma caixa postal em Westbridge, foi só isso que ele nos deu. E antes que o senhor pergunte, há normas que me impedem de revelar que Hank Stroud costuma vir à clínica de três a cinco vezes na semana, mas que não aparece faz quinze dias.

Quinze dias. O médico desliga. Não me importo. Tenho outra ideia.

Agora estou nas quadras de basquete ao lado do ginásio da Westbridge High School, ouvindo o barulhinho delicioso de uma bola quicando no asfalto sob a luz do entardecer. O que está na minha frente é o que pode haver de mais perfeito na vida: uma "pelada" de basquete. Nada de uniformes, times fixos, juiz ou técnico. Em alguns lugares é uma linha torta que delimita a quadra, em outros é a cerca de alambrado. O jogo começa com um passe para o adversário na ponta do garrafão. Os vencedores continuam no jogo.

São os próprios jogadores que marcam as faltas. Amigos e desconhecidos jogam juntos. Alguns têm um ótimo emprego, outros mal têm onde cair mortos. Altões, baixotes, gorduchos, magricelas, todas as raças, todos os credos. Um dos jogadores está de turbante. Nada disso importa aqui. As pessoas só querem saber se você joga bem ou não. Alguns xingam o tempo todo, outros entram mudos e saem calados. Todo mundo sabe como funciona um jogo oficial da liga ou um simples jogo planejado entre amigos. As peladas de rua são justamente o oposto, um oposto maravilhosamente primitivo e anárquico.

Fico ouvindo os grunhidos na quadra, os gritos de falta ou bloqueio, o *staccato* dos tênis raspando o chão. São dez jogadores, cinco contra cinco. Três esperam a vez na beira da quadra. Outro se aproxima e pergunta se eles estão "na de fora".

Conheço boa parte desses caras. Alguns são ex-colegas de escola. Outros são vizinhos. O diretor do programa local de lacrosse é um deles. Muitos trabalham na área financeira, dois são professores secundários.

Nenhum sinal de Hank.

Quando a partida termina (eles estão jogando partidas de dez pontos, com cestas de apenas um ponto), um sujeito alto estaciona por perto e desce do carro. Um dos quatro que estão esperando aponta para ele e berra:

– É o Myron!

Os outros começam a aplaudir e assobiar para Myron, que sorri de volta, meio tímido.

– Olha só quem voltou! – diz alguém.

– E aí, Romeu, como foi de lua de mel? – pergunta outro.

– Não era pra você estar com esse bronzeado, cara.

– Isso aí. Quem está de lua de mel não sai nem do quarto, se é que você me entende.

– Ah, claro – diz Myron. – Eu ainda não tinha entendido, mas aí você disse "se é que você me entende" e tudo se iluminou.

Mais risadas e muitos parabéns para o recém-casado.

Lembra-se do Myron Bolitar, Leo? Aquele que jogava no time de basquete da Livingston? Papai levava a gente pra ver os jogos dele só pra mostrar o que era um jogador de verdade, um jogador genial. Myron era um solteirão convicto. Ou pelo menos era isso que eu achava. Pouco tempo atrás ele se casou com uma jornalista, âncora de um jornal da TV a cabo. Até hoje lembro do papai na arquibancada dizendo: "Sempre vale a pena ver a genialidade de perto." Essa era a filosofia do velho. Myron era realmente muito bom, chegou a ser um superstar da equipe da Duke, selecionado pra jogar profissionalmente pela NBA. Depois, bum!, sofreu uma lesão bizarra e foi obrigado a abandonar o esporte.

Também há uma lição nisso, eu acho.

Aqui nestas quadras o cara ainda é tratado como rei. Não sei se é uma questão de nostalgia, mas entendo. Eu mesmo ainda o vejo como uma pessoa especial. Hoje somos adultos, porém confesso que ainda sinto uma pontinha de orgulho toda vez que ele fala comigo, às vezes chego a ficar até um pouco intimidado.

Sigo para o grupo que o cerca e aperto a mão dele.

– Parabéns pelo casamento.

– Obrigado, Nap.

– Ainda acho que você é um grande filho da puta. Virou a casaca.

– Veja a coisa pelo lado bom: você agora é o solteirão mais cobiçado da área. – Percebendo meu olhar preocupado, ele me puxa para o lado e pergunta: – E aí, algum problema?

– Estou atrás do Hank.

– Por quê? Ele aprontou alguma?

– Acho que não. Preciso falar com ele, só isso. Geralmente ele joga nas noites de segunda, certo?

– Sempre às segundas – diz Myron. – Só que, claro, a gente nunca sabe qual dos Hanks vai aparecer.

– Como assim?

– É que... Bem, o cara é uma gangorra. Emocionalmente falando.

– Por causa dos remédios?

– Remédios, desequilíbrio químico, sei lá. De qualquer modo, não sou a melhor pessoa pra dar informações sobre o Hank. Faz mais ou menos um mês que não apareço por aqui.

– Lua de mel prolongada?

– Quem dera – comenta Myron.

Sei que ele não quer se estender no assunto, nem eu estou com tempo.

– Então, quem você acha que pode me dar informações? – pergunto.

Myron aponta o queixo na direção de um cara boa-pinta.

– David Rainiv.

– Jura?

Myron dá de ombros e sai para a quadra.

Não consigo imaginar duas trajetórias de vida mais diferentes que as de Hank Stroud e David Rainiv. David era o representante da escola na National Honor Society, o panteão das escolas secundárias americanas, e hoje é CEO de um dos maiores bancos de investimento do país. É possível que você o tenha visto na televisão alguns anos atrás, quando o Congresso resolveu dar uma dura nos banqueiros. David tem uma cobertura em Manhattan, mas ele e a mulher, Jill, sua namoradinha dos tempos de colégio, resolveram criar os filhos aqui mesmo em Westbridge. Nos subúrbios não existem socialites (quando muito, algum vizinho que nos deixa com complexo de inferioridade), mas, seja qual for o rótulo, os Rainiv estão no topo de qualquer pirâmide.

Começa o jogo seguinte. David e eu encontramos um banco para sentar no outro lado da quadra. David é um cara de porte atlético, parece a mistura de um Kennedy com o Ken da Barbie. Se algum cineasta estiver à procura de alguém para interpretar o papel de um senador com covinha no queixo, David Rainiv é o cara.

– Faz três semanas que não vejo o Hank – diz ele.

– Isso é incomum?

– Geralmente ele vem nas segundas e quintas.

– E como ele está? – pergunto.

– Bem, eu acho. Quer dizer, bem mesmo ele nunca está. Você entende, não é? – David corre os olhos pela quadra. – Certas pessoas... elas não querem ver o Hank por aqui. O cara é esquisito. Não é muito chegado num banho. Tem vezes que ele fica andando de um lado pra outro na beira da quadra, gritando coisas enquanto espera pra entrar.

– Que tipo de coisa?

– Coisas sem pé nem cabeça. Teve um dia que ele ficou berrando que Himmler detesta atum.

– Himmler, o nazista?

– Ele mesmo – confirma David, sem tirar os olhos do jogo. – As pessoas ficam assustadas com esse tipo de comportamento. Mas quando o Hank entra na quadra – acrescenta ele agora com um sorriso –, é como se ele voltasse a ser a mesma pessoa de antes. É o Hank dos velhos tempos que está ali, jogando. Lembra-se dele no colégio?

– Lembro.

– Era um cara adorável, não era?

– Era.

– Quer dizer, era um nerd total, mas... Lembra o que ele aprontou na festa de Natal dos professores?

– Algo a ver com o chocolate deles, não é?

– Isso aí. Os professores lá, enchendo a cara, daí o Hank entra de mansinho na sala deles, mistura os M&M's de uma tigela com os Skittles de outra e...

– Puxa, que nojo.

– ... e os professores, já completamente chapados, pegam os chocolates de uma das tigelas e... – Ele dá uma gargalhada. – Hank filmou a coisa toda. Foi hilário.

– Agora eu lembro.

– Não fez por mal. Esse era Hank. Na cabeça dele, a coisa era mais um experimento científico do que uma pegadinha. – David se cala por um instante para ver o arremesso de Myron. – Hank é um cara doente, Nap. Não tem culpa de nada. É o que sempre digo pra essas pessoas que não o querem por aqui. É como se ele tivesse um câncer. Ninguém ia proibir um cara de jogar só porque ele tem câncer, certo?

– Claro que não.

David continua focado no jogo, talvez um pouco demais.

– Tenho uma dívida com Hank.

– Dívida?

– Quando a gente se formou, ele foi estudar no MIT. Você ficou sabendo disso?

– Sim.

– Fui aceito em Harvard, que fica a menos de dois quilômetros de distância. Perfeito, não é? A gente era amigo, Hank e eu. Então, no primeiro ano de faculdade, volta e meia a gente se encontrava. Eu passava no campus pra buscá-lo, depois a gente comia um hambúrguer em algum lugar ou ia pra uma festa qualquer, geralmente no campus de Harvard, mas às vezes no do MIT. Hank me fazia rir como ninguém. – Um sorriso desponta no rosto de David Rainiv. – Ele não era muito de beber, preferia ficar num canto, observando. Gostava disso. As meninas gostavam dele também. Sempre tinha uma que ficava atraída por ele.

Um silêncio parece envolver a noite agora. Os únicos ruídos são a cacofonia da quadra.

O sorriso desaparece do rosto de David como se derretesse.

– Então as coisas começaram a mudar – diz ele. – Uma mudança gradual. De início, eu nem notei.

– Como assim?

– Tipo, quando eu passava pra buscá-lo e ele ainda não estava pronto. Ou quando a gente saía do quarto e ele conferia duas ou três vezes pra ver se a porta estava trancada. Depois foi piorando. Eu chegava, e ele ainda estava enrolado numa toalha. Ficava horas no chuveiro. Vivia trancando e destrancando a porta. Não duas ou três vezes, mas vinte ou trinta. Eu tentava conversar com ele: "Hank, você já conferiu, pode parar. Afinal, quem vai querer roubar essa tralha que você tem no quarto?" Ele ficava preocupado, achando que podia ter um incêndio no dormitório. Tinha um fogão elétrico na sala comunitária. Antes de sair ele insistia em passar por lá só pra ver se ninguém tinha esquecido o fogão ligado. Eu levava uma hora até conseguir tirá-lo do prédio.

David se cala, e por alguns minutos ficamos acompanhando o jogo. Não o forço a falar. Sei que ele quer contar a história do seu jeito.

– Aí teve uma noite em que a gente saiu com duas garotas pra jantar num restaurante caro em Cambridge, uma *steak house*. Ele disse que eu não precisava buscá-lo, que tomaria um ônibus. Tudo bem. Então busco as meninas e vou com elas pro restaurante. Espere. Não estou contando direito. Eu sabia que uma delas, Kristen Megargee, era doida pelo Hank. Uma menina linda, um geniozinho da matemática. Hank estava superempolgado. Mas... você já deve saber o que aconteceu.

– Ele não deu as caras.

– Exatamente. Então inventei uma mentira qualquer, deixei as meninas em casa e fui pro dormitório dele. Chegando lá, encontrei o cara no corredor, trancando e destrancando a porta do quarto. Não conseguia parar. E depois botou a culpa em mim: "Poxa, você não falou que era na semana que vem?"

Fico esperando. David deixa a cabeça cair entre as mãos, respira fundo antes de reerguê-la.

– Eu estava na universidade, no auge da juventude – prossegue ele. – Tudo era festa. Eu tinha um monte de novos amigos, os estudos, uma vida. E o Hank... bem, o Hank não era meu filho, certo? Chegou uma hora em que já não aguentava mais essa história de passar pra buscá-lo no dormitório. Então fui me afastando aos poucos. Sabe como é... Ele mandava uma mensagem, eu demorava pra responder, daí passava um mês, passavam seis, e...

Não digo nada. Vejo que ele sofre com a consciência pesada.

– Então, esses caras aí... – diz ele, apontando para a quadra –, eles acham que o Hank é um esquisitão. Não o querem por perto. – Ele se endireita no banco. – Bem, eles que se danem. Porque o Hank vai continuar jogando se quiser. Vai jogar conosco, e vai se sentir bem-vindo.

Espero passar um momento e pergunto:

– Você faz alguma ideia de onde ele possa estar?

– Não. É que a gente ainda não... a gente só se fala aqui. O pessoal costuma sair depois do jogo pra tomar uma cerveja ou comer uma pizza. Todas as vezes que chamei o Hank pra ir junto, ele deu um jeito de fugir. Você já viu o cara andando pela cidade, não viu?

– Já.

– Sempre o mesmo caminho, sempre na mesma hora. Um escravo do hábito. Acho até que isso ajuda. Ter uma rotina. A gente sempre para de jogar lá pelas nove, nove e pouco. Hank sempre vai embora às nove *em ponto*. Não se despede de ninguém, não dá nenhuma explicação. Ele tem um Timex velho com alarme. O relógio apita às nove, e ele se manda, mesmo que o jogo ainda não tenha acabado.

– E a família? – pergunto. – Ele não mora com eles?

– A mãe faleceu ano passado. Morava em West Orange, num condomínio chamado Cross Creek Point. É possível que o pai ainda esteja por lá.

– Pensei que os pais do Hank tivessem se divorciado quando ele ainda era pequeno.

Na quadra, alguém dá um berro, cai no chão e pede falta, mas o outro diz que ele está fazendo drama.

– Hank devia ter uns dez anos quando os pais se separaram – explica David. – O pai se mudou pro Colorado, acho. Mas voltou pra ex-mulher quando ela ficou doente. Alguém me contou isso, não lembro quem.

O jogo termina quando Myron faz uma finta e arremessa: a bola bate na tabela e cai na cesta. David fica de pé e diz:

– Vou entrar na próxima.

– Por acaso você já ouviu falar do Clube da Conspiração? – pergunto.

– Não, o que é isso?

– Um clube que um pessoal da minha turma formou. Hank era um dos integrantes. Meu irmão também.

– Ah, o Leo – diz ele, balançando a cabeça com tristeza. – Um cara bacana também. Uma perda enorme.

Deixo passar.

– Hank já mencionou alguma conspiração para você? – digo.

– Sim, eu acho. Nada de específico. Hank não falava coisa com coisa.

– Falava da Trilha? Ou de um bosque?

David vira para trás e olha para mim.

– A antiga base militar, certo?

Não confirmo nada.

– Quando éramos colegas, Hank vivia comentando desse lugar. Tinha verdadeira obsessão.

– Falava o quê?

– Maluquices. Dizia que o governo usava a base pra fazer experiências com LSD, com telepatia, coisas assim.

Você também imaginava esse tipo de coisa, não é, Leo? Só que não era obcecado como o Hank, acho. Falava do assunto, achava divertido, mas no fundo não acreditava em nada. Eu ficava com a impressão de que tudo não passava de uma brincadeira pra você, mas talvez estivesse enganado. Ou talvez vocês participassem desse clube por motivos diferentes. Hank gostava de imaginar essas grandes operações secretas do governo. Maura apreciava o mistério, o perigo, a adrenalina. E você... bem, acho que você queria mesmo era estar com os amigos numa aventura no bosque, mais ou menos como num livro de Stephen King.

– Ei, David, vai entrar? – grita alguém.

– Acho que ele ainda precisa de um minuto – diz Myron. – A gente pode esperar.

Mas todos já estão reunidos para a partida seguinte, e o protocolo vigente é que ninguém deve fazer o grupo esperar. David olha para mim como se pedisse permissão para encerrar a conversa. Assinto, e ele vai saindo para a quadra. Então para de repente.

– Hank ainda é obcecado por aquela velha base.

– Por que você diz isso?

– Essa caminhada que ele faz toda manhã... sempre começa pela Trilha.

capítulo 11

Stacy Reynolds me liga pela manhã.

– Localizei o advogado que contratou os serviços do Rex.

– Ótimo.

– Nem tanto. O nome dele é Simon Fraser. Um dos sócios majoritários de um escritório importante chamado Elbe, Baroche & Fraser.

– Tentou contato com o cara?

– Claro.

– Aposto que ele foi super-receptivo.

– Aposto que você está sendo irônico. Simon Fraser se recusou a falar comigo depois de citar todas as leis, decretos e incisos relativos ao direito de privacidade e sigilo nos serviços advocatícios.

– *Serviços advocatícios?* Foi isso mesmo que ele disse?

– Foi.

– Devia ser preso só por causa disso.

– Ah, se a gente fizesse as leis... – diz ela. – Andei pensando se não seria o caso de procurar as clientes diretamente. De repente elas se dispõem a abrir mão desse sigilo.

– As mulheres que ele representou nos processos de divórcio?

– Sim.

– Não perca seu tempo. Essas mulheres ganharam a guarda dos filhos por causa da armadilha do Rex para pegar os ex-maridos. Nunca vão admitir que fizeram uma coisa dessas. Os maridos poderiam usar esse método escuso como justificativa pra reabrir o processo.

– Então... o que você sugere?

– Talvez seja melhor visitarmos Simon Fraser pessoalmente.

– Acho que seria uma perda de tempo também.

– Posso ir sozinho.

– Não. Não creio que seja uma boa ideia.

– Então vamos juntos. A jurisdição é sua, então você pode se apresentar como investigadora responsável pelo...

– E você? Qual seria o seu papel? O de civil interessado no caso?

– O papel da minha vida.

– Quando você pode vir?

– Preciso parar em dois lugares no caminho, mas antes do almoço já estou aí.

– Mande uma mensagem quando estiver chegando.

Desligo o telefone, tomo banho e me visto. Confiro o relógio. Segundo informou David Rainiv, toda manhã Hank começa sua caminhada pela Trilha exatamente às oito e meia. Paro o carro no estacionamento dos professores, que tem uma vista totalmente desobstruída para a Trilha. Ainda são oito e quinze. Faço um passeio rápido pelas estações de rádio, decido por Howard Stern. Fico de olho na Trilha, mas não vejo ninguém.

Onde estará Hank Stroud?

Às nove, desisto e vou para minha segunda parada.

O abrigo comandado por Ellie trabalha basicamente com famílias vítimas de violência doméstica. Vou ao encontro dela numa das residências transicionais, um velho casarão vitoriano numa ruazinha pacata de Morristown. É nela que as mulheres e as crianças ficam escondidas até que a gente decida o passo seguinte, geralmente algo melhor, mas nada que possa ser considerado desejável.

São poucas as grandes vitórias neste trabalho de Ellie. Essa é a tragédia. O que ela faz é mais ou menos como esvaziar um oceano com a colher. Mesmo assim, ela não esmorece, vai à luta diariamente, nunca se cansa. Não é páreo para a maldade que habita o coração desses homens violentos, mas faz a guerra valer a pena.

– Beth Lashley assumiu o sobrenome do marido – informa Ellie. – Agora é a Dra. Beth Fletcher, cardiologista em Ann Arbor.

– Como você descobriu?

– Foi mais difícil do que deveria.

– Como assim?

– Falei com todas as amigas mais próximas que ela tinha no colégio. Nenhuma manteve contato, o que foi uma surpresa para mim. Afinal de contas, Beth era uma garota supersociável. Falei com os pais outra vez, dizendo que precisava do endereço dela pra encaminhar os convites das nossas reuniões de turma, esse tipo de coisa.

– O que eles disseram?

– Não me deram endereço nenhum. Pediram que eu mandasse tudo pra eles.

Não sei o que fazer disso, mas boa coisa não deve ser.

– Então como você teve notícias da Beth?

– Por meio da Ellen Mager. Lembra-se dela?

– Era um ano mais nova que a gente – respondo –, mas acho que era da nossa turma de matemática.

– Exatamente. Fez a universidade em Houston, na Rice.

– Humm.

– Beth também. Então pedi a Ellen que entrasse em contato com a associação de ex-alunos da Rice pra ver se alguém tinha alguma informação.

Uma jogada de mestre, devo admitir.

– Ótimo – digo.

– Bem, ela conseguiu um endereço de e-mail com o sobrenome Fletcher no Centro Médico da Universidade de Michigan. Dei uma pesquisada no Google pra descobrir o resto. Aqui está o número do consultório dela.

Ellie me entrega o telefone anotado, e fico olhando para o papel como se fosse encontrar nele alguma pista.

– E com o Hank? – pergunta ela. – O que você conseguiu?

– A coisa não é nada boa.

– Suspense na trama...

– Pois é.

– Ah, antes de você ir, Marsha queria falar com você.

– Vou lá, então.

Despeço-me de Ellie com um beijinho no rosto. Antes de seguir para a sala de Marsha Stein, uma colega dela, viro para a esquerda e vou para o segundo andar da casa, onde funciona uma espécie de creche. Dou uma espiada no cômodo, vejo o caçula de Brenda colorindo um livro. Depois sigo adiante e vou para o quarto no fim do corredor. Bato de leve na porta aberta para anunciar minha presença. Duas malas estão escancaradas sobre uma das camas. Assim que me vê, Brenda corre para me abraçar. Nunca fez isso antes.

Ela não diz nada. Eu também não.

Quando se afasta, Brenda olha no fundo dos meus olhos e meneia a cabeça discretamente. Faço o mesmo com ela.

Ainda calado, saio do quarto e me deparo com Marsha Stein, esperando por mim no corredor.

– Oi, Nap – cumprimenta ela.

Lembra, Leo? Marsha era nossa babá adolescente quando tínhamos oito ou nove anos. Uma menina linda. Corpo de bailarina, cantava superbem, estrelava todas as peças da escola. Éramos loucos por ela. Nós e todo mundo. Quando Marsha vinha tomar conta da gente, nossa atividade predileta era ajudá-la com o texto da peça que ela vinha ensaiando. Líamos as falas dela. Certa vez papai nos levou para vê-la no papel de Hodel, a filha bonita de *Gata em teto de zinco quente*. No ano seguinte, antes de se formar, ela encerrou sua carreira de atriz com o papel principal de *Mame*, o musical. E você, meu irmão, fez o papel de sobrinho dela, o "Jovem Patrick" do programa. Papai e eu fomos ver quatro vezes, e em todas elas Marsha foi merecidamente aplaudida de pé.

Naquela época ela namorava um cara chamado Dean, um tipo meio rústico e boa-pinta, que dirigia um Trans Am e vivia sempre com uma jaqueta de couro da equipe de luta livre da escola, verde com mangas brancas. Os dois foram eleitos o "Casal 20" no anuário da Westbridge e se casaram um ano depois de formados. Não demorou para Dean começar a bater em Marsha. Brutalmente. Ela ainda tem uma sequela no olho direito, uma fratura da órbita que arruinou a simetria antes perfeita do rosto. O nariz também ficou deformado depois de tantas surras.

Marsha precisou esperar dez anos para reunir a coragem de que precisava para fugir. Como ela mesma costuma dizer às mulheres do abrigo: "Quando finalmente encontramos coragem, aí já é tarde demais. Por outro lado, nunca é tarde demais, o que não deixa de ser uma contradição." Ela se aliou a outra "criança" daqueles seus dias de babá, Ellie, e juntas elas fundaram os abrigos.

Ellie é a CEO. Marsha prefere ficar nos bastidores. Elas agora administram um abrigo e quatro residências transicionais como esta. Também possuem mais três lugares com endereços totalmente desconhecidos para o público geral, por motivos óbvios. Têm um excelente esquema de segurança, mas ainda assim eu às vezes dou alguns palpites.

Cumprimento Marsha com um beijinho no rosto. Ela não tem mais a beleza da juventude. Não é velha, deve ter quarenta e poucos. Quando as pancadas da vida roubam a luz dos mais iluminados, eles até se recuperam, mas em certos casos a luz nunca volta com a mesma intensidade. Ela ainda gosta de brincar de atriz, diga-se de passagem. Um grupo de teatro amador da cidade, o Westbridge Community Players, está ensaiando *O violinista no telhado*, com estreia prevista para maio. Marsha faz o papel da avó da família Tzeitel.

Ela me puxa de lado.

– Muita coincidência.

– O quê?

– Eu te contei sobre um monstro chamado Trey e de repente ele aparece todo quebrado num hospital.

Não digo nada.

– Uns meses atrás, contei sobre o namorado da Wanda, que violentou a filha dela de quatro anos, e de repente o cara...

– Estou meio com pressa, Marsha – digo para mudar de assunto.

Ela olha para mim.

– Você sempre tem a opção de não me contar nada – argumento. – A escolha é sua.

– Antes eu rezo.

– Tudo bem.

– Quando percebo que rezar não está adiantando muita coisa... é aí que recorro a você.

– Talvez esteja vendo a coisa pelo ângulo errado.

– Como assim?

– Talvez eu seja a resposta para as suas orações.

Seguro o rosto dela entre as mãos, despeço-me com mais um beijinho e vou embora correndo antes que ela possa dizer mais alguma coisa. Você provavelmente está se perguntando que justificativa pode ter alguém como eu, um policial juramentado e comprometido com a lei, para fazer o que fiz com Trey. Justificativa nenhuma. Sou um hipócrita. Todos nós somos hipócritas. Realmente acredito no que o direito chama de "império da lei". Não sou lá muito fã de milícias que fazem justiça com as próprias mãos. Mas não é bem assim que vejo o que faço. É como se eu estivesse num bar e visse um homem batendo na mulher, rindo da cara dela, provocando, implorando para que ela lhe dê mais uma chance. Ou como se eu entrasse na casa de uma amiga e me deparasse com o namorado dela se aproveitando de uma menina.

Se o seu sangue está fervendo, não vai esfriar só porque você não estava presente, vai?

Então corro atrás e faço o que tenho que fazer para dar um fim à situação. Não tenho nenhuma ilusão. Opto por infringir a lei. Se for pego, paciência, pago o preço se precisar.

Admito que isso não justifica nada, mas realmente não me importo.

Pego a autoestrada na direção oeste, rumo à fronteira da Pensilvânia. As chances são grandes, claro, de que Simon Fraser não esteja no escritório. Nesse caso vou procurá-lo em casa ou onde quer que seja. Talvez não o encontre em lugar nenhum. Talvez ele se recuse a falar comigo. Assim é a vida de um detetive. A gente segue adiante, mesmo sabendo que tudo pode resultar numa grande perda de tempo e de energia.

Fico pensando em você enquanto dirijo. Este é o meu problema: das lembranças que tenho dos meus primeiros dezoito anos de vida, não há nenhuma que não envolva você. Dividimos o mesmo útero, depois o mesmo quarto. Na realidade não havia nada que não dividíssemos. Eu contava tudo a você. *Tudo.* Não escondia absolutamente nada. Nunca me sentia envergonhado de revelar isto ou aquilo porque sabia que você nunca deixaria de me amar. Com as outras pessoas, sempre há uma distância. Porque é preciso haver. Com a gente não havia nenhuma.

Nunca escondi nada. Mas às vezes fico me perguntando: e você, Leo? Escondia alguma coisa de mim?

Já estou há uma hora na estrada quando ligo para a Dra. Beth Fletcher, ex-Lashley. Informo meu nome à recepcionista e peço para falar com a médica. A moça diz que ela não está no momento e, naquela vozinha aborrecida que só as atendentes de consultório são capazes de reproduzir, pergunta o motivo da minha ligação.

– Sou um velho amigo de colégio – digo.

Repito meu nome, dou o número do celular. Depois faço o possível para comovê-la:

– Realmente preciso falar com ela. É *muito* importante.

Ela não está nem aí.

– Vou dar o recado.

– Também sou da polícia.

Nada.

– Por favor, localize a Dra. Fletcher e diga a ela que é importante.

A moça desliga sem prometer nada.

Ligo para Augie. Ele atende no primeiro toque:

– Oi.

– Sei que você quer ficar de fora dessa história...

Silêncio.

– Mas poderia me fazer um favor? Mandar um carro de patrulha pra ficar de olho no Hank?

– Não deve ser difícil – diz ele. – Hank faz o mesmo caminho todo dia.

– Hoje de manhã não fez.

Conto a ele sobre minha patrulha no estacionamento da escola, sobre minha visita à quadra de basquete ontem à noite. Augie permanece calado por alguns instantes.

– Você sabe que o Hank é meio... ruim da cabeça, não sabe?

– Sei.

– Então, o que exatamente você espera tirar dele?

– Não faço a menor ideia.

Mais silêncio. Fico tentado a me desculpar por ter trazido à tona uma história que por tanto tempo ele preferiu deixar enterrada. Só que não estou no clima para delicadezas, acho que ele também não.

– Vou pedir que meu pessoal avise pelo rádio se eles virem o Hank por aí.

– Obrigado – digo, mas Augie já desligou.

O escritório de advocacia Elbe, Baroche & Fraser fica num espigão de vidro mais ou menos igual a quase todos os outros à sua volta, numa vizinhança que poderia muito bem ser chamada de "Country Club Campus". Deixo o carro num estacionamento ligeiramente maior que um principado europeu e encontro Reynolds à minha espera à porta do prédio, vestindo um blazer sobre uma malha verde de gola alta.

– Simon Fraser está aqui – diz ela.

– Como você sabe?

– Estou vigiando desde aquela hora em que a gente se falou por telefone. Vi quando ele entrou, depois não o vi sair. Juntando uma coisa com a outra, deduzi que ele está aqui.

– Isso, sim, é que é detetive.

– Também não precisa ficar intimidado.

O lobby é um espaço frio e cinzento, algo parecido com a caverna do Mr. Freeze. Diversas firmas de advocacia e grupos de investimento têm sede neste mesmo prédio, assim como uma daquelas "faculdades" caça-níqueis que a gente conhece muito bem. Subimos de elevador até o sexto andar. O magricela da recepção exibe uma barbinha de dois dias, óculos modernos e um headset com microfone. Ele sinaliza para que esperemos um segundo. Dali a pouco diz:

– Pois não, em que posso ajudá-los?

Reynolds mostra sua carteira com o distintivo da polícia.

– Gostaríamos de falar com Simon Fraser.

– Têm hora marcada?

Por um momento fico achando que Reynolds vai disparar alguma coisa como "Esta carteira é minha hora marcada", o que me deixaria decepcionado, devo confessar. Em vez disso, ela responde que não, mas que ficaríamos gratos se o Sr. Fraser pudesse nos ceder alguns minutos do tempo dele. O magricela aperta um botão, sussurra alguma coisa, depois nos convida a sentar. Sentamos. Nenhuma revista por perto, apenas panfletos publicitários do escritório. Folheando um deles, encontro uma fotografia e uma pequena biografia de Simon Fraser. O homem é um legítimo filho da Pensilvânia: concluiu o ensino médio numa escola local, foi para a ponta oeste do estado para cursar o bacharelado na Universidade de Pittsburgh, depois voltou para o leste e fez o curso de direito na Universidade da Pensilvânia, na Filadélfia. Segundo o folheto, é um "especialista de renome nacional na área do direito de família". Preciso fazer um esforço para não bocejar enquanto leio sobre todos os congressos que o homem presidiu, os artigos e livros que escreveu, os prêmios que recebeu, os conselhos de que participa.

Uma mulher alta com uma saia-lápis cinza se aproxima de nós.

– Por favor, venham comigo.

Ela nos conduz por um corredor até uma sala de reuniões onde as vidraças de uma das paredes se entendem do teto ao chão, talvez por conta da vista supostamente maravilhosa: o estacionamento do prédio e, mais ao longe, um Wendy's e um Olive Garden. No centro da sala há uma mesa comprida com um daqueles aparelhos de viva-voz que mais parecem uma tarântula.

Faz quinze minutos que estamos esperando quando a mulher alta retorna.

– Tenente Reynolds?

– Sim.

– Uma ligação pra senhora na linha três.

A mulher sai da sala. Reynolds me encara com um olhar interrogativo. Sinaliza para que eu fique calada, depois aperta o botão do aparelho.

– Reynolds.

– Stacy? – soa uma voz masculina.

– Sim.

– Que diabos você está fazendo no escritório de Simon Fraser?

– Trabalhando num caso, capitão.

– E qual caso seria esse?

– O assassinato do oficial Rex Canton.

– Que não é mais da nossa conta porque a investigação foi transferida pra polícia do condado.

Eu não sabia disso.

– Só estou seguindo uma pista, capitão – insiste ela.

– Não, Stacy, você não está seguindo pista nenhuma. Só está importunando um cidadão importante que é amigo de pelo menos dois juízes locais. Ambos ligaram pra cá reclamando que uma subordinada minha está incomodando um advogado que já recorreu ao seu direito de sigilo.

Reynolds olha para mim como se dissesse: "Está vendo o tipo de coisa que preciso encarar?" Assinto.

– Será que preciso continuar? – indaga o capitão.

– Não, senhor. Já entendi e estou indo embora.

– Ah, falaram também que você está acompanhada. Posso saber...?

– Até logo.

Reynolds encerra a ligação. Como se obedecendo a uma deixa, a mulher alta retorna à sala e nos acompanha de volta ao elevador. Durante a descida, Reynolds diz:

– Desculpe por ter feito você despencar até aqui.

– Pois é, uma pena.

Saímos para o estacionamento.

– Preciso voltar pra delegacia – diz Reynolds. – Limpar minha barra com o capitão.

– Boa ideia.

Nós nos despedimos com um aperto de mãos. Antes de ir embora, ela pergunta:

– Vai voltar direto pra Westbridge?

– Sei lá. Acho que vou almoçar primeiro. Esse Olive Garden... Será que presta?

– O que você acha?

Não vou para o Olive Garden.

Uma parte do estacionamento é reservada para as vagas particulares. Procuro a de Simon Fraser (marcada com uma placa) e me deparo com um Tesla vermelho. Fico decepcionado, mas procuro não julgar. A vaga da esquerda, pertencente a um certo Benjamin Baroche, está vazia.

Perfeito.

Volto para o meu carro. No caminho, passo por um sujeito de terno que parece ter uns quarenta e tantos anos e está fumando um cigarro. Tem uma aliança na mão esquerda, e por algum motivo isso chama minha atenção.

– Por favor, apague este cigarro – digo a ele.

O homem para onde está e me encara com o olhar que sempre recebo quando digo isso a alguém: um misto de susto e irritação.

– Hã?

– Você provavelmente tem uma família, pessoas que gostam de você. Não quero que fique doente ou morra, só isso.

– Cuide da sua vida – rosna ele, arremessando o cigarro como se tivesse sido ofendido por ele e marchando na direção do prédio.

Penso com os meus botões: "Talvez seja o último cigarro dele. Vai saber." Depois dizem que não sou otimista.

Dou uma olhada à minha volta. Nenhum sinal de Simon Fraser. Rapidamente busco meu carro, entro na vaga particular do tal Baroche e paro o mais próximo possível do Tesla, de modo que Fraser não tenha espaço para entrar entre os dois carros, muito menos para abrir a porta do motorista.

Fico esperando. Sou ótimo nisso. Não ligo de esperar. Nem chega a ser uma operação de vigilância. Simon não vai a lugar nenhum neste carro espremido, então pego meu livro, reclino o banco e começo a ler.

Não preciso esperar muito.

Pouco depois do meio-dia, olho para o retrovisor e vejo o advogado saindo do prédio. Coloco o marcador entre as páginas 312 e 313, deixo o livro no banco do carona e sigo esperando. Simon Fraser fala animadamente ao celular enquanto vem na direção do Tesla. Com a mão livre, tira a chave do bolso e destrava as portas do carro. Para de repente, sem dúvida porque percebeu a situação das vagas. Ouço quando ele resmunga baixinho:

– Porra...

Levo o celular ao ouvido como se estivesse falando com alguém. Pouso a mão esquerda na maçaneta da porta.

– Ei... você aí!

Ignoro o homem e continuo com o telefone ao ouvido. Simon fica visivelmente irritado. Vem para o meu lado do carro e, usando o que suponho ser o seu anel de bacharel, bate no vidro da janela.

– Ei, você não pode estacionar aqui.

Viro na direção dele e gesticulo com o telefone para mostrar que estou ocupado. Vermelho de raiva, ele bate ainda mais forte na minha janela. Seguro com força a maçaneta à minha esquerda.

– Escuta aqui, seu...

Abro a porta com um gesto brusco, acertando em cheio o rosto do advogado, que desaba. O celular dele escapa da mão e cai no chão do estacionamento. Não sei se quebrou. Desço do carro antes que ele tenha tempo de se recompor.

– Eu estava esperando por você, Simon.

O homem apalpa o próprio rosto como se estivesse procurando por...

– Não, não tem sangue – aviso. – Ainda.

– Isto é uma ameaça?

– Pode ser.

Ofereço a mão para ajudá-lo a ficar de pé, e ele a olha como se fosse um monte de bosta. Rindo, lanço um olhar de doido como se dissesse "Quero mais é que você se f...", e o advogado recua um pouco, assustado.

– Estou aqui pra salvar sua carreira, Simon.

– Quem é você, afinal?

– Nap Dumas.

Minha intenção com esse teatro todo nem é tanto intimidar o cara, mas confundi-lo, desorientá-lo. Simon está acostumado a ter as rédeas da situação, a lidar com limites e regras bem definidos, a resolver problemas com um simples telefonema para a pessoa certa. Não está acostumado a conflitos inusitados, ao descontrole, e, se eu fizer minha parte direitinho, posso tirar bom proveito disso.

– Eu vou... chamar a polícia.

– Não precisa – digo, espalmando as mãos. – Sou da polícia. Em que posso ajudá-lo?

– Você é policial?

– Sou.

O homem fica ainda mais vermelho.

– Vou cassar seu distintivo.

– Alegando o quê? Estacionamento irregular?

– Agressão.

– Você está falando da porta do carro? Foi um acidente, desculpe. Mas, claro, vamos chamar mais policiais. Você cuida de minha expulsão da polícia e eu cuido da sua expulsão da Ordem dos Advogados.

Simon Fraser ainda está no chão, mais ou menos encurralado por mim, de modo que não pode ficar de pé sem a minha ajuda. Um joguinho de poder relativamente comum. Ofereço a mão outra vez. Se ele tentar alguma coisa (o que a essa altura não deixa de ser uma possibilidade), estou preparado. Ele finalmente toma minha mão e permite que eu o levante.

– Estou indo embora – fala ele, espanando as calças com a mão.

Pega o celular de volta e o limpa também, com o cuidado de quem limpa um cachorrinho de estimação. A tela está rachada. Agora que há certa distância entre nós, ele faz uma cara de mau e ameaça:

– Se estiver quebrado, você vai me pagar.

– Vou nada – digo, rindo.

Ele olha para o Tesla, claramente sopesando os prós e os contras de entrar pelo lado do carona e escorregar para o banco do motorista.

– Você me conta o que eu quero saber – falo –, e tudo isso fica apenas entre nós.

– E se eu não contar?

– Nesse caso... eu acabo com a sua carreira.

– Acha que tem esse poder? – ironiza ele.

– Pra falar a verdade, nem sei. Só que não vou descansar até conseguir isso. Não tenho nada a perder, Simon. Não estou nem aí se você vai "cassar meu distintivo" – digo, gesticulando as aspas. – Não tenho família, não sou uma pessoa importante. Repetindo, só pra deixar claro: não tenho nada a perder. – Dou um passo na direção dele. – Já você, Simon... Seu caso é bem diferente. Você tem família, tem um nome a zelar, tem isso que os jornais gostam de chamar de... – aspas de novo – ... "status".

– Você não pode me ameaçar.

– Foi o que acabei de fazer. Ah, e se eu não conseguir destruir sua reputação, volto qualquer dia desses pra destruir os seus dentes. Simples assim. Sou um policial à moda antiga.

Ele me encara com uma expressão de horror.

– Meu irmão está morto, Simon. Preciso descobrir quem o matou, e é bem possível que você esteja embarreirando meu caminho. – Avanço mais um passo. – Olhe bem pra mim: tenho cara de quem deixa uma coisa dessas passar?

Fraser pigarreia.

– Se isso tem a ver com os serviços que o oficial Rex Canton prestou para o nosso escritório...

– Tudo a ver.

– Então não tenho como ajudá-lo. Como já expliquei, essa informação está protegida pela lei do sigilo.

– Não se esses serviços forem ilegais, Simon. Se forem crimes.

Silêncio.

– Já ouviu falar de "flagrante provocado"?

Simon pigarreia de novo, agora com menos convicção.

– De que diabos você está falando?

– Você contratou Rex Canton pra levantar podres sobre os ex-maridos das suas clientes, visando ao benefício delas.

Simon entra imediatamente no modo advogado.

– Primeiro, eu não caracterizaria o trabalho do Sr. Canton dessa maneira. Segundo, levantar os antecedentes da parte contenciosa não é uma prática ilegal nem antiética.

– Levantar antecedentes. Não é isso que Rex Canton fazia, Simon.

– Você não tem prova de...

– Claro que tenho. Pete Corwick, Randy O'Toole e Nick Weiss. Esses nomes te dizem alguma coisa?

Silêncio.

– O gato comeu sua língua, doutor?

Mais silêncio.

– Por uma incrível coincidência, Rex Canton deteve esses três homens por embriaguez ao volante. Por outra incrível coincidência, na época dessas detenções, seu escritório estava representando as mulheres desses homens num acirrado processo de guarda dos filhos.

Abro um sorriso.

– Isso não prova crime nenhum – arrisca ele.

– Humm. Será que os jornais pensam da mesma forma?

– Se você disser uma palavra dessas suas acusações infundadas pra imprensa...

– Você vai cassar meu distintivo, eu sei. Olha, vou lhe fazer duas perguntas. Se você responder com sinceridade, pronto: seu pesadelo, que sou eu, acabou. Se não responder, vou contar tudo que sei pra imprensa, pra Ordem dos Advogados, pro Twitter, pro Facebook, pra todas essas porcarias que a juventude de hoje gosta de usar. Então, o que acha?

Simon Fraser permanece calado. Jamais daria o braço a torcer, mas os ombros caídos são um claro sinal de que ele está encurralado.

– Então vamos lá – continuo. – Primeira pergunta: o que você sabe sobre a moça que ajudava Rex nas suas ciladas?

A resposta é rápida:

– Nada.

– Você sabia que ele usava uma mulher pra induzir os caras a beber, não sabia?

– Homens flertando com mulheres num bar... – Simon Fraser dá de ombros, tentando recuperar um pouco da marra de antes. – A justiça não quer saber o que levou esses homens a beber, quer saber quanto eles beberam, só isso.

– Então, quem é ela?

– Não faço a menor ideia – responde ele, e parece estar falando a verdade. – Você acha que alguém do meu escritório, começando por mim, teria interesse em saber de uma coisa dessas?

Não, ninguém. Um tiro no escuro, eu sei, mas não custava tentar.

– Segunda pergunta.

– Segunda e *última* – retruca ele.

– Quem contratou seu escritório pra armar a cilada na noite em que Rex Canton foi assassinado?

Simon Fraser hesita por um instante. Está refletindo. Não vejo motivo para pressioná-lo. No rosto dele, o vermelho de antes já deu lugar a outra cor diferente, algum tom de cinza.

– Você está sugerindo que os... serviços prestados pelo Sr. Canton resultaram na morte dele?

– Mais do que sugerindo.

– Tem alguma prova disso?

– O assassino veio pra cidade com esse objetivo: alugou um carro no aeroporto, foi direto pro tal bar, fingiu que estava bêbado, depois saiu com a comparsa do Rex. Quando foi parado na rua, sacou uma arma e matou o policial.

Simon parece surpreso com a história toda.

– Foi uma execução, Simon. Das boas.

As coisas não deveriam ter chegado a este ponto: eu aqui, fazendo ameaças num estacionamento. Acho que Simon Fraser sabe disso agora. Aparentemente está mais zonzo do que quando levou uma portada nos cornos.

– Vou dar o nome que você quer – diz ele.

– Ótimo.

– Depois do almoço dou uma olhada no arquivo de cobranças. – Ele confere o relógio. – Já estou atrasado pra uma reunião com um cliente.

– Simon?

Ele olha para mim.

– Pule o almoço. Vá buscar este nome agora.

* * *

Faço o que posso para não pensar em Maura. Por diversos motivos. O mais óbvio, claro, é que preciso focar nas minhas investigações. Emoção não ajuda em nada. Sei perfeitamente que meu interesse neste caso se deve em grande parte ao vínculo pessoal que tenho com ele (esse vínculo é você, Maura), só que não posso deixar que isso interfira no meu raciocínio, que deturpe as ideias.

Mas, como dizem, a esperança é a última que morre.

Existe uma chance, por mais remota que seja, de que haja uma explicação razoável para tudo isso, de que quando Maura e eu estivermos cara a cara... Quando penso nesse momento, minha mente foge para onde não deve. Vai para um futuro de longas caminhadas de mãos dadas, noites de amor ainda mais longas, depois para os filhos, para a varanda que anda precisando de uma pintura nova, para o beisebol dos moleques. Sei que tudo não passa de uma bobagem, uma fantasia que eu jamais dividiria com outra pessoa que não fosse você. Só que não me contenho, Maura. Fico pensando nessas coisas todas que poderíamos ter tido juntos.

Como se já não fosse loucura suficiente conversar com meu irmão morto.

Agora estou com Simon Fraser na sala dele. A mulher alta entra para entregar uma pasta de arquivo, e uma expressão de surpresa brota no rosto do advogado quando ele examina a papelada.

– Que foi? – pergunto.

– Faz um mês que não contrato Rex Canton – revela Simon, visivelmente aliviado. – Não sei quem o contratou naquela noite, mas não fui eu.

– Outra pessoa do seu escritório, talvez?

Simon pensa um instante.

– Acho difícil.

– Rex trabalhava só pra você?

– Isso eu não sei dizer, mas neste escritório... Bem, sou um dos sócios, o único que trabalha com o direito de família, portanto...

Ele não termina a frase, mas nem precisa. Rex era o cara dele, e *só* dele. Nenhum dos outros sócios teria o desplante de contratá-lo sem uma autorização prévia.

Meu celular toca. POLÍCIA DE WESTBRIDGE, diz o identificador de chamadas. Peço licença e me afasto para atender.

– Alô.

É Augie que está do outro lado da linha.

– Acho que descobri por que não estávamos encontrando o Hank.

capítulo 12

QUANDO CHEGO À DELEGACIA, Augie está esperando por mim com uma novata chamada Jill Stevens. Comecei na polícia de Westbridge como patrulheiro e ainda trabalho como um híbrido de investigador da cidade e do condado. Augie abriu as portas, depois foi me empurrando escada acima. Gosto deste degrau onde estou hoje: o de investigador de condado grande com uma pitada de policial de cidade pequena. Não tenho nenhum interesse em dinheiro ou glória. Não se trata de falsa modéstia. Estou feliz onde estou. Resolvo os casos e deixo que outros recebam os louros. Não quero promoção nem rebaixamento. De modo geral, não tenho muitos aborrecimentos, já que passo longe da areia movediça das politicagens.

Estou no melhor de todos os mundos.

A delegacia de Westbridge funciona temporariamente nas dependências de um banco na parte central da Old Westbridge Road. A delegacia de verdade fica na North Elm Street. Foi construída com o que havia de mais moderno em termos de tecnologia, mas oito anos atrás teve as instalações praticamente inutilizadas por uma tempestade. Sem ter para onde ir durante a reforma, eles alugaram essa agência já um tanto decrépita do Westbridge Savings Bank, um prédio de 1924 com arquitetura de inspiração greco--romana do qual ainda restam alguns vestígios: os pisos de mármore, as bancadas de carvalho, o pé-direito alto. O cofre original foi transformado numa cela. A prefeitura jura de pés juntos que um dia eles ainda vão voltar para a North Elm Street, mas oito anos já se passaram e a reconstrução sequer foi iniciada.

Estamos na sala de Augie no segundo andar, antes ocupada pelo gerente do banco. Atrás da mesa dele vê-se uma parede totalmente nua: nenhum quadro, nenhuma flâmula, nenhum diploma de honra ao mérito, nenhuma comenda, nada dessas coisas que geralmente povoam a sala de um capitão de polícia. Na mesa, nenhum porta-retratos. Quem não conhece o homem poderia pensar que ele está prestes a se aposentar e já empacotou boa parte da sua tralha, mas assim é o meu mentor. Para ele, diplomas e comendas são sinais de vaidade. Quadros são objetos muito pessoais, pouco adequadas ao ambiente de trabalho. Fotos de família... Bem, mesmo quando havia uma família ele preferia não ter fotos dela no gabinete.

Augie está na sua cadeira do outro lado da mesa. Jill está à minha direita com um notebook e uma pasta de arquivo no colo.

– Três semanas atrás – começa Augie –, Hank apareceu por aqui pra registrar uma queixa. Foi Jill que tomou o depoimento dele.

Ambos olhamos para a novata. Ela pigarreia, abre a pasta e diz:

– O querelante se mostrava bastante agitado quando...

– Jill? – interrompe Augie. – Vamos deixar os formalismos de lado. Estamos entre amigos, ok?

Ela assente e fecha a pasta.

– Já vi o Hank por aí na cidade. Todo mundo conhece a reputação dele, mas, consultando os arquivos, descobri que ele nunca pisou nesta delegacia antes. Quer dizer, *voluntariamente*. Foi trazido pra cá algumas vezes por causa de alguma altercação, ficou detido algumas horas até se acalmar. Nunca na cela, mas numa cadeira qualquer. O que estou querendo dizer é que... Hank nunca registrou uma queixa antes.

Tento acelerar a conversa:

– Você falou que ele estava agitado...

– Eu já o tinha visto outras vezes nesse mesmo estado, falando sozinho, esbravejando muito, então, num primeiro momento, fiquei só ouvindo, achando que ele precisava desabafar pra se acalmar. Só que não se acalmou. Continuou falando que umas pessoas o estavam ameaçando, gritando com ele.

– Gritando por quê?

– Não entendi direito, mas vi que ele estava assustado de verdade. Falou que essas pessoas vinham contando mentiras a seu respeito. De vez em quando, ele começava a falar de um jeito muito sério, formal, usando palavras como "difamação" e "calúnia". Como se fosse um advogado defendendo a própria causa. Tudo muito estranho.

Jill aproxima sua cadeira da minha e abre o notebook, depois diz:

– Demorei um pouco pra entender o que ele estava falando, até que ele me mostrou isto aqui.

Ela me entrega o computador com a imagem congelada de um vídeo no Facebook. Não dá para ver direito o que é. Parece uma floresta. Folhas verdes, árvores. Um cabeçalho informa o nome da página original onde o vídeo foi postado.

– "Envergonhe um Pervertido"? – leio em voz alta.

– Coisas da internet – diz Augie, como se isso explicasse alguma coisa.

Ele reclina a cadeira e cruza as mãos sobre a barriga.

Jill clica no botão de play.

O vídeo começa com imagens trêmulas e bordas pretas, sinal de que foram filmadas com um celular na posição vertical. Ao longe se vê um homem do outro lado da cerca protetora de um campo de beisebol.

– É o Sloane Park – informa Jill.

Eu já havia reconhecido. O campo adjacente à Benjamin Franklin Middle School.

O vídeo fecha na figura do homem. É Hank, claro. Ele parece um mendigo: barba por fazer; calças largas, quase brancas de tão desbotadas; camisa de flanela sobre uma regata encardida, furada por traças.

Por um segundo ou dois, nada acontece. Aos poucos a imagem vai ficando mais firme, mais nítida, e de repente uma mulher (provavelmente a pessoa que está filmando) fala baixinho:

– Esse tarado nojento se mostrou pra minha filha.

Olho de relance para Augie, que permanece imóvel. Depois volto minha atenção para o vídeo.

A imagem fica trêmula outra vez quando a mulher segue adiante, caminhando na direção de Hank.

– O que você está fazendo aqui? – grita ela. – O que pensa que está fazendo?

Hank Stroud arregala os olhos assim que nota a presença dela.

– Por que a polícia permite que pervertidos como você coloquem a nossa comunidade em risco?

Por um segundo Hank protege os olhos com a mão como se ofuscado por uma luz forte que não existe.

– Anda, responde!

Hank foge correndo.

A mulher o segue com a câmera. As calças de Hank começam a cair. Ele as segura com uma das mãos, mas sem interromper a corrida para o bosque.

– Quem souber alguma coisa sobre este pervertido – diz a mulher –, por favor, publique. Precisamos cuidar da segurança dos nossos filhos!

E com isso termina o vídeo.

Olho para Augie.

– Alguém já prestou alguma queixa contra o Hank?

– Tem sempre alguém reclamando do Hank.

– Ele chegou mesmo a baixar as calças pra alguém?

– Não. As pessoas não vão com a cara dele, só isso. Não gostam que ele fique zanzando por aí feito um doido, descabelado, fedido, falando sozinho. Você sabe como é.

– Sei. Mas nada de natureza sexual, certo?

– Não, isso nunca. – Augie aponta o queixo para o notebook. – Dê uma olhada na quantidade de visualizações.

Mal posso acreditar: 3.789.452.

– Uau!

– Viralizou – diz Jill. – Hank nos procurou no dia seguinte ao da postagem. Já havia mais de quinhentas mil visualizações.

– O que ele queria que vocês fizessem? – pergunto.

Jill abre a boca para responder, reflete e fica calada.

– Falou que estava com medo, só isso.

– Queria proteção da polícia?

– Acho que sim.

– E o que vocês fizeram?

– Nap – intervém Augie.

Jill se remexe na cadeira, aflita.

– O que eu podia fazer? – indaga ela. – Ele foi tão vago sobre tudo... Pedi que voltasse quando tivesse alguma coisa mais concreta.

– Quem postou este vídeo? Você checou?

– Humm, não. – Jill olha para Augie, apreensiva. – Deixei a pasta na sua mesa, capitão. Deveria ter feito mais alguma coisa?

– Não, Jill, você fez tudo certo. A bola está comigo agora. Deixe o computador aí. Obrigado.

Jill me encara como se esperasse uma absolvição. Não a culpo por ter agido como agiu, mas também não quero aliviar a consciência de ninguém. Não digo nada quando ela sai. Assim que ficamos sozinhos, Augie puxa minha orelha:

– É uma novata, caramba.

– Esta pessoa do vídeo fez uma acusação muito séria contra o Hank.

– Então a culpa é minha – diz Augie.

Faço uma careta, fingindo que não ouvi.

– O capitão aqui sou eu. Minha subordinada deixou a pasta na minha mesa. Eu deveria ter dado mais atenção. Você quer culpar alguém? Então me culpe.

Estando ele certo ou errado, esse não é o rumo que quero dar à nossa conversa.

– Não estou acusando ninguém – digo, e aperto o play para assistir ao vídeo mais uma ou duas vezes. – As calças dele estão caindo.

– Escorregaram, talvez?

Não sei. Augie também não.

– Dê uma olhada na seção de comentários – pede ele.

Movo o cursor para baixo.

– Devem ser uns cinquenta mil.

– Clique em "Mais relevantes" e leia alguns.

Faço o que ele manda. E, como sempre acontece quando leio comentários nas redes sociais, minha fé na humanidade despenca vertiginosamente.

ALGUÉM DEVIA CASTRAR ESSE CARA COM UM PREGO ENFERRUJADO...

MINHA VONTADE É ACORRENTAR ESSE FILHO DA PUTA NA TRASEIRA DO MEU CARRO E SAIR ARRASTANDO ELE POR AÍ...

ESSE É O PROBLEMA DO PAÍS. POR QUE DIABOS ESSE PE-DÓ-FI-LO AINDA NÃO FOI PRESO?

O NOME DELE É HANK STROUD! OUTRO DIA VI ELE MIJANDO NO ESTACIONAMENTO DA STARBUCKS DE WESTBRIDGE...

NÃO PAGO IMPOSTO PRA MANTER UM CARA DESSES NA PRISÃO. ESSE HANK TEM MAIS É QUE SER SACRIFICADO QUE NEM UM CÃO RAIVOSO...

TÔ SÓ ESPERANDO ESSE PERVERTIDO APARECER AQUI NO MEU QUIN-TAL. TENHO UM RIFLE NOVO QUE TÔ DOIDO PRA EXPERIMENTAR.

ALGUÉM DEVIA BAIXAR AS CALÇAS DELE, VIRAR ELE DE COSTAS E...

Por aí vai. Vários comentários começam com "Alguém devia...", depois sugerem métodos de tortura que deixariam qualquer inquisidor espanhol com inveja.

– E aí, gostou? – diz Augie.

– Precisamos encontrar o Hank.

– Distribuí um boletim de alerta em todo o estado.

– Talvez a gente devesse procurar o pai dele.

– Tom Stroud? – Augie parece surpreso. – Faz anos que ele se mudou.

– Ouvi dizer que ele voltou.

– É mesmo?

– Me contaram que ele está morando no apartamento da ex-mulher em Cross Creek Point.

– Humm – murmura Augie.

– "Humm" o quê?

– Éramos muito próximos, nos velhos tempos. Tom e eu. Depois do divórcio ele se mudou pra Cheyenne, no Wyoming. Uma vez... isso deve ter mais de vinte anos... eu e mais uns caras daqui fomos visitá-lo lá, numa viagem de pescaria.

– Quando foi a última vez que você o viu?

– Nessa viagem. Sabe como é. As pessoas se mudam pro outro lado do país, depois a gente acaba perdendo o contato.

– Mesmo assim... Você não acabou de dizer que eram muito próximos?

Augie percebe imediatamente aonde quero chegar. Ele olha para o saguão principal da delegacia. Quase nenhum movimento. Como sempre.

– Tudo bem – concorda ele, resignado, já se levantando para sair. – Você dirige.

capítulo 13

Seguimos em silêncio por alguns minutos.

Minha vontade é pedir desculpas. Dizer que não devia ter desenterrado essa história que ele demorou tanto para enterrar. Dizer que vou levá-lo de volta para a delegacia, que posso perfeitamente tocar esse caso sozinho. Dizer a ele para procurar Yvonne, para tentarem outra vez e esquecer tudo que eu disse sobre sua filha morta.

Na verdade o que eu acabo dizendo é:

– Minha teoria não está batendo.

– Como assim?

– Minha teoria, se é que a gente pode chamar assim, era que o assassinato de Rex tinha alguma coisa a ver com o que aconteceu com Leo e Diana. – Olho de relance para Augie, vejo o desânimo estampado no rosto dele. – Alguma coisa relacionada com o tal Clube da Conspiração. Seis possíveis membros desse clube... Leo e Diana...

– Não sabemos se Diana era do clube – interrompe ele de modo ríspido, o que entendo perfeitamente. – Na foto do anuário ela não estava usando aquele alfinete bobo.

– Certo – digo, meio que pisando em ovos. – Por isso eu falei "*possíveis* membros".

– Tudo bem, deixa pra lá.

– Se você preferir que eu mude de assunto...

– Prefiro que você me faça um favor, Nap. Fale logo o que há de errado com esta sua teoria, pode ser?

Faço que sim com a cabeça. Com o passar dos anos nossa relação vai ficando cada vez mais equilibrada. Mesmo assim, ele ainda é o mentor, e eu, o discípulo.

– Seis possíveis membros – repito. – Diana e Leo...

– Estão mortos – completa ele. – O Rex também. Então sobram Maura, que estava presente na cena do crime, mais aquela cardiologista que mora em Ann Arbor...

– Beth Fletcher. Lashley de solteira.

– E Hank – conclui Augie.

– Pois é nele que reside o problema.

– Por quê?

– Três semanas atrás, antes do assassinato do Rex, alguém postou um vídeo do Hank no Facebook, e esse vídeo viralizou. Depois disso ele desapareceu. Aí o Rex foi morto. Não consigo enxergar uma conexão possível entre essas coisas. Aquele vídeo... Aquilo foi um fato isolado, uma mãe qualquer preocupada com os filhos. Não vejo como isso pode ter algum vínculo com aquela antiga base militar ou com o Clube da Conspiração.

– Realmente é pouco provável. – Augie coça o queixo, pensativo. – Posso fazer uma observação?

– Pode falar.

– Acho que você está empolgado demais com essa história toda.

– E você, empolgado de menos – retruco, o que não é a coisa mais inteligente a dizer.

Fico esperando uma merecida reprimenda. Em vez disso, ele dá uma risadinha.

– Outra pessoa já teria levado uma porrada na cara por causa disso.

– Mandei mal, eu sei. Desculpe.

– Sei muito bem o que está acontecendo, Nap. Você não.

– Do que você está falando?

– Você não está envolvido nessa investigação por causa do Leo e da Diana – explica ele. – É por causa da Maura.

Sinto a alfinetada, mas não respondo.

– Se Maura não tivesse fugido, você já teria digerido a morte do Leo. Continuaria na dúvida, claro, assim como eu. Só que tem uma diferença entre nós. Se chegarmos a alguma resposta, seja lá qual for, mesmo que mude tudo que sabemos a respeito do Leo e da Diana, isso pra mim não altera nada. O cadáver da minha filha vai continuar apodrecendo no cemitério. Mas pra você... – diz ele com uma profunda tristeza, acho que está com pena de mim. – Pra você tem a Maura.

Paramos em frente ao portão do condomínio. Procuro não pensar em nada. Foco, concentração, é disso que preciso agora.

É muito fácil ridicularizar esse tipo de condomínio, a arquitetura padronizada, a total ausência de individualidade, as estruturas modulares, o paisagismo calculado demais, mas é em um desses que eu quero morar desde que me entendo por gente. Acho bastante sedutora a ideia de pagar uma taxa de manutenção mensal e ficar livre de toda a amolação. Detesto cortar grama. Não gosto de jardinagem, não curto churrasco no quintal, não me importo com nenhum desses ritos de passagem que envolvem a compra de um imóvel. Não ligaria a mínima se a parte externa da minha casa fosse exatamente igual à de todos os vizinhos. Para falar a verdade, nem sou tão afeiçoado assim à estrutura física da casa onde fomos criados.

Você, Leo, permaneceria comigo para onde quer que eu fosse.

Então, para que mudar?

Imagino que um psiquiatra teria um milhão de explicações para minha imobilidade, mas creio que a resposta nem seja tão profunda assim. Talvez seja mais cômodo ficar onde estou. Mudar dá muito trabalho. Trata-se de um fato científico: um corpo em repouso tende a permanecer em repouso. Não acredito muito nisso, mas não tenho nada melhor para colocar no lugar.

Não vejo nenhuma arma com o porteiro do condomínio, nem mesmo um cassetete. Mostro minha carteira com distintivo.

– Viemos falar com Tom Stroud.

O homem examina e devolve a carteira.

– Ele está esperando os senhores? – pergunta.

– Não.

– Posso interfonar antes? Normas do condomínio.

Olho para Augie e ele assente.

– Tudo bem.

O porteiro interfona e volta para nos ensinar o caminho (segunda à esquerda depois das quadras de tênis) e colar um adesivo de visitante no para-brisa do carro. Agradeço e sigo adiante.

Tom Stroud está esperando à porta quando estacionamos. É estranho quando detectamos um eco do filho no pai. Não há a menor dúvida de que Tom é o pai de Hank, só que de um modo meio bizarro. É mais velho, claro, mas também é mais bem-vestido, mais bem-barbeado, mais bem-cuidado. Os cabelos de Hank apontam para todos os lados, como se ele tivesse passado por uma explosão no laboratório de ciências. Os de Tom parecem ter sido arrumados e partidos pelas mãos de uma divindade.

Ao sair do carro, vejo que o homem está nervoso, esfregando as mãos, inquieto, os olhos mais escancarados do que deviam. Encaro Augie. Ele nota a mesma coisa. Esse é o semblante de alguém que aguarda más notícias, a pior de todas. Tanto Augie quanto eu já tivemos que fazer esse tipo de visita e, claro, também já recebemos.

Tom Stroud dá um passo cambaleante para a frente.

– Augie?

– Não sabemos onde Hank está – informa o capitão. – Por isso viemos aqui.

Tom respira aliviado ao saber que o filho não está morto. Ignorando minha presença, aproxima-se para abraçar o velho amigo. Augie hesita um instante, se enrijece como se sofresse de alguma dor, então relaxa e abraça o homem de volta.

– É muito bom ver você outra vez, Augie.

– Também é bom ver você, Tom.

Quando se separam, Augie pergunta:

– Sabe onde Hank está?

Tom Stroud responde que não, depois diz:

– Por que vocês não entram um minutinho?

Tom Stroud prepara um café numa dessas cafeteiras de prensa francesa.

– Doris preferia aquelas máquinas de cápsulas, mas acho que o café delas tem gosto de plástico.

Ele nos entrega as xícaras. Dou um primeiro gole. Devo dizer que o café de Tom é muito bom. Ou talvez seja mais um caso da minha tendenciosa francofilia. Augie e eu estamos sentados nos bancos da cozinha pequena. De pé, Tom olha através da janela para a unidade vizinha, idêntica à sua.

– Doris e eu nos separamos quando Hank tinha dez anos. Tínhamos quinze, eu e ela, quando começamos a namorar. Jovens demais. Ainda estávamos na faculdade quando nos casamos. Acabei trabalhando pro papai, que fabricava pregos e grampos para palete. Eu era a terceira geração. Na minha infância a fábrica ficava em Newark. Depois vieram os conflitos raciais de 1967, e a gente levou o negócio pra fora do país. Meu trabalho era o mais monótono do mundo. Pelo menos era isso que eu achava na época.

Olho para Augie, certo de que ele está tão impaciente quanto eu. Das duas, uma: ou ele está fingindo atenção para manter o homem falando, ou está genuinamente interessado na história do velho amigo.

– Pois bem – prossegue Tom. – Lá estou eu com meus trinta anos: detesto o que faço, as finanças não vão nada bem, estou envelhecendo antes da hora, completamente infeliz... e a culpa é toda minha. Estou falando do divórcio. A gente chega a um ponto, já não aguenta mais, e é aí que as coisas começam a degringolar. Passamos a nos odiar, Doris e eu, vivíamos brigando. Hank, meu "filho ingrato", também me odiava. Então decidi chutar o balde. Eles que se danassem. Mudei pra longe. Abri uma loja de equipamentos de pesca com um estande de tiro nos fundos. Voltei algumas vezes pra ver o Hank, mas ele ficava emburrado, não queria saber de mim. Um saco, entende? Então... pra que insistir? Casei de novo, mas não durou muito. Ela me abandonou, dessa vez sem filhos e sem grandes sofrimentos também. Nenhum de nós achava que aquilo fosse durar pro resto da vida...

Ele se cala de repente.

– Tom?

– Sim, Augie.

– Por que você voltou?

– Eu continuava lá em Cheyenne, tocando a vida, quando um belo dia recebo uma ligação da Doris, dizendo que estava com câncer – explica ele, agora com os olhos marejados.

Augie também está emocionado.

– Então peguei o primeiro avião e voltei pra cá. Não falamos do passado, não questionamos o que aconteceu entre nós, nem mesmo o motivo do meu retorno. Voltei e pronto. Sei que isso não faz nenhum sentido.

– Claro que faz – comenta Augie.

Tom balança a cabeça.

– Quanta perda de tempo... Uma vida inteira.

Segue-se um demorado silêncio. Minha vontade é acelerar a conversa, mas é Augie quem está no comando.

– Tivemos seis meses de saúde, depois mais seis de doença. Não falo de meses bons e meses ruins porque todos são bons quando a gente está fazendo a coisa certa, entende?

– Entendo – diz Augie. – Entendo perfeitamente.

– Fiz questão de que Hank estivesse presente quando Doris morreu. Nós dois estávamos lá com ela.

Augie se remexe no banco. Continuo como antes, mudo e imóvel. Tom Stroud finalmente se afasta da janela.

– Eu devia ter te ligado, Augie.

– Bobagem.

– Queria ligar. Queria mesmo. Ia ligar, mas...

– Não precisa explicar, Tom. – Augie pigarreia. – Hank costuma aparecer por aqui?

– Sim, às vezes. Tenho pensado em vender este apartamento e abrir uma poupança pra ele. Mas acho que este condomínio dá ao Hank, sei lá, uma sensação de estabilidade. Tento ajudá-lo. Tem vezes que... tem vezes que ele está bem. Nem sei dizer se isso é bom ou não. É como se ele tivesse uma rápida visão do que poderia ser a vida, uma vida de normalidade, e de repente aparecesse alguém pra roubar a normalidade dele. – Tom Stroud se dirige a mim pela primeira vez: – Você foi colega de escola do Hank, não foi?

– Sim, fui.

– Então deve saber que ele é doente.

Assinto.

– As pessoas não entendem que se trata de uma doença. Ficam esperando que o Hank mude de comportamento, que se corrija de uma hora pra outra, como se isso dependesse da vontade dele... É como pedir a uma pessoa com as duas pernas quebradas pra jogar futebol. Não dá.

– Quando foi a última vez que você viu o Hank? – pergunto.

– Há algumas semanas, mas não é como se ele viesse me visitar regularmente.

– Por isso você não ficou preocupado?

Tom Stroud hesita um pouco.

– Fiquei e não fiquei.

– Como assim?

– Mesmo que eu tivesse ficado preocupado, não teria sabido o que fazer. Hank é um homem adulto. Não fugiu de nenhuma clínica. Se eu tivesse ligado pra polícia, o que vocês teriam feito?

Nem é preciso responder. É óbvio.

– Hank chegou a te mostrar um vídeo que fizeram dele no parque? – pergunto.

– Que vídeo?

Pego meu celular e mostro a ele. Horrorizado, Tom leva a mão ao rosto.

– Meu Deus... Quem postou isso?

– Não sabemos.

– Será que posso... sei lá... oficializar o sumiço do Hank com um boletim de ocorrência?

– Pode – digo.

– Então vamos fazer isso. Augie?

Augie encara Tom.

– Encontre o meu filho, ok?

Augie assente lentamente.

– Vamos fazer o possível.

* * *

Antes de irmos embora, Tom Stroud nos conduz até o quarto que sua falecida mulher reservava para Hank.

– Ele nunca fica aqui. Acho que nem pisou neste quarto desde que voltei.

Tom abre a porta, e o cheiro de mofo logo nos alcança no corredor. Ao entrarmos, a primeira coisa que vemos é a parede dos fundos. Encaro Augie para ver sua reação.

A tal parede está quase inteiramente coberta de fotografias em preto e branco, recortes de jornal e imagens aéreas da base de lançamento de mísseis Nike, ainda nos seus dias de glória. O material é basicamente velho: as fotos já começam a dobrar nas pontas, os recortes já estão encardidos. Procuro algo mais recente ou talvez algo que não encontraria facilmente na internet, mas não vejo nada de especial.

Percebendo nosso interesse, Tom diz:

– Pois é, Hank tinha verdadeira obsessão por aquela base antiga.

Novamente olho para Augie; acho que ele ainda não está engolindo a história.

– Hank chegou a dizer algo sobre esse assunto com você? – pergunto.

– Tipo o quê?

– Tipo... qualquer coisa.

– Coisas sem muito sentido.

– E as coisas sem nenhum sentido?

Tom Stroud olha para Augie.

– Você acha que esta base tem alguma coisa a ver com...

– Não – responde ele.

Tom se dirige a mim outra vez:

– Hank ficava resmungando coisas sobre essa base. Maluquices como... eles estavam escondendo segredos, eram pessoas do mal, faziam experiências com a mente humana... – Ele abre um sorriso triste. – Engraçado.

– O quê?

– Quer dizer, não é bem engraçado, mas irônico. Como eu disse, Hank era obcecado por aquele lugar. Desde criança. – Ele hesita de novo.

Augie e eu ficamos calados.

– Doris costumava brincar, dizendo que talvez ele tivesse razão, que talvez houvesse mesmo algum laboratório secreto fazendo experiências bizarras naquela base. Talvez uma noite, ainda na juventude, Hank tivesse se aventurado naquela trilha e os bandidos tivessem pegado o garoto pra fazer alguma coisa no cérebro dele, por isso ele ficou assim.

Continuamos calados. Tom tenta descontrair com uma risada.

– Doris falava essas coisas de brincadeira. Uma espécie de humor negro. Quando uma coisa dessas acontece a um filho, a gente se agarra a qualquer muleta, entende?

capítulo 14

DEBORAH KEREN, A DIRETORA da escola, está grávida.

Sei que pode ser falta de educação notar uma gravidez, mas Deborah é mignon em todos os lugares menos na barriga, e está vestindo laranja, uma escolha curiosa, a menos que ela tenha deliberadamente optado pelo look "abóbora". Apoiando-se nos braços da cadeira, ela começa a se levantar para me receber. Digo que não é necessário, mas a essa altura ela já passou do meio do caminho e seria preciso um guindaste para interromper o movimento e baixá-la de volta.

– Oitavo mês – conta ela. – Estou dizendo isso só porque as pessoas ficam com medo de perguntar se a gente está grávida e criar um constrangimento se não estiver.

– Espera aí... Você está grávida?

Deborah dá um risinho.

– Não, engoli uma bola de boliche.

– Uma bola de praia, eu diria.

– Muito engraçadinho, Nap.

– Primeiro filho?

– Sim.

– Maravilha! Parabéns.

– Obrigada. – Ela caminha na minha direção. – E aí, já terminou de me seduzir com sua conversa mole?

– Mandei bem?

– Tão bem que, se eu já não estivesse grávida, ficaria. Então, em que posso ajudar?

Não somos exatamente amigos, mas, como moramos em Westbridge, volta e meia nos esbarramos em algum evento da prefeitura, que não são poucos, ela como diretora de escola, eu como policial. Deborah sai gingando corredor afora. Vou junto, atento para não começar a gingar também. O corredor está vazio, um vazio que só é possível num corredor de escola quando os alunos estão confinados numa sala de aula. O lugar não mudou muito desde que passamos por ele, Leo. O mesmo piso frio de cerâmica, os mesmos corredores com escaninhos dos dois lados, o mesmo amarelo-ovo das paredes. Se houve alguma mudança (e se é que podemos chamar isso de mudança), foi de perspectiva. Dizem que as escolas parecem menores quando voltamos lá depois de adultos. É verdade. E talvez seja essa mesma perspectiva que nos ajuda a manter longe os fantasmas do passado.

– É sobre Hank Stroud – digo.

– Interessante.

– Interessante por quê?

– Os pais vivem reclamando dele, você deve saber disso.

– É, eu sei.

– Não vejo Hank faz algumas semanas. Imagino que tenha ficado assustado com aquele vídeo que viralizou.

– Você sabe do vídeo?

– Procuro saber de tudo que acontece na minha escola, Nap. – Ela espia uma das salas de aula através da janelinha, vai para a sala seguinte, espia de novo. – De qualquer modo, como não saber de uma coisa dessas? Acho que metade do país viu o tal vídeo.

– Você já viu o Hank se expondo pra alguém?

– Se tivesse visto, você não acha que eu já teria chamado a polícia?

– Então não viu.

– Não, não vi.

– Acha que ele fez aquilo? – pergunto.

– Fez o quê? Abaixou as calças pra alguém?

– Sim.

Seguimos caminhando. Deborah espia mais uma sala, acena para alguém.

– Fico dividida com relação ao Hank – começa a dizer, mas emudece quando uma aluna irrompe no corredor e leva um susto ao se deparar com ela. – Aonde você está indo, Cathy?

Cathy olha para todos os lados, menos para o nosso.

– Falar com a senhora – responde ela.

– Tudo bem. Espere na minha sala. Daqui a pouco estou lá.

Como um bichinho assustado, Cathy passa por nós e vai embora. Olho para Deborah, mas isso não é da minha conta. Ela já retomou sua caminhada.

– Você disse que fica dividida com relação ao Hank...

– Pois é. No vídeo ele está num lugar público. Todo mundo pode entrar ali. É a lei. Hank tem tanto direito de estar no parque quanto qualquer outra pessoa. Todo dia tem alguém fazendo jogging por ali. Kimmy Konigsberg é uma. Você já deve tê-la visto por aí, não é?

Kimmy Konigsberg, por falta de terminologia melhor, é a coroa gostosa da cidade. Dizem que o que é bom é para se mostrar. Pois é exatamente isso que ela faz.

– Kimmy *quem*?

– Certo. Toda manhã ela sai pra correr numa malha de lycra justíssima, dessas que não deixam muito pra imaginação. Se eu fosse outro tipo de pessoa, diria que o intuito dela é chamar a atenção dos garotões.

– Esse outro tipo de pessoa estaria falando a verdade, certo?

– *Touché*. Esta cidade é uma bolha de tranquilidade, mas de hipocrisia também. Até entendo. É por isso que as pessoas vêm criar os filhos aqui. Por causa da segurança. Poxa – diz ela, pousando a mão na barriga –, também quero criar minha família com segurança. Mas sem exageros. Não acho saudável. Cresci no Brooklyn. A barra era pesada, nem te conto. A gente passava por seis Hanks todo dia. Sei lá, acho que nossas crianças precisam aprender o que é compaixão. Hank é um ser humano, não um saco de pancada. Meses atrás, alguns dos nossos alunos descobriram que ele estudou aqui. Então um deles, uma menina chamada Cory Mistysyn... Você conhece?

– Conheço a família. Um pessoal bacana.

– Isso. Faz tempo que se mudaram pra cá. Bem, a Cory encontrou uma foto do Hank num anuário qualquer. – Ela para e se vira para mim. – Você também estudava aqui na época do Hank, não estudava?

– Sim.

– Então deve saber. A garotada levou um susto quando leu sobre o Hank no tal anuário. Hank era um aluno comum: cantava no coral, ganhou medalha na feira de ciências, chegou a ser o tesoureiro do grêmio estudantil. Isso fez com que esses meninos e meninas parassem pra pensar.

– E se colocassem no lugar dele.

– Exatamente. – Ela dá mais dois passos. – Caramba. Tenho essa fome que não passa nunca. Mas quando boto alguma coisa no estômago, passo mal. Esse oitavo mês não é mole, não. Nem homem eu estou suportando, diga-se de passagem.

– Não se preocupe, não vou demorar. Você falou que fica dividida.

– Hein?

– Com relação ao Hank. Dividida por quê? Qual é o outro lado da moeda?

– Ah. – Ela volta a caminhar, a barriga abrindo caminho. – Olha, detesto esse estigma associado às doenças mentais, acho que nem preciso dizer, mas também não gosto de ver o Hank rondando a escola. Não acho que ele represente perigo, embora ele não tenha certeza de nada. Tenho medo de estar sendo politicamente correta demais e negligenciando a segurança dos alunos, entende?

– Entendo.

– Então é isso. Não gosto de ver o Hank por aí. Mas qual o problema? Também não gosto que a mãe do Mike Inga pare o carro na faixa de pedestres pro filho descer. Não gosto que o pai da Lisa Vance praticamente faça os trabalhos de arte pela filha. Não gosto quando os pais do Andrew McDade colam no meu pé toda vez que recebem o boletim do filho, pedindo revisão das notas. Não gosto de um monte de coisas. – Ela para outra vez, pousa a mão no meu braço. – Mas sabe do que eu menos gosto?

– Humm.

– Linchamento público na internet. Esse pessoal que gosta de fazer justiça com as próprias mãos. Hank é apenas o exemplo mais recente. Ano passado alguém postou no Twitter a foto de um garoto com o seguinte texto: "Este moleque roubou meu celular, mas esqueceu que as fotos que tirou depois estão na minha nuvem. Dê RT pra me ajudar a encontrá-lo." O tal "moleque" era Evan Ober, um aluno aqui da escola. Conhece?

– O nome não me diz nada.

– Nem deveria. Evan é um bom menino.

– Foi ele mesmo que roubou o celular do outro?

– Claro que não. É exatamente isso que estou querendo dizer. Ele começou a namorar Carrie Mills, e o ex da menina, Danny Turner, ficou furioso com isso.

– Então foi esse Danny que postou a foto no Twitter.

– Foi. Só que não posso provar nada. É o maldito anonimato da internet. Sabe essa garota que passou por nós agora há pouco?

– A que você mandou pra sua sala?

– Sim. O nome dela é Cathy Garrett. Está no sexto ano, Nap. Algumas semanas atrás ela esqueceu o celular no banheiro. Outra menina encontrou o aparelho e usou pra tirar fotos da sua... das suas... partes íntimas, depois mandou pra todo mundo da lista de contatos, incluindo os pais da Cathy, os avós, etc.

– Que horror.

– Não é?

Deborah coloca as mãos na cintura e faz uma careta de dor.

– Algum problema?

– Oito meses de gravidez, esqueceu?

– Ok.

– Às vezes acho que tem um ônibus escolar estacionado na minha bexiga.

– Vocês conseguiram descobrir quem foi essa menina que tirou as fotos?

– Não. Temos cinco ou seis suspeitas, todas de doze anos, mas a única maneira de descobrir com toda a certeza é...

Ergo a mão para interrompê-la.

– Não precisa explicar.

– Cathy ficou tão traumatizada com essa história que passa na minha sala quase diariamente. A gente conversa, ela fica mais calma, depois volta pra aula. – Deborah olha para trás. – Falando nisso, tenho que ir. Ela está me esperando.

Damos meia-volta e seguimos caminhando.

– Isso que você falou sobre o anonimato da internet... É a sua maneira de dizer que não acredita na culpa do Hank?

– Não, mas esse é justamente o problema.

– Não entendi.

– Não *sei* se o Hank fez o que o acusam de ter feito, porque não tenho *como* saber. Esse é o problema com essas acusações na internet. O melhor a fazer é não dar confiança, mas às vezes simplesmente não dá. Hank é culpado? Pode ser que sim, pode ser que não. Também não posso fingir que está tudo bem. Desculpe, é errado.

– Você viu o vídeo que fizeram dele, não viu?

– Vi.

– Sabe quem filmou aquilo?

– De novo, não tenho como provar nada.

– Não preciso de provas.

– Não quero acusar ninguém sem provas, Nap. É exatamente isso que essas pessoas fazem na internet.

Chegamos à sala da diretoria. Olhamos um para o outro. Deborah exala um demorado suspiro.

– Posso dizer o seguinte: tem uma garota do oitavo ano chamada Maria Hanson. Você pode pegar o endereço dela com a minha secretária. A mãe se chama Suzanne. Volta e meia ela aparece aqui pra reclamar do Hank. Respondo que legalmente não há nada que possa ser feito, e a mulher fica muito nervosa quando ouve isso.

110

Deborah olha para Cathy através da janela. Seus olhos ficam marejados.

– Vou lá falar com ela.

– Ok.

– Droga. – Ela enxuga as lágrimas. – E aí, secaram?

– Secaram.

– Oitavo mês. Hormônios em polvorosa.

– Imagino. É menina?

– Como você sabe? – ela indaga sorrindo, e entra na sala.

Fico olhando pela janela enquanto a diretora abraça Cathy e deixa a menina chorar em seu ombro.

Depois saio para localizar Suzanne Hanson.

capítulo 15

Westbridge não tem um bairro pobre. Tem no máximo um quarteirão.

Nele, espremidos entre uma concessionária Ford e uma loja de material esportivo, ficam alguns sobrados já meio decrépitos, habitados por mais de uma família. Maura e a mãe se mudaram para um deles no verão do nosso penúltimo ano de escola, alugando dois quartos de uma família vietnamita depois que o pai de Maura se mandou e deixou as duas praticamente na miséria. A mãe fazia alguns bicos de meio expediente, bebia demais.

Os Hanson moram no primeiro andar de um pequeno prédio de tijolinhos vermelhos na fachada. A escada que dá acesso à porta é de madeira, os degraus rangem quando piso neles. Toco a campainha e sou atendido por um homem grande, vestindo um macacão de mecânico com o nome "Joe" pintado em estêncil no bolso direito. Joe não parece muito feliz com a minha visita.

– Quem é você?

Mostro o distintivo. Uma mulher que suponho ser Suzanne Hanson surge às costas dele e arregala os olhos ao ver minha carteira de policial, já pensando o pior. Coisas de mãe.

– Está tudo bem – vou logo dizendo para tranquilizar os dois.

Joe continua desconfiado.

– O que você quer? – pergunta, estreitando os olhos.

Guardo minha carteira.

– Vários membros da nossa comunidade registram queixas contra um homem chamado Hank Stroud. Estou trabalhando no caso.

– Não falei, Joe? – diz a suposta Suzanne, e se adianta para escancarar a porta. – Entre, por favor.

Atravessamos a sala e vamos para a cozinha. A mulher puxa uma cadeira, e eu me sento nela, uma cadeira Windsor de laca branca. A mesa redonda é de compensado. O piso é de fórmica. Acima da porta fica um relógio com dominós vermelhos no lugar dos números e uma inscrição no alto: VOLTE SEMPRE A LAS VEGAS. Suzanne usa as mãos para recolher os farelos de torrada do tampo da mesa; joga-os na pia e abre a torneira.

Tiro um bloco e uma caneta do bolso como se fosse anotar alguma coisa.

– Vocês sabem quem é Hank Stroud?

Suzanne está sentada à minha frente. De pé com a mão no ombro dela, Joe ainda me olha como se eu tivesse ido lá roubar alguma coisa ou levar a mulher dele para a cama.

– É aquele tarado nojento que fica rondando a escola – responde ela.

– Imagino que a senhora o tenha visto mais de uma vez.

– Quase todo dia. Ele fica olhando as meninas, inclusive minha filha, Maria. Ela tem só catorze anos!

Assinto e abro um sorriso amigável.

– Viu com os próprios olhos? – pergunto.

– Ah, sim. Uma coisa horrível. Aliás, já era tempo de vocês da polícia fazerem alguma coisa. A gente dá um duro danado no trabalho, junta dinheiro pra morar numa cidade dessas... O mínimo que pode esperar é que os nossos filhos possam viver em segurança, certo?

– Certíssimo – digo.

– Em vez disso, o que a gente encontra? Um meliante... Vocês ainda usam a palavra "meliante"?

– Por que não? – retruco sorrindo.

– Então... Esse meliante fica rondando os nossos filhos. A gente vem morar numa cidade dessas e todo dia é obrigado a ver esse vagabundo. Sei que não devia usar essa palavra, mas é exatamente isso que ele é: um vagabundo que anda por aí, espreitando os nossos filhos. Uma erva daninha, dessas bem tinhosas, nesse belo jardim que é Westbridge.

– Pois é, precisamos dar um jeito nisso.

– Exatamente!

Rabisco uma anotação qualquer.

– Por acaso a senhora já viu o Sr. Stroud fazendo alguma coisa além de ficar olhando?

A mulher abre a boca para contar algo, mas o marido a silencia com um aperto nos ombros. Olho para Joe. Ele me encara de volta. Sabe o motivo da minha visita. Sei que ele sabe, e ele sabe que eu sei.

Em suma: *game over*.

Ou será que o jogo está apenas começando?

– Foi a senhora que postou o vídeo de Hank Stroud, não foi?

Suzanne Hanson sacode os ombros para se desvencilhar do marido. Os olhos estão em chamas.

– O senhor não pode afirmar uma coisa dessas.

– Posso, sim – digo. – Já fizemos uma análise da voz. Também rastreamos o endereço de IP do dispositivo de origem. – Espero um segundo para que os dois ruminem a informação. – Tudo leva a crer que foi a senhora quem filmou e postou o vídeo.

Mentira, claro. Não tem análise nenhuma, rastreamento nenhum.

O marido intervém:

– E se foi ela mesmo? Não estou dizendo que foi nem que não foi, mas... se foi, não tem nenhuma lei que proíba isso, tem?

– Isso não faz diferença nenhuma – digo. – Estou aqui pra descobrir o que aconteceu, só isso. – Olho a mulher diretamente nos olhos. Ela baixa o rosto por um segundo, depois me encara. – Foi a senhora que filmou o Hank. Se continuar negando, só vai me irritar, mais nada. Melhor dizer exatamente o que viu.

– Ele... baixou as calças – diz ela.

– Quando?

– O senhor quer uma data?

– Pra começar, claro.

– Há um mês mais ou menos.

– Antes da aula, depois da aula... quando?

– Antes. Foi nessa hora que vi o homem. Deixei minha filha na escola às 7h45, depois fiquei esperando até que ela entrasse no prédio porque... porque é isso que todo mundo faria no meu lugar, não é? A gente deixa a filha de catorze anos nessa escola maravilhosa e vê um tarado nojento do outro lado da rua. Nunca entendi por que a polícia nunca fez nada.

– O que a senhora viu exatamente?

– Já disse. Ele baixou as calças.

– Sua filha estava caminhando pra escola, e Hank Stroud baixou as calças.

– Sim.

– No seu vídeo, as calças dele estão no lugar.

– Porque ele puxou pra cima.

– Entendo. Então ele baixou as calças, depois as puxou.

– Isso – diz ela.

Ela olha para a esquerda. Não lembro direito o que isso significa, se é uma mentira ou uma lembrança que está a caminho. Tanto faz. Não levo muita fé nessa história de leitura corporal.

– Ele viu que eu estava mexendo no celular, entrou em pânico e puxou as calças – continuou ela.

– Por quanto tempo você diria que elas ficaram arriadas?

– Sei lá. Como vou saber?

Joe intervém:

– Você acha que ela tinha um cronômetro, é isso?

– Foi por tempo suficiente, isso eu posso dizer.

Abro mão da piadinha fácil, depois digo:

– Continue.

Suzanne fica confusa.

– Como assim, "continue"?

– Ele baixou as calças, depois puxou – digo, deixando claro que não estou nem um pouco impressionado. – Só isso?

Joe não gosta do que ouve.

– Por quê? Pra você é pouco?

– As calças dele podem ter caído, por que não?

Mais uma vez Suzanne baixa os olhos para a mesa antes de responder. Lá vem mentira. Como eu já havia imaginado.

– Ele baixou as calças – diz ela outra vez. – Depois gritou pra minha filha, mandando ela olhar pro... Depois começou a se tocar e...

Ah, a natureza humana. Tão previsível às vezes. Isso acontece toda hora, Leo. Uma testemunha dizendo algo na esperança de comover a gente. Como investigadores, a gente faz o quê? Finge que não ouve. Os honestos não forçam nenhuma barra. Mas os mentirosos começam a embelezar a história, tentando provocar empatia. Falei "embelezar", mas na verdade eles mentem descaradamente. Não conseguem se conter.

Sabendo disso, não tenho a menor intenção de continuar perdendo meu tempo aqui. Hora de pisar no acelerador.

Observe, Leo, e aprenda.

– Você está mentindo – afirmo.

Suzanne escancara a boca num perfeito "O" de espanto. Furioso, Joe diz:

– Você está chamando minha mulher de mentirosa?

– Que parte de "você está mentindo" não ficou clara pra você, Joe?

Se Suzanne estivesse usando um colarzinho de pérolas, esse seria um bom momento de segurá-lo num decoroso gesto de indignação.

– Que ousadia! – diz ela.

Agora estou sorrindo.

– Sei que é mentira porque acabei de falar com Maria.

Eles ficam ainda mais furiosos.

– Você fez *o quê*? – rosna Suzanne.

– Demorou um pouco – digo –, mas sua filha admitiu que isso nunca aconteceu.

Os dois estão num estado de apoplexia. Faço o possível para não me divertir com a coisa toda.

– O senhor não podia ter feito isso!

– Isso o quê?

– Falar com a nossa filha sem a nossa permissão – diz ela. – Vamos cassar seu distintivo!

– Puxa, por que será que todo mundo diz isso?

– Hã?

– Por que será que todo mundo diz "cassar distintivo"? A senhora viu isso na TV, não foi?

Joe dá um passo na minha direção.

– Não estou gostando do seu jeito de falar com a minha mulher.

– E eu estou cagando pra você, Joe. Senta aí.

– Queria ver se você ia falar assim, com essa marra toda, se não tivesse um distintivo.

– Ah, de novo o distintivo. – Dou um suspiro de impaciência, tiro a carteira do bolso e deixo em cima da mesa, dizendo: – Toma, pode ficar com ele. – Depois fico de pé, vou para cima dele. – E agora, vai encarar?

Joe recua um passo, eu avanço na mesma medida. Ele tenta olhar nos meus olhos, mas não consegue.

– Não vale a pena – balbucia.

– O que você disse?

Joe não responde. Contorna a mesa e senta ao lado da mulher. E é para ela que eu digo, sério:

– Se você não contar a verdade, vou abrir um processo formal contra você, alegando infração do artigo 418 do regimento federal para uso da internet, que pode resultar, em caso de condenação, numa multa de cem mil dólares e em até quatro anos de prisão.

Estou inventando tudo isso. Nem sei se existe algum regimento federal para uso da internet. Mas acho que mandei bem ao citar um artigo específico, não mandei?

– Aquele vagabundo não devia estar ali – insiste ela. – E vocês da polícia não tomavam nenhuma providência!

– Então você foi lá e fez o vídeo.

– Aquele homem não podia ficar tão perto assim de uma escola!

– Aquele homem tem um nome: Hank Stroud. E está desaparecido.

– Desaparecido?

– Desde que você postou o vídeo, ninguém mais o viu.

– Ótimo.

– Ótimo por quê?

– Talvez ele tenha ficado assustado com o vídeo.

– E isso te deixa muito feliz, não deixa?

Suzanne abre a boca e fecha em seguida.

– Eu só queria proteger minha filha. Na verdade, proteger todas as crianças daquela escola.

– Acho melhor você contar toda a verdade.

Foi o que ela fez.

Suzanne Hanson acabou admitindo que "carregou nas tintas" a ponto de inventar aquilo tudo. Hank nunca baixou as calças para ninguém. Cansada do que via como uma negligência da polícia e da diretoria da escola, a mulher fez apenas o que julgava correto.

– Um dia ele acabaria fazendo coisa muito pior. Eu só queria evitar que esse dia chegasse.

– Muito nobre da sua parte – respondo, caprichando na ironia.

Suzanne queria "varrer a sujeira" da cidade, deturpando a verdade na esperança de transformar Westbridge no paraíso idílico que ela desejava para si. Na cabeça dela, Hank era apenas um dejeto. Melhor seria deixá-lo na beira da calçada para que o caminhão de lixo o levasse embora. Cheguei a pensar em dar uma lição de moral na mulher, apontar o dedo para sua falta de empatia, mas de que isso adiantaria? Nunca esqueço, Leo, aquele dia em que passamos por uma parte mais barra-pesada de Newark. Devíamos ter uns dez anos. Os pais sempre dizem aos filhos para olhar pela janela e agradecer a Deus por tudo que têm, mas papai fez uma coisa bem diferente. Falou uma frase que nunca mais saiu da minha cabeça: "Todo mundo tem seus sonhos e esperanças."

Sempre tento me lembrar dela quando estou diante de outro ser humano. Se isso inclui gente como Trey? Claro que sim. A escória também tem seus sonhos e esperanças. Até aí tudo bem. Mas quando os sonhos e as esperanças de alguém invadem ou destroem os sonhos e as esperanças de outra pessoa...

Estou racionalizando outra vez. A verdade é que não estou nem aí para os Treys da vida. Simples assim. Talvez esteja errado. Talvez não. Ou quem sabe eu esteja argumentando demais.

E você, Leo, o que acha?

Quando finalmente deixo a casa mofada dos Hanson (e ouço Joe bater a porta às minhas costas num ato tardio de afirmação viril), respiro fundo e olho para o sobrado onde Maura morava. Ela nunca me trouxe aqui. E só estive dentro desse sobrado uma única vez, mais ou menos duas semanas depois que você e Diana morreram. Em seguida olho para as árvores do outro lado da rua. Foi atrás de uma delas que fiquei esperando. Primeiro vi sair a família de vietnamitas. Quinze minutos depois vi a mãe de Maura tropeçar porta afora, mal-ajambrada num vestidinho de verão, e seguir cambaleando pela calçada até o ponto do ônibus.

Assim que ela sumiu de vista, invadi a casa.

Para fazer o quê? A resposta provavelmente é óbvia: procurar pistas sobre o paradeiro de Maura. A mãe dela disse, ao ser interpelada mais cedo, que havia transferido a filha para uma escola particular. Perguntei que escola era essa, mas ela não quis dizer. "Acabou, Nap", foi o que ela falou com um bafo horrível de álcool. "Maura tocou o barco adiante. Sugiro que você faça o mesmo."

Não acreditei nela. Então entrei no sobrado. Vasculhei tudo que era gaveta, tudo que era armário. Entrei no quarto de Maura. As roupas e a mochila dela ainda estavam lá. Não havia o menor sinal de que ela tivesse viajado para onde quer que fosse.

Já que estava lá, também procurei a minha jaqueta do time de hóquei da escola: de couro verde e mangas brancas, dois tacos cruzados nas costas, meu nome e a palavra "Capitão" pintados em estêncil na frente.

Por mais que torcesse o nariz para minha condição de atleta, para a importância idiota que as pessoas davam aos esportes em Westbridge, para o ranço machista e nem um pouco *cool* da história toda, Maura gostava de usar essa minha jaqueta. Talvez por ver nela algo retrô. Talvez por sarcasmo. Também é possível que não se tratasse de uma contradição. Maura era um espírito velho.

Procurei a tal jaqueta, mas não encontrei.

Fiquei me perguntando se Maura não a teria levado consigo. E até hoje pergunto a mesma coisa: por que diabos minha jaqueta não estava lá naquele quarto?

Deixo o sobrado de lado e olho ao longe. Ainda tenho alguns minutos. Sei aonde quero ir. Atravesso a rua e sigo para a linha férrea. Sei que a gente não deve se aproximar dos trilhos, mas hoje não estou nem aí. Acompanhando a linha férrea, aos poucos vou deixando o centro da cidade para trás: passo pela Downing Road, pela Coddington Terrace, pelo galpão de depósito, pela velha fábrica transformada em pista de rave e academia de ginástica.

Agora estou longe da civilização, no topo do barranco, a meio caminho das estações de Westbridge e Kasselton. Desviando das garrafas de cerveja que atulham o chão, vou para a beirada, olho para baixo e vejo a torre da igreja presbiteriana de Westbridge. As luzes do relógio se acendem às sete da noite. Então imagino que você o tenha visto naquela noite. Ou será que estava doido demais, chapado demais, para ver alguma coisa? Sei perfeitamente que você andava meio entusiasmado com as drogas recreativas. Pensando em retrospecto, acho que eu deveria ter feito algo a esse respeito, mas na época não dei muita importância. Todo mundo usava as mesmas drogas: você, Maura, quase todos da nossa turma. Se eu não usava, era só por causa do hóquei.

Novamente encho os pulmões.

Então, Leo, o que exatamente aconteceu naquela noite? Por que você e Diana estavam nos confins da cidade, e não no bosque da base militar? Queriam ficar sozinhos, é isso? Estavam fugindo do pessoal do Clube da Conspiração? Tinham algum motivo específico para ficar longe da base? O que faziam nestes trilhos?

Fico esperando uma resposta, mas não recebo nenhuma.

E espero mais um pouco porque sei que o trem não vai demorar. A Linha Principal passa por aqui todo dia a essa hora. De repente ouço o apito na estação de Westbridge: o comboio que está saindo. Daqui a pouco ele chega. Penso na possibilidade de descer o barranco para me jogar nos trilhos. Não, não quero dar fim à vida. Não tenho tendências suicidas. Quero apenas saber como aconteceu. Reconstituir aquela noite para saber exatamente o que você passou. A locomotiva desponta no horizonte, e os trilhos começam a trepidar freneticamente; é um espanto que não se partam. Você sentiu essa trepidação sob os pés? Diana também? Ou será que estavam pisando fora dos trilhos, como estou fazendo agora? Olharam para o relógio da igreja e ficaram esperando até o último segundo para saltar na frente do trem?

Fico olhando enquanto o trem se aproxima. Você fez a mesma coisa, Leo? Também ficou olhando, ouvindo, sentindo a aproximação dele? Imagino que sim. Não há como não sentir a presença e o poder de um gigante desses. Recuo mais um passo. Devo estar a uns dez metros da linha, mesmo assim sou obrigado a fechar os olhos e proteger o rosto quando o comboio passa zunindo à minha frente. O empuxo quase me derruba no chão. A potência da locomotiva, o valor incalculável desse produto de massa e velocidade, tudo é avassalador, acachapante, irrefreável.

Nossa mente, assim como o coração, vai aonde quer. Portanto, nada posso fazer quando me vem à cabeça a imagem da grade protetora da locomotiva, quase uma dentição de aço devorando a carne fresca de dois adolescentes, as rodas pulverizando os ossos.

À custa de certo esforço, abro os olhos e vejo o trem passando por mim. Fico com a impressão de que é interminável, que demora uma eternidade para passar, que é uma fera devoradora de trilhos, dormentes e gente. Olhando passivamente para os vagões, deixo que se desmanchem num grande borrão. Os olhos estão marejados.

Cheguei a ver as fotos horrendas que os peritos da polícia tiraram naquela noite. Sangue por toda parte. Ao contrário do que poderia imaginar, não fico comovido quando me lembro. Os corpos estavam de tal modo mutilados e desfigurados que não consigo enxergar você e Diana naqueles volumes azulados e disformes. De repente é o inconsciente que não me deixa enxergar, o que é bem mais provável.

O comboio finalmente passa, e o silêncio vai voltando aos poucos. Mesmo depois de tantos anos, corro os olhos à minha volta e procuro por pistas, evidências ou qualquer outra coisa que os investigadores possam ter deixado passar. É muito estranho estar aqui. O horror é óbvio, mas também há algo de natural, de sagrado, estar no lugar onde você, Leo, deu o último suspiro.

Já descendo o barranco, pego o celular para ver se há alguma mensagem. Nada da Dra. Fletcher, nossa ex-colega de escola. Ligo mais uma vez para o consultório dela em Ann Arbor. A recepcionista começa a enrolar, então pego pesado e dali a pouco sou transferido para uma tal de Cassie, que se apresenta como "gerente da clínica".

– A Dra. Fletcher não pode atender no momento.

– Onde ela está?

– Não sei dizer.

– Espera aí. Você *não sabe* onde ela está?

– Não é da minha alçada. Já temos seu nome e seu celular. Quer deixar mais algum recado?

Não tenho nada a perder, então sigo em frente.

– Você tem uma caneta aí, Cassie?

– Sim.

– Então diga à Dra. Fletcher que nosso amigo Rex Canton foi assassinado. Diga que Hank Stroud está desaparecido. Diga que Maura Wells ressurgiu do nada pra sumir de novo logo em seguida. Diga à nossa querida cardiologista que tudo isso está relacionado ao Clube da Conspiração. Diga a ela pra me ligar.

Silêncio.

– O senhor disse Laura com *L* ou Maura com *M*?

– Maura com *M* – respondo com a maior calma do mundo.

– Vou dar o recado – diz a mulher, e desliga.

Não estou gostando nada disso. Talvez seja o caso de ligar para a polícia de Ann Arbor e pedir a eles que mandem alguém atrás de Beth na casa dela ou no consultório. Retomando a caminhada para o centro, penso novamente nos fios soltos desta meada: o "acidente" na linha de trem, o assassinato de Rex e a presença de Maura na cena do crime, Hank e o vídeo viral, o Clube da Conspiração. Tento identificar vínculos, rabisco anotações mentais, chego a imaginar diagramas de Venn. Mas não encontro nenhuma interseção.

Talvez porque não haja. É isso que Augie diria. Provavelmente ele está certo, mas, claro, não vou chegar a lugar nenhum se aceitar essa possibilidade.

A biblioteca pública de Westbridge desponta mais adiante e acende uma ideia na minha cabeça. A fachada dianteira é de tijolinhos vermelhos, parece centenária, mas o resto do prédio é todo moderno. Nunca perdi o gosto pelas bibliotecas. Adoro o contraste entre a modernidade dos computadores e a velhice encardida dos livros. Para mim as bibliotecas têm a atmosfera de uma catedral, o silêncio de um templo dedicado ao saber. São lugares onde os livros e a informação têm um valor quase religioso. Quando éramos pequenos, papai costumava nos trazer aqui nas manhãs de sábado. Deixava a gente na seção infantojuvenil e fazia a preleção de sempre, proibindo bagunça. Eu folheava uma dezena de livros diferentes. Você não. Você pegava apenas um (geralmente alguma coisa indicada para uma faixa etária acima da nossa), sentava num canto e lia do início ao fim.

Desço para o segundo subsolo, um lugar penumbroso e bem à moda antiga, com fileiras e mais fileiras de estantes metálicas com livros que, de modo geral, já não despertam nenhum interesse nos leitores genéricos. Aqui e ali, escrivaninhas individuais ficam à disposição daqueles que realmente precisam de concentração para fazer os seus trabalhos de escola. A porta que estou procurando fica escondida num canto. Ao lado dela, uma placa informa: HISTÓRIA DO MUNICÍPIO. Abro uma fresta, bato de leve na madeira.

O Dr. Jeff Kaufman ergue o rosto bruscamente, e os óculos de leitura dele, presos por uma correntinha, caem do nariz para o peito. Está embrulhado num cardigã grosso de tricô, abotoado até o meio do peito. É calvo no topo da cabeça, mas ostenta dois tufos laterais que de tão desgrenhados parecem querer fugir do couro cabeludo.

– Olá, Nap.

– Dr. Kaufman.

Ele franze as sobrancelhas. Acontece que o homem já era o bibliotecário e historiador oficial da cidade muito antes de nos mudarmos para Westbridge, e quando aprendemos desde criança a chamar alguém de "doutor" ou "senhor", dificilmente conseguimos mudar para um tratamento mais informal depois. Entro na bagunça da sala, depois peço a Kaufman que me diga tudo que sabe sobre a velha base de mísseis Nike nas redondezas da escola.

Uma luz se acende nos olhos do historiador. Ele emudece alguns segundos para organizar as ideias, depois sinaliza para que eu me sente do outro lado da mesa. Fotografias antigas praticamente escondem o tampo do móvel. Dou uma olhada nelas na esperança de encontrar alguma imagem da base militar, mas não encontro nada.

Kaufman pigarreia e começa:

– As bases do Projeto Nike foram construídas em meados da década de 1950 em diversos lugares do estado de Nova Jersey. Isso foi no auge da Guerra Fria. Nessa época, acredite se quiser, as escolas faziam exercícios de simulação, ensinando os alunos a fugir para debaixo das mesas na eventualidade de um ataque nuclear. Como se isso adiantasse alguma coisa. Esta base de Westbridge foi construída em 1954.

– Por que diabos o Exército resolveu plantar essas bases tão perto das cidades de periferia?

– Por que não? Perto das áreas rurais também. Nova Jersey era uma grande fazenda naquela época.

– E esses mísseis Nike... serviam exatamente pra quê?

– Eram mísseis antiaéreos. Em outras palavras, o objetivo deles era derrubar os bombardeiros soviéticos, sobretudo os Tupolev Tu-95, capazes de voar mais de nove mil quilômetros sem precisar reabastecer. Eram umas doze bases espalhadas pelo norte do estado. Ainda existem algumas ruínas em Sandy, caso você queira visitar. A de Livingston foi transformada numa colônia de arte, quem diria. Também tinha bases em Franklin Lakes, East Hanover e Morristown.

Difícil acreditar.

– Todas essas cidades tinham mísseis Nike?

– Claro. Começaram com os menores, os Nike Ajax, que mesmo assim mediam quase dez metros de comprimento. Ficavam em plataformas de lançamento subterrâneas e subiam à tona do mesmo modo que um carro sobe do fosso de uma oficina mecânica.

– Não entendo uma coisa. Como o governo fazia pra manter esses lugares em segredo?

– Não mantinha, pelo menos no início. – Kaufman se recosta na cadeira, cruza as mãos sobre a barriga. – Na verdade, essas bases eram até festejadas. Lá pelos idos de 1960, quando eu tinha sete anos, visitei uma delas com meu grupo de escoteiros. Acredite se quiser. A ideia era que dormíssemos melhor por saber que tínhamos por perto uma amigável base militar pra nos proteger dos soviéticos.

– Depois isso mudou? – pergunto.

– Mudou.

– Quando exatamente?

– No início dos anos 1960 – responde Kaufman.

Depois suspira e se levanta. Abre uma das gavetas do arquivo alto às suas costas.

– Foi nessa época que eles substituíram os Nike Ajax pelos Nike Hercules, bem maiores. – Dessa gaveta ele tira duas fotografias de um míssil de aspecto medonho, branco e enorme, com a insígnia das Forças Armadas na lateral. – Treze metros de comprimento. Mach 3 de velocidade, ou seja, mais de 3.500 quilômetros por hora. Alcance de 120 quilômetros. – Senta novamente, espalma as mãos sobre a mesa. – A grande mudança com os Nike Hercules, motivo pelo qual eles fecharam o bico sobre o programa, foi a carga deles.

– Como assim?

– Os novos mísseis carregavam ogivas nucleares W31.

Mal consigo acreditar no que acabo de ouvir.

– Carregavam... *ogivas nucleares?*

– Exatamente. Bem aqui no nosso quintal. Parece até que houve alguns acidentes. Um deles escorregou da carreta na subida de um morro. Caiu no chão, e a ogiva rachou, começou a soltar fumaça. Ninguém ficou sabendo de nada, claro. Tudo foi mantido em segredo. De qualquer modo, o Projeto Nike funcionou até o início da década de 1970. A base de Westbridge foi uma das últimas a fechar. Acho que em 1974.

– E depois o que fizeram com as instalações? – pergunto.

– Na época já não havia muito o que fazer. A Guerra do Vietnã já estava chegando ao fim. Então ficaram lá, abandonadas. A maioria foi apodrecendo, até aparecer alguém pra comprar as terras. A base de East Hanover, por exemplo, virou um grande condomínio. Uma das ruas recebeu o nome de Nike Drive.

– E a base de Westbridge?

Jeff Kaufman sorri.

– O que aconteceu com a nossa base foi um pouco mais sinistro.

Fico esperando.

Ele se inclina na minha direção e finalmente faz a pergunta que já deveria ter feito antes:

– Por que você está tão interessado neste assunto?

Num primeiro momento cogito inventar uma mentira qualquer ou dizer que prefiro não responder, mas depois me dou conta: qual é o problema?

– Um caso que estou investigando.

– Que tipo de caso? Se você não se importar em dizer.

– Uma longa história. Algo de anos atrás.

Sustentando meu olhar, Kaufman indaga:

– Você está falando da morte do seu irmão?

Na mosca.

Não digo nada, em parte porque a experiência me ensinou a ficar calado e a deixar que os outros tomem a palavra, em parte porque não consigo falar.

– Seu pai e eu éramos amigos – diz ele. – Você sabia disso, não sabia?

Faço que sim com a cabeça.

– E o Leo... – Kaufman balança a cabeça e se reclina na cadeira. Parece um pouco mais pálido. – Ele também queria saber a história dessa base.

– Leo procurou o senhor?

– Procurou.

– Quando?

– Mais de uma vez. Não lembro direito, mas acho que foi no seu último ano de vida. Era fascinado pela base. Vinha com alguns amigos.

– O senhor lembra o nome deles?

– Não, infelizmente não.

– E o que o senhor contou a eles?

Kaufman dá de ombros.

– A mesma coisa que estou contando a você agora.

Minha cabeça está a mil. Mais uma vez me sinto perdido.

– Na missa do Leo, cumprimentei você, mas você não deve lembrar. Muita gente na igreja, e você estava meio catatônico. Eu comentei com seu pai.

O susto me desperta.

– Comentou o quê?

– Que o Leo vinha aqui pra saber da base.

– O senhor contou isso ao papai?

– Sim.

– E o que ele disse?

– Ficou emocionado, acho. Leo era um garoto inteligente, curioso. Pensei que seu pai ia gostar de saber, só isso. Não achava que essa morte podia estar associada a... Quer dizer, continuo não achando. Mas agora é você, Nap, que está aqui. E você também não é nenhum imbecil. – Ele me olha diretamente nos olhos. – Então, me diga: o que uma coisa tem a ver com a outra?

– Preciso saber o resto da história – desconverso.

– Tudo bem.

– O que aconteceu com a base de Westbridge depois que o Projeto Nike foi encerrado?

– Oficialmente? Foi assumida pelo Departamento de Agricultura.

– E extraoficialmente?

– Quando menino, você chegou a ir lá?

– Sim.

– Eu e meus amigos também. A gente entrava por um buraco na cerca. Uma vez fomos pegos, e a bronca foi tamanha que um dos soldados levou a gente de jipe pra casa. Papai me deixou de castigo por três semanas. – A lembrança o faz sorrir. – E você? Chegou até onde?

– Não fui muito longe.

– Exatamente.

– Como assim?

– A segurança instalada pelo Departamento de Agricultura era muito mais rígida do que na época em que aquilo era uma base de mísseis nucleares. – Kaufman inclina a cabeça. – Por que será?

Não sei o que dizer.

– Pense bem. Você tem um monte de bases desativadas. O esquema de segurança já está lá, devidamente implantado. Se você é um órgão do governo e precisa fazer alguma coisa clandestinamente, por debaixo dos panos... Pense nessas agências todas do governo americano, essas autarquias que precisam de camuflagem pra tocar os projetos secretos adiante. Não seria a primeira vez que isso acontece. Aquela velha base da Força Aérea em Montauk, por exemplo. Corriam vários boatos a respeito dela.

– Que tipo de boatos?

– Cientistas nazistas, controle da mente, experiências com LSD, discos voadores, essa baboseira toda.

– Você acredita nisso? Acredita que o governo americano escondia nazistas e alienígenas em Westbridge?

– Poxa, Nap, eles escondiam *armas nucleares* aqui! – diz ele com um brilho no olhar. – Por que não esconderiam outras coisas? Será que a teoria é tão absurda assim?

Não digo nada.

– Talvez não fossem nazistas e alienígenas. Talvez eles estivessem testando alguma tecnologia mais avançada, alguma arma nova da DARPA. Ou sei lá... lasers, drones, manipulação climática, hacking de internet, essas coisas. O que mais poderia justificar tanta preocupação com segurança naquele lugar? Será que é tão absurdo assim?

Não, não é.

Jeff Kaufman fica de pé, começa a perambular pela sala.

– Sou um ótimo pesquisador – diz ele. – Na época mergulhei fundo neste assunto. Cheguei ao ponto de ir até Washington pra fuçar registros e arquivos. Não encontrei nada por lá, apenas alguns estudos bastante inofensivos sobre milho e pecuária.

– Você contou tudo isso pro meu irmão?

– Sim. Pra ele e os amigos.

– Eram quantos?

– Quê?

– Esses amigos que vinham com o Leo.

– Cinco ou seis, não lembro direito.

– Meninos, meninas?

Ele reflete um instante.

– Acho que havia duas meninas, mas não tenho certeza. De repente era uma só.

– Você sabe que Leo não morreu sozinho.

– Claro que sei. Diana Styles estava com ele. A filha do capitão.

– Diana era uma dessas meninas que estavam com meu irmão?

– Não.

Não sei direito o que fazer, se é que há algo a fazer.

– Por acaso você se lembra de mais alguma coisa que possa me ajudar?

– Ajudar em quê, Nap?

– Digamos que você esteja certo. Digamos que realmente estavam fazendo algo de muito secreto naquela base. E digamos que Leo e os amigos dele descobriram tudo. Nesse caso, o que teria acontecido com eles?

Agora é Kaufman quem fica calado. Calado e boquiaberto.

– O que mais o senhor descobriu? – indago.

– Só mais duas coisas. – Ele pigarreia, volta a sentar. – Descobri o nome de um dos responsáveis pelo projeto. Andy Reeves. Supostamente era um agrônomo de Michigan, mas, quando tentei levantar a ficha dele, digamos que... nada batia com nada.

– CIA?

– É o que tudo indica. Ele ainda mora por aqui.

– O senhor chegou a falar com ele?

– Sim.

– E o que ele disse?

– Disse apenas que era um projeto bobo de agricultura. "Contagem de vacas e espigas", como ele mesmo colocou.

– E a segunda coisa?

– O fechamento da base.

– Certo. Quando foi isso?

– Quinze anos atrás – conta Kaufman. – Três meses depois que seu irmão e a filha do Augie foram encontrados mortos.

A caminho do carro, ligo para Augie.

– Acabei de falar com Jeff Kaufman.

Acho que ouço um suspiro.

– Ah, ótimo.

– Ele me contou uma coisa interessante sobre aquela base.

– Aposto que sim.

– Você conhece Andy Reeves?

– Conheci.

A essa altura já estou na rua.

– Como?

– Faz trinta anos que chefio a polícia desta cidade, esqueceu? Era Reeves quem comandava a base quando tocavam um projeto de agricultura por lá.

Passo por uma lanchonete nova que vende apenas asinhas de frango em diferentes receitas. Só o cheiro de gordura já é forte o bastante para obstruir minhas artérias.

– Você acredita nisso? – pergunto.

– Nisso o quê?

– Que eles estavam tocando um projeto de agricultura?

– Acredito. Muito mais do que nos boatos de controle da mente. Como chefe de polícia, eu conhecia todos os comandantes da base. Meu antecessor conhecia todos os comandantes anteriores.

– Kaufman revelou que aquilo era uma base pra lançamento de mísseis nucleares.

– Falavam isso também.

– E contou que a base ficou ainda mais protegida quando mudou de utilidade e comando. Mais misteriosa.

– Kaufman que me perdoe, mas acho que ele está sendo meio dramático.

– Por quê?

– De início não havia mistério nenhum em torno das bases Nike. Ele deve ter te contado isso também, não contou?

– Sim, contou.

– Então... Quando mudaram para os mísseis nucleares, teria sido estranho se de uma hora pra outra eles mudassem também de comportamento, se começassem a ficar com muitos segredos. Redobraram a segurança por causa dos mísseis novos, mas a coisa era feita de modo sutil.

– E quando fecharam as bases Nike?

– É possível que tenham aumentado a segurança também ou atualizado a tecnologia. Nada de estranho nisso. Chega uma equipe nova e eles botam uma cerca melhor.

Atravesso a Oak Street, uma espécie de polo gastronômico de Westbridge. Passo, nesta ordem, pelos mais diversos restaurantes: japonês, tailandês, francês, italiano, chinês e algo que chamam de "California fusion". A seguir há uma série de agências bancárias. Não entendo o porquê dessas agências. Nunca vejo ninguém lá dentro, a não ser um ou outro gato pingado nos caixas eletrônicos.

– Eu gostaria de falar com esse Andy Reeves – digo a Augie. – Você poderia dar um jeito nisso?

Fico esperando um sermão que não vem.

– Tudo bem – concorda ele. – Vou marcar alguma coisa.

– Não vai tentar me dissuadir?

– Não, não vou. Parece importante pra você.

Augie desliga. Quando chego ao carro, recebo uma ligação de Ellie.

– Oi.

– Estamos precisando de você aqui no abrigo – diz ela.

Não gosto do tom de voz.

– O que houve? – pergunto.

– Nada. Mas venha assim que puder, ok?

– Ok.

Ela desliga. Entro no carro e pego a sirene portátil da polícia, que não uso quase nunca. Acho que agora é o caso. Coloco o aparelho no teto, saio da vaga e piso fundo no acelerador.

Em doze minutos já estou no abrigo. Entro às pressas no casarão, viro à esquerda e corro ao encontro de Ellie, que espera por mim no fim do corredor, na porta da sua sala. A julgar pela expressão dela, a coisa é séria.

– Que foi? – pergunto.

Ele não responde, mas sinaliza para que eu entre na sala.

Pela fresta da porta, vejo duas mulheres. Não reconheço a da esquerda. Quanto à outra... a ficha demora um pouco a cair. Ela envelheceu bem, melhor do que eu teria imaginado. Os últimos quinze anos foram generosos com ela. Fico me perguntando se foram anos de sobriedade, ioga ou qualquer outra coisa do gênero. Pelo menos é o que parece.

Olhamos um para o outro. Não digo nada. Fico ali, só isso.

– Eu sabia que você estava metido nisso – diz ela.

De repente me vem à cabeça a imagem do sobrado onde ela morava, o vestido mal-ajambrado, as pernas bambas com que saiu caminhando rua afora. É Lynn Wells que está à minha frente agora.

A mãe de Maura.

capítulo 16

VOU DIRETO AO PONTO.

– Onde está Maura?

– Feche a porta – diz a outra mulher.

Está usando um terninho cinza com uma camisa de frufrus. Não entendo nada de moda, mas parece coisa fina. Os cabelos têm o mesmo tom de cenoura do batom.

– Acho que não nos conhecemos – retruco.

– Meu nome é Bernadette Hamilton. Sou amiga da Lynn.

Fico com a impressão de que elas são mais do que amigas, mas isso não tem a menor importância. Meu coração está martelando tanto que por muito pouco não faz tremer o pano da camisa. Ellie assente antes de sair. Fecho a porta e volto minha atenção para a Sra. Wells, pronto para repetir a pergunta com um pouco mais de veemência. Mas algo me faz pensar duas vezes.

"Calma aí", digo a mim mesmo.

Tenho um milhão de perguntas a fazer, claro, mas sei desde muito que os melhores interrogatórios exigem uma paciência quase sobrenatural. Foi a Sra. Wells que me procurou, não o contrário. Chegou ao ponto de usar Ellie como intermediária para não ter que ir à minha casa, ao meu gabinete ou ter que telefonar e deixar um rastro para ser localizada depois. Tudo isso demandou certo esforço.

Conclusão óbvia?

A mulher quer algo de mim.

Então o melhor a fazer é deixar que fale, dar a ela a oportunidade de entregar algo por iniciativa própria. Este sempre foi o meu *modus operandi*: ouvir mais do que falar. Não vejo motivo para mudar agora, só porque o assunto é pessoal. Então fico na minha. Não pergunto nada, não exijo nada, não pressiono.

Pelo menos por enquanto. Preciso ganhar tempo, pensar no que fazer.

Mas tem uma coisa, Leo. Não vou permitir que essa mulher vá embora antes de dizer onde a filha dela está.

Continuo de pé, esperando que ela dê o primeiro passo.

– A polícia veio me procurar.

Não digo nada.

– Falaram que Maura pode estar envolvida no assassinato de um policial. – Diante do meu silêncio, ela insiste: – É verdade?

Assinto. Bernadette pousa a mão sobre a da amiga.

– Você realmente acha que a Maura pode estar envolvida numa coisa dessas? – pergunta a Sra. Wells.

– É bem provável – digo.

Ela arregala os olhos. Bernadette procura tranquilizá-la.

– Maura jamais mataria alguém. Você sabe disso.

Preciso me conter para não retaliar com um comentário sarcástico. Fico calado.

– A oficial que me procurou... O nome dela é Reynolds, da polícia da Pensilvânia, eu acho. Falou que você estava ajudando na investigação, é isso mesmo?

Não mordo a isca.

– Não entendi nada, Nap – continua ela. – Por que você está trabalhando num caso de outro estado?

– A tenente Reynolds chegou a mencionar o nome do homem que foi assassinado?

– Acho que não. Falou apenas que era um policial.

– O nome dele é Rex Canton – digo, atento à reação dela. Não percebo nenhuma. – Isso lhe diz alguma coisa?

Ela pensa um instante.

– Não, nada.

– Rex era nosso colega de escola.

– Na Westbridge High?

– Sim.

Lynn Wells fica visivelmente mais pálida.

Dane-se a paciência. Às vezes é melhor assustar o outro com uma pergunta inesperada.

– Onde está Maura?

– Não sei.

Levanto apenas a sobrancelha direita, caprichando na expressão de incredulidade.

– Juro que não sei – responde ela. – Por isso te procurei. Na esperança de que pudesse me ajudar.

– Ajudar em quê? A encontrar Maura?

– Sim.

– Eu tinha dezoito anos quando vi sua filha pela última vez – retruco, com a voz embargada.

O telefone sobre a mesa começa a tocar. Ninguém toma a iniciativa de atender. Observo a tal Bernadette: a mulher só tem olhos para Lynn Wells.

– Se você realmente quer que eu te ajude a encontrar Maura – digo, fazendo o possível para manter a calma e o profissionalismo enquanto o coração dá cambalhotas no peito –, então precisa contar tudo que sabe.

Silêncio.

Lynn olha para Bernadette, que balança a cabeça, dizendo:

– Ele não pode nos ajudar.

– Pois é. Não devíamos ter vindo. Foi um equívoco.

Ambas ficam de pé e seguem na direção da porta.

– Aonde vocês estão indo?

Lynn responde com firmeza:

– Vamos embora.

– Não – rebato.

Bernadette faz que não ouviu e tenta passar por mim para abrir a porta. Não deixo.

– Saia da minha frente – diz ela.

Olho para Lynn.

– Maura está em apuros.

– Você não sabe de nada.

Mais uma vez Bernadette tenta abrir a porta, mais uma vez eu não deixo.

– Vai nos prender aqui, é isso?

– Vou.

Não estou blefando. Passei boa parte da vida adulta procurando por essas respostas, e agora que elas estão bem na minha frente, não vou deixar que escapem. Não vou mesmo. Vou deter Lynn Wells nesta sala até que ela conte o que sabe. Que venham as consequências. Não estou nem aí para os aspectos éticos ou legais de tudo isso.

Lynn Wells não vai a lugar nenhum antes de contar o que sabe.

Continuo bloqueando o caminho delas.

Tento fazer o olhar de maluco, mas não consigo. Um terremoto me abala por dentro e acho que elas percebem.

– Não dá pra confiar nele – comenta Bernadette.

Não dou ouvidos, prefiro me concentrar em Lynn.

– Quinze anos atrás – digo –, voltei pra casa depois de um jogo de hóquei.

Estava com dezoito anos. Último ano da escola. Eu tinha um grande amigo, meu irmão gêmeo. Tinha também uma namorada, que eu pensava ser minha alma gêmea. Fui pra cozinha e fiquei ali, esperando meu irmão chegar...

Lynn não tira os olhos de mim. Começa a chorar, mas com uma expressão que não sei ao certo como interpretar.

– Pois é – diz ela. – Nossas vidas nunca seriam as mesmas depois daquela noite.

– Lynn...

Ela silencia Bernadette com um gesto.

– O que aconteceu? – pergunto. – Por que Maura sumiu?

Bernadette intervém, ríspida:

– Isso é você que tem que falar!

Não entendo o que ela quer dizer com isso, mas, antes que eu possa perguntar, Lynn toca no ombro dela e fala:

– Espere lá fora.

– Não vou sair do seu lado.

– Preciso conversar com Nap. Sozinha.

Bernadette reclama, mas reconhece a derrota. Dou um passo para o lado para que ela saia. Um passo pequeno, só por garantia. Depois abro uma fresta na porta. A mulher se espreme e sai para o corredor, despedindo-se de mim com cara de poucos amigos. Sou doido o bastante para encarar a mãe de Maura como se a qualquer momento ela pudesse tentar fugir pela mesma brecha. Mas Lynn fica onde está.

Agora estamos sozinhos.

– Por favor, sente-se – pede ela.

– Você sabe como era minha relação com Maura naquela época.

Lynn e eu estamos sentados um de frente para o outro, nas cadeiras diante da mesa de Ellie. Só então percebo a aliança de casamento que ela usa na mão esquerda e está sempre remexendo enquanto fala.

A mulher fica esperando por uma resposta, então digo:

– Sei.

– Não era nada fácil. A culpa era minha. Não toda, mas em grande parte. Eu bebia muito. Me ressentia da vida de mãe solteira, que me privava de... nem sei direito de quê. De beber mais, talvez. E o timing não ajudou muito. Maura em plena adolescência e tudo que isso implica. Além disso, ela era uma pessoa rebelde por natureza. Você sabia disso, claro. Acho até que foi essa rebeldia que te deixou interessado, não foi? Então, somando essas coisas todas...

Lynn fecha as duas mãos em punho e abre os dedos subitamente, simulando uma explosão.

– Era uma época de vacas magras – prossegue ela. – Eu tinha dois empregos: um de vendedora na Kohl's e outro como garçonete no Bennigan's. Por um tempo, Maura também trabalhava meio expediente na pet shop do Mike Jenson. Você lembra, não é?

– Lembro.

– Sabe por que ela largou o emprego?

– Por causa de uma alergia a cachorros ou algo assim.

Lynn abre um sorriso, mas não vejo nenhuma alegria.

– Mike Jenson vivia passando a mão na bunda dela.

Muita água já correu debaixo dessa ponte; mesmo assim, sinto o sangue ferver dentro das veias.

– Está falando sério?

Claro que está.

– Maura falava que você tinha pavio curto. Temia que, se eu contasse alguma coisa, você... Bem, isso agora não importa mais. Na época a gente morava em Irvington, mas, quando ela começou a trabalhar na pet shop, tivemos um gostinho de como era viver em Westbridge. Foi uma colega lá da Kohl's que botou essa ideia na minha cabeça, a de pagar o menor aluguel possível numa cidade com boas escolas. "Sua filha merece o que há de melhor em termos de educação", dizia ela. E estava coberta de razão. Você pode dizer o que for da minha filha, menos que ela era burra. Pelo contrário, sempre foi muito inteligente. Então foi isso que fizemos. Tínhamos acabado de nos mudar quando vocês se conheceram e... – Ela mesma se interrompe. – Estou enrolando, eu sei.

– Então pule para aquela noite – sugiro.

– Tudo bem. Naquela noite... Maura não apareceu em casa.

Fico completamente mudo.

– Num primeiro momento nem dei pela falta dela. Tinha trabalhado até mais tarde, depois saído com umas amigas. Pra beber, claro. Cheguei em casa às quatro da manhã. Por aí, nem lembro direito. Acho que nem passei no quarto dela pra ver se estava tudo bem. Um exemplo de mãe, certo? Também não sei se isso teria feito diferença. Se tivesse percebido que Maura ainda não tinha chegado, o que eu faria de diferente? Provavelmente nada. Eu ia achar que ela tinha dormido na sua casa. Ou que tinha ido pra Manhattan. Maura ia muito à cidade ver as amigas. Pelo menos até vocês começarem a namorar. Quando enfim acordei e vi que ela não estava em casa... bem, já era quase meio-dia. Pensei que ela já tivesse saído. Era o mais lógico, não? Então não dei muita bola pra coisa e fui trabalhar. Um turno duplo no Bennigan's. O restaurante já estava quase fechando quando o barman me avisou que havia uma ligação para mim. Achei estranho. Até levei uma bronca do gerente por causa desse telefonema. Era Maura.

Meu celular começa a vibrar no bolso da calça. Ignoro.

– O que ela queria?

– Fiquei preocupada, sabe? Porque ela nunca me ligava no trabalho. Então corri pro telefone e fui logo perguntando: "O que aconteceu, filha?" E ela respondeu apenas: "Mãe, preciso sumir por uns tempos. Se alguém perguntar, fala que fiquei abalada com tudo que aconteceu e que mudei de escola. Não chame a polícia." – Lynn respira fundo. – Sabe o que eu respondi?

– O quê?

O sorriso triste retorna ao rosto dela.

– Perguntei se ela estava drogada. Foi a primeira coisa que me ocorreu dizer pra uma filha que estava pedindo ajuda. "Você fumou alguma coisa?"

– E o que ela respondeu?

– Nada. Desligou. Nem sei se ouviu o que eu disse. Também não entendi o que ela quis dizer quando falou que ficou abalada com o que tinha acontecido. Pra você ver, Nap, o grau da minha alienação. Eu nem sabia que seu irmão e aquela menina tinham morrido. Então voltei pro meu trabalho de garçonete. Duas mesas já estavam reclamando. Depois fui atender outra na frente do bar, onde ficavam as televisões. Sabe esses bares que têm um monte de televisões?

– Sei.

– Geralmente, elas ficam sintonizadas em algum canal de esporte, mas alguém havia trocado pra um desses canais só de notícia. Foi aí que eu vi. Eles ainda não tinham os nomes das vítimas. Eu nem sabia que era o seu irmão nem nada. Sabia apenas que dois estudantes de Westbridge tinham sido atropelados por um trem. Aí a ficha começou a cair. Talvez por isso minha filha estivesse tão abalada. Talvez por isso ela tivesse dito que precisava sumir um tempo. Pra lidar com a situação. Eu não sabia o que fazer, mas a essa altura a vida já havia me ensinado algumas coisas. Uma delas é que a gente não deve se precipitar. Não sou nenhum gênio, eu sei. Quando a gente tem a escolha de seguir pelo caminho A ou pelo caminho B, muitas vezes o melhor a fazer é ficar onde está até ter certeza de onde a gente está pisando. Então esperei calmamente até o fim do expediente. Como eu disse, na minha cabeça estava tudo explicado. Menos uma coisa: por que Maura pediu que eu não chamasse a polícia? Isso me deixou com a pulga atrás da orelha, mas eu estava trabalhando, ocupada demais pra pensar no assunto. Então, depois que bati o ponto, saí pro estacionamento. Tinha marcado de encontrar um cara com quem andava saindo, mas não estava mais a fim. Só queria saber de chegar em casa e me jogar na cama. Naquela hora o estacionamento estava praticamente vazio. Mas havia uns homens esperando por mim.

Ela vira o rosto, ameaçando chorar.

– Homens? – digo.

– Quatro.

– Eram... da polícia?

– Foi o que eles disseram. Mostraram distintivos e tudo.

– O que queriam com você?

– Queriam saber onde a Maura estava.

Fico imaginando a cena. Faz tempo que o Bennigan's fechou e foi substituído por outro desses restaurantes de rede, o Macaroni Grill, mas conheço o estacionamento.

– O que você disse a eles?

– Falei que não sabia.

– Ok.

– Foram muito educados comigo. O líder, que conduzia a conversa, era um sujeito meio pálido, falava baixinho, quase sussurrando. Dava até medo. As unhas eram compridas demais. Nunca gostei de homens de unha grande. O homem garantiu que Maura não estava em apuros, bastava ela se apresentar pra que tudo ficasse bem. Foi muito incisivo.

– Mas você não sabia da Maura.

– Pois é.

– E depois, o que aconteceu?

– Bem, depois... – Com os olhos marejados, Lynn leva uma das mãos ao pescoço. – Nem sei direito como começar.

Busco a mão dela.

– Está tudo bem. Pode falar, Sra. Wells. O que aconteceu depois?

Algo mudou na sala, algo tangível como um campo magnético.

– O que aconteceu depois... – Ela para, dá de ombros. – Uma semana se passou.

Rumino as palavras dela por alguns segundos.

– Não entendi.

– Também não sei como explicar. A primeira coisa que me lembro é de alguém esmurrando a porta lá de casa. Abri os olhos, vi que estava na minha cama. Depois olhei pela janela pra ver quem era. Era você, Nap.

Lembro-me de tudo isso, claro. Lembro-me de ter esmurrado a porta dos fundos do sobrado, querendo falar com a Maura. Depois da morte do meu irmão, Maura tinha ligado apenas uma vez pra dizer que a notícia era horrível demais, que ela estava indo embora. Só isso e mais nada.

E assim terminou o nosso namoro.

– Não atendi à porta – prossegue Lynn.

– Eu sei.

– Desculpe.

– Deixa pra lá. Você disse que... tinha passado uma semana.

– Isso. Achei que era a manhã seguinte, mas uma semana inteira já havia passado. Eu não sabia o que fazer. Tentei recriar o que acontecera. O mais provável era que eu tivesse bebido muito e sofrido um apagão, certo? Que o policial de unha grande tivesse agradecido minha atenção, pedido que eu avisasse assim que recebesse alguma notícia da minha filha e ido embora. Depois fui pra casa e enchi a cara. Isso seria o mais plausível, não seria? Pois é. Mas acho que não foi isso que aconteceu.

A temperatura da sala parece ter caído uns dez graus.

– O que foi, então? – pergunto.

– Acho que o policial de unha grande fez alguma coisa comigo.

Ouço minha própria respiração como se estivesse ouvindo os sussurros de uma concha.

– Tipo o quê?

– Acho que eles me levaram pra algum lugar e continuaram perguntando sobre a Maura. Fiquei com essa lembrança quando acordei. Uma lembrança ruim, mas que logo foi embora. Assim como os sonhos que a gente logo esquece, sabe como é? A gente acorda de um pesadelo, acha que nunca mais vai esquecer dele, mas dali a pouco já não se lembra de nada.

– Sei.

– Foi o que me pareceu. Sei que foi uma coisa ruim. Tipo, o pior pesadelo possível. Vasculho a cabeça pra ver se me lembro de mais alguma coisa, mas é como pegar fumaça.

Assinto só para ter alguma coisa para fazer enquanto lido com as pancadas.

– E aí, que o você fez?

Lynn dá de ombros.

– Bem, eu... corri pro meu trabalho na Kohl's, morrendo de medo de ser demitida depois de tantos dias de ausência. Só que eles informaram que eu tinha ligado, avisando que estava doente.

– Você não se lembra de ter feito isso?

– Não. A mesma coisa no Bennigan's. Também falaram que eu tinha ligado. Recosto-me na cadeira, tentando concatenar os fatos.

– Depois disso eu fiquei... sei lá, fiquei meio paranoica, achando que estava sendo seguida. Via um homem lendo jornal e tinha certeza de que estava sendo vigiada. Você também, Nap, começou a rondar minha casa. Lembro que o xinguei uma vez, mandando você embora. Mas depois deixei pra lá. Sabia que precisava fazer alguma coisa até saber da Maura o que estava aconte-cendo. Então fiz o que ela mandou. Menti pra você, dizendo que ela havia mudado de escola. Também procurei o pessoal da Westbridge High. Falei que estávamos nos mudando e avisaria assim que tivesse mais informações pra que eles encaminhassem os documentos da Maura. Não fizeram muitas perguntas. Acho que muitos alunos deram um tempo nas aulas, chocados com a morte dos colegas. – Lynn Wells novamente leva a mão ao pescoço. – Preciso de um copo d'água.

Atrás da mesa, logo abaixo da janela, há um frigobar onde Ellie organiza suas garrafinhas de água com uma precisão quase doentia. Enquanto busco uma delas, fico me perguntando por que a Sra. Wells não me procurou di-retamente. Mas isso pode ficar para depois.

Lynn agradece, depois dá um gole demorado como se tivesse nas mãos uma garrafa de... bem, uma garrafa de cerveja.

– Você parou de beber? – pergunto.

– Uma vez alcoólatra, sempre alcoólatra – diz ela. – Mas, sim: faz treze anos que não boto uma gota de álcool na boca.

Faço um gesto de aprovação com a cabeça. Não que ela precise da minha aprovação para o que quer que seja.

– Devo isso à Bernadette. Ela é meu alicerce. Apareceu na minha vida quando eu estava no fundo do poço. Casamos legalmente dois anos atrás.

Não sei o que dizer a esse respeito, então prefiro voltar ao assunto de antes.

– Sei. Quando você teve notícias da Maura?

Ela dá mais um gole, tampa a garrafa.

– Passaram-se uns dias. Passaram-se semanas. Eu levava um susto toda vez que o telefone tocava. Pensei em me abrir com alguém, mas... com quem? Maura tinha dito que eu não devia procurar a polícia, e depois do que passei nas mãos daquele policial... Como eu disse, se você não tem certeza se quer tomar o caminho A ou B, fique onde está. Mas eu estava com medo. Tinha sonhos horríveis. Ouvia na minha cabeça a voz sussurrante daquele homem horrível, perguntando onde Maura estava. Não sabia o que fazer. A cidade inteira estava de luto com a morte do seu irmão e da Diana. O pai dela, o chefe da polícia... Teve um dia que ele veio falar comigo. Também queria saber da Maura.

– O que você disse a ele?

– A mesma coisa que contei pra todo mundo. Que Maura tinha pirado depois do que aconteceu. Que tinha ido passar uns dias com um primo meu em Milwaukee e que depois ia mudar de escola.

– Esse primo de Milwaukee... ele existe mesmo?

– Existe. Falou que ia confirmar minha história.

– Mas e aí, quando você teve notícias da Maura?

Sem tirar os olhos da garrafa que aperta nas mãos, ela responde:

– Três meses depois.

Tento disfarçar o espanto.

– Quer dizer então que por três meses...?

– Eu não tinha a menor ideia de onde ela podia estar. Nenhum contato. Nada.

Não sei o que dizer. Meu telefone vibra outra vez.

– Eu morria de preocupação. Maura era uma menina inteligente, esperta, mas sabe o que eu cheguei a pensar?

– O quê?

– Pensei que ela tivesse morrido. Deduzi que o policial de unha grande tinha matado minha filha. Tentei não entrar em pânico, mas na verdade... o que eu podia fazer? Se procurasse a polícia, ia dizer o quê? Quem acreditaria naquele meu apagão de uma semana ou... em todo o resto? Aqueles quatro homens, fossem lá quem fossem, ou tinham matado minha filha, ou... acabariam me matando se eu não ficasse de bico calado. Minhas mãos estavam atadas, percebe? Procurar a polícia não era uma opção pra ajudar minha filha. Ou Maura estava se virando sozinha ou...

– Já estava morta.

– Isso – concorda ela.

– Onde vocês finalmente se encontraram?

– Na Starbucks de Ramsey. Entrei no banheiro, e ela entrou atrás de mim.

– Espere aí. Maura não ligou antes?

– Não.

– Simplesmente apareceu por lá?

– Sim.

Tento entender a coisa.

– E aí, o que ela disse?

– Falou que estava em perigo, mas que daria um jeito.

– Que mais?

– Mais nada.

– Foi só isso que ela falou?

– Foi.

– Você nem perguntou se...?

– Claro que perguntei – diz Lynn, erguendo a voz pela primeira vez. – Agarrei minha filha pelos braços, desesperada, implorando que ela contasse mais, pedindo desculpas por tudo que eu tinha feito de errado. Ela me abraçou, depois me afastou e saiu do banheiro. Corri atrás dela, mas... Você não está entendendo.

– Então explique.

– Quando saí do banheiro... novamente dei de cara com um grupo de homens.

Espero um segundo para ter certeza de que ouvi direito.

– Os mesmos de antes?

– Não exatamente, mas... um deles saiu atrás da Maura pela porta dos fundos. Peguei meu carro, e aí...

– E aí o quê?

Lynn ergue o rosto molhado pelas lágrimas novamente leva a mão ao pescoço. Meu coração se aperta.

– Digamos que foi a emoção de rever minha filha que me levou a mais uma crise de bebedeira.

Novamente busco a mão dela.

– Por quantos dias dessa vez?

– Três. Mas agora você entendeu, não entendeu?

– Entendi. Maura sabia.

– Sim.

– Sabia que eles iam interrogar você. Talvez com drogas. Talvez com violência. E se você não soubesse de nada...

– Eu não tinha o que dizer a eles.

– Mais que isso.

– Como assim?

– Maura estava protegendo você – explico. – Sabia que você ficaria em perigo se soubesse por que ela foi obrigada a fugir, seja lá o que for.

– Meu Deus...

Tento manter o foco da conversa.

– E depois? – pergunto.

– Não sei.

– Você está dizendo que não voltou a ver sua filha depois daquele dia na Starbucks?

– Não. Maura me procurou outras seis vezes.

– Em quinze anos?

– Sim – responde Lynn. – Sempre uma visita-surpresa, como da primeira vez. Só pra dizer que estava bem. Por um tempo, ela abriu uma conta de e-mail pra nós duas. A gente nunca mandava as mensagens, deixava sempre na caixa de rascunhos. Ambas tínhamos a senha. Ela usava uma VPN pra não ser rastreada. Depois passou a achar que era arriscado demais. E, de certo modo, estranhamente, não tinha nada pra me dizer. Eu falava da minha vida; contava que tinha parado de beber, que tinha encontrado a Bernadette... Só que ela não revelava nada da dela. O que pra mim era uma tortura. – Lynn aperta a garrafa com força, talvez um pouco demais. – Não faço a menor ideia de onde ela está, por onde andou esse tempo todo, nem o que está fazendo da vida.

Meu telefone vibra de novo.

Dessa vez confiro o identificador de chamadas. É Augie. Melhor atender.

– Oi, Augie.

– Encontramos o Hank.

capítulo 17

LEO, VOCÊ SE LEMBRA do aniversário de dez anos do Hank?

A última moda na época eram as festinhas com uma guerra de pistolas a laser ou qualquer coisa ligada a esportes. A de Eric Kuby foi dentro de uma daquelas bolhas de plástico, com tema de futebol. A de Alex Cohen foi num shopping onde tinha um campo de minigolfe e um Rainforest Cafe. A de Michael Stotter tinha videogames e uns brinquedos de realidade virtual: amarravam a gente com o cinto de segurança, depois o banco começava a sacudir enquanto as imagens iam passando na nossa frente. Era como se realmente estivéssemos numa montanha-russa. Você até chegou a passar mal.

Mas a festa do Hank, assim como o próprio, foi diferente. A dele foi num laboratório de ciências da Reston University. Um monitor de jaleco branco e óculos fundo de garrafa ia orientando a gente através de uma série de experimentos. Fabricamos geleca com borato de sódio e cola branca. Fabricamos umas bolas de polímero superelásticas e outras de gelo que lembravam enormes bolas de gude. Fizemos vários experimentos que envolviam reações químicas, fogo ou eletricidade estática. Pois a festinha acabou se revelando muito mais divertida do que eu tinha imaginado, um paraíso geek do qual até os atletas teriam gostado. Minha maior lembrança, no entanto, é a expressão do Hank sentado ali na primeira fila, atento a tudo que o monitor fazia, um olhar de sonhador e um sorrisinho de caxias estampados no rosto. Já naquela época, apesar da pouca idade, eu podia ver que o lugar daquele menino era num laboratório de ciências, podia enxergar a felicidade dele, uma felicidade aparentemente inalcançável para o resto de nós. Ainda que não fosse capaz de articular a coisa dessa forma, eu queria que o tempo congelasse para que Hank pudesse continuar ali por bem mais do que aqueles cinquenta minutos de brincadeira e bolo, cercado dos seus amigos e das suas paixões. Ao lembrar essa festinha, e pensando na pureza daquele momento para o Hank, reflito um pouco sobre a direção que nossas vidas tomaram, sobre a sequência de acontecimentos que nos trouxe de lá para cá, o vínculo entre o menino de olhos sonhadores e o cadáver nu do homem que se enforcou numa árvore.

Olhando para o rosto desse cadáver, um rosto inchado, desfigurado, grotesco mesmo, ainda sou capaz de enxergar a criança daquela festa. É engraçado, mas é isso que acontece com as pessoas que cresceram junto com a gente. O fedor espanta a maioria, mas não chega a me incomodar: não é a primeira vez que vejo um cadáver. O corpo nu de Hank dá a impressão de que alguém tirou os ossos de dentro dele, mais parece uma marionete presa aos fios de um titereiro. O torso exibe diversos talhos, provavelmente feitos com uma lâmina afiada, mas o que realmente chama a atenção é outra coisa bem mais óbvia.

Hank foi castrado.

Comigo estão meus dois superiores: de um lado, Loren Muse, promotora do condado de Essex; do outro, Augie.

É Muse quem quebra o silêncio:

– Pensei que você tivesse pedido uns dias de folga pra cuidar de assuntos pessoais.

– Não quero mais. Quero cuidar desse caso.

– Você conhece a vítima, certo?

– Há muitos anos.

– Mesmo assim. Não vai dar. – Muse é uma daquelas mulheres miúdas que emanam uma força descomunal. Apontando para o homem que vinha descendo a colina, ela diz: – Manning vai ficar com esta investigação.

Augie ainda não falou nada. Também já viu muitos cadáveres na vida, mas está lívido. O condado tem a jurisdição no caso dos homicídios. A polícia de Westbridge, da qual Augie é o chefe, apenas oferece apoio. Minha função será fazer a ponte entre as duas coisas.

Muse olha para a colina às suas costas.

– Você viu aquele monte de vans da imprensa?

– Vi.

– Sabe dizer por que há tantos?

– Sim. Por causa daquele vídeo que viralizou.

Muse assente.

– Um homem é apontado como predador sexual pelas milícias da internet. O vídeo recebe o quê? Três ou quatro milhões de visualizações? Depois, esse mesmo homem é encontrado no mato, enforcado numa árvore. Quando ficarem sabendo que foi castrado...

Ela não precisa terminar. Já entendemos. Vem por aí um circo de horrores. Chego a ficar aliviado por não estar no comando do caso.

Alan Manning passa por nós como se não estivéssemos presentes. Para diante da árvore e acintosamente examina o corpo de Hank, que balança de leve na corda em que está pendurado. Conheço o homem. Não é um mau investigador, embora não seja dos melhores.

Muse recua alguns passos. Eu e Augie também.

– Augie contou que você falou com a mulher que postou o vídeo – diz ela.

– Suzanne Hanson.

– O que ela contou?

– Que mentiu. Que Hank não tinha baixado as calças.

Muse lentamente vira o rosto na minha direção.

– Como é que é?

– A Sra. Hanson não queria que alguém como o Hank ficasse rondando a escola da filha dela, só isso.

– E agora ele está morto – diz Muse, balançando a cabeça.

Não digo nada.

– Quanta estupidez, quanta ignorância... – Novamente ela balança a cabeça. – Vou dar uma olhada, ver se ela pode ser indiciada de alguma forma.

Por mim, tudo bem.

– Você acha que a Sra. Hanson pode estar envolvida nisto? – pergunta Muse.

"Não", respondo para mim mesmo. Não quero ser desonesto. Não quero despistar o Manning. Ao mesmo tempo quero o que for melhor para o caso, o que pode envolver uma pitada de desinformação.

– Talvez os Hanson sejam um bom ponto de partida pro Manning.

Novamente olhamos para a árvore. Manning olha para o alto enquanto circula o corpo de modo espalhafatoso. Dá a impressão de que está imitando algo que viu na TV, de que a qualquer momento vai sacar uma lupa à la Sherlock Holmes.

Augie também não tira os olhos do cadáver.

– Conheço o pai do Hank – diz ele.

– Então talvez seja o caso de você lhe dar a notícia – sugere Muse. – E com esses repórteres todos por aí, quanto antes, melhor.

– Você se importa se eu for junto com ele? – pergunto.

Ela dá de ombros como se dissesse: "Faça como quiser."

Augie e eu vamos nos afastando. Franco Cadeddu acabou de chegar. É o chefe da medicina legal do condado, um bom sujeito. Acena silenciosamente quando passa por nós. Fica sério quando está trabalhando. Aceno de volta, sério também, mas Augie segue adiante sem cumprimentá-lo. Vestindo macacões, luvas e máscaras cirúrgicas, os peritos da equipe de

Franco passam também e seguem apressados na direção da árvore. Augie sequer olha para eles. Está sisudo, marchando compenetrado para sua triste missão.

– É muito estranho – digo.

Augie demora alguns segundos para se manifestar.

– Do que você está falando?

– Do rosto do Hank.

– O que tem o rosto do Hank?

– Não está roxo. Nem o rosto, nem o resto do corpo.

Augie não diz nada

– O que significa que ele não morreu de estrangulamento nem de uma fratura do pescoço.

– Franco vai descobrir o que foi.

– Mais uma coisa: o cheiro horrível. Aquele corpo já está começando a apodrecer.

Augie segue caminhando.

– Hank sumiu três semanas atrás – digo. – Sou capaz de apostar que foi morto logo no início dessas três semanas.

– De novo, vamos esperar pelo laudo do Franco.

– Quem encontrou o corpo?

– David Elefant – responde Augie. – Estava passeando com um cachorro sem coleira. O cachorro correu pra cá e começou a latir.

– Com que frequência David faz isso?

– Isso o quê?

– Passear com o cachorro por estas bandas. Esse vale é meio fora de mão, mas não fica tão longe assim.

– Sei lá. Por quê?

– Digamos que eu esteja certo. Digamos que faz três semanas que Hank está morto.

– Ok.

– Se o corpo ficou esse tempo todo pendurado naquela árvore, alguém já devia ter encontrado, você não acha? Alguém já devia ter sentido o cheiro. Não estamos tão longe assim da civilização, não é?

Augie não responde.

– Augie?

– Estou ouvindo.

– Tem alguma coisa errada aí.

Ele finalmente interrompe a caminhada e olha para trás, para o cadáver já distante.

– Um homem foi castrado e pendurado numa árvore. Claro que tem alguma coisa errada aí.

– Na minha opinião, isso não tem nada a ver com aquele vídeo.

Augie não comenta nada.

– Acho que tem a ver com o Clube da Conspiração e com aquela velha base militar. Acho que tem a ver com Leo e Diana. – Vejo a dor que ele sente ao ouvir o nome da filha. – Augie?

Ele retoma a caminhada.

– Mais tarde.

– Mais tarde o quê?

– Falamos disso outra hora. Agora preciso dizer ao Tom que o filho dele está morto.

Com os lábios trêmulos, Tom Stroud olha fixamente para as próprias mãos. Não disse uma só palavra desde que abriu a porta. Nada. Logo soube o que era. Olhou para a gente e soube. Geralmente é assim. Dizem alguns que a negação é o primeiro passo do luto. Mas com a minha experiência de policial, depois de tantas visitas semelhantes, concluí o contrário. O primeiro passo é a compreensão imediata e total. A pessoa recebe a notícia e na mesma hora percebe o horror da coisa toda, a concretude dos fatos, o caráter irrevogável da morte, a certeza de que o mundo veio abaixo e nunca mais será o mesmo. Tudo isso numa questão de segundos. A pessoa é invadida por essa percepção, é esmagada por ela. Sente o coração explodir. Perde a firmeza dos joelhos. Sente uma vontade irresistível de entregar os pontos e desabar, de dobrar o corpo na posição fetal e se deixar cair naquele poço sem fundo.

É aí que entra a negação.

A negação salva a pessoa. Ergue uma cerca protetora. Impede que essa pessoa se jogue da janela, segura sua mão quando ela fica tentada a queimá-la no fogão.

As lembranças daquela noite me tomam de assalto assim que entramos na casa de Tom Stroud. Sinto falta de uma cerca protetora também. Pensei que seria uma boa ideia vir junto com Augie, mas ao vê-lo dar a pior de todas as notícias (assim como fez quando você morreu), fico muito mais abalado do que havia imaginado. Pisco os olhos e vejo papai no lugar de Tom Stroud. Assim como papai, Tom fica olhando para o tampo da mesa sem dizer nada, apenas crispando o rosto como se tivesse levado um soco na boca do estômago. Augie fala num tom suave, compassivo, carinhoso, mas sem perder a firmeza, e isso, muito mais do que qualquer imagem ou cheiro, me joga de volta ao pesadelo daquela noite lá em casa, quando este mesmo Augie dava a outro pai a notícia da morte do filho.

Ele e Tom estão sentados à mesa da cozinha. Espero a uns três metros de distância, no banco de reservas, pronto para entrar em campo, mas rezando para não ser convocado pelo técnico. Minhas pernas estão bambas. Quanto mais tento entender o que está acontecendo, menos sentido as coisas fazem. A investigação oficial, sob o comando de Manning e da polícia do condado, certamente vai se concentrar no vídeo. Tudo parecerá muito simples: o vídeo é postado no Facebook, viraliza, as pessoas entram em polvorosa e alguém resolve fazer justiça com as próprias mãos.

Uma teoria limpinha. Plausível. Talvez até correta.

A outra, claro, é a que pretendo adotar. Alguém vem eliminando os membros do Clube da Conspiração. Dos seis possíveis membros, quatro foram mortos antes de completarem 35 anos. Não pode ser apenas uma coincidência. Primeiro, Leo e Diana. Depois Rex. Agora Hank. Não sei onde Beth está. E também tem a Maura, que precisou fugir depois de ter visto alguma coisa naquela noite.

Mas...

Por que agora? Digamos que todos eles tenham visto algo que não deviam naquela noite. Sei que pode ser uma paranoia da minha parte, mesmo em se tratando de um grupo chamado Clube da Conspiração, mas não posso deixar de aventar essa possibilidade.

Pois bem. Digamos que eles tenham visto algo naquela noite.

Talvez tenham saído correndo, e os bandidos... o quê? Acabaram pegando só Leo e Diana? Pode ser. E depois? Levaram os dois até aquela ferrovia do outro lado da cidade e simularam um atropelamento? Também pode ser. Digamos que os outros escaparam. Maura também, mas sumiu no mapa logo em seguida. Tudo isso é possível.

O que dizer de Rex, Hank e Beth?

Nenhum dos três fugiu como Maura. Continuaram na escola, forma-ram-se normalmente.

Por que não foram mortos pelos bandidos da base militar?

Por que eles, os bandidos, esperaram quinze anos para agir novamente?

Sem falar no timing da morte de Hank. Que motivo teriam os bandidos para matá-lo justamente no momento em que o tal vídeo entrou em circulação? Isso faz algum sentido?

Não.

Nesse caso, como o vídeo se encaixa na história toda?

Sinto que estou deixando alguma coisa passar.

Tom Stroud finalmente começa a chorar. Deixa o queixo cair contra o peito, sacode o tronco em pequenos espasmos. Augie toca o braço dele num gesto de consolo. É pouco. Então se aproxima e deixa que o homem chore em seu ombro. Agora está de perfil para mim, de olhos fechados. Vejo a dor estampada no semblante dele. Tom chora ainda mais convulsivamente. O tempo passa. Ninguém se mexe. Aos poucos Tom vai parando. Afastando--se, ele olha para Augie e diz:

– Obrigado por ter vindo pessoalmente.

Augie apenas meneia a cabeça, rígido.

Tom Stroud seca o rosto com a manga da camisa. Com um sorriso forçado, diz:

– Agora temos algo em comum.

Augie o encara com um olhar interrogativo.

– Bem, algo horrível – explica Tom. – Ambos perdemos um filho. É como se... é como se a gente pertencesse ao pior de todos os clubes imagináveis.

Agora é a vez de Augie fazer uma careta como se tivesse levado um soco no estômago.

– Você acha que aquele vídeo horrível tem a ver com o que aconteceu? – pergunta Tom.

Fico esperando pela resposta de Augie, mas vejo que ele está meio perdido. Então respondo por ele:

– É uma hipótese que eles certamente vão investigar.

– Hank não merecia isso. Mesmo que tivesse feito alguma indecência...

– Não fez.

Tom Stroud olha para mim.

– Aquilo foi uma mentira. De uma mãe que não queria ver o Hank perto da escola.

Tom arregala os olhos, e novamente penso nos tais passos do luto. A negação pode dar lugar à raiva muito rapidamente.

– A mulher inventou tudo?

– Sim.

Nada muda na expressão dele, mas a temperatura sobe visivelmente.

– Qual é o nome dela?

– Não podemos dizer.

– Você acha que foi ela?

– Que matou o Hank?

– Sim.

– Não, não acho – respondo com honestidade.

– Quem foi então?

Explico que as investigações estão apenas no início, depois repito as palavras vazias de sempre, coisas como "Vamos fazer tudo que está ao nosso alcance para...". Pergunto se ele tem alguém que possa lhe fazer companhia, e ele diz que sim: um irmão. Augie espera de pé, calado e meio cambaleante. Tento orientar Tom da melhor maneira possível, mas não sou babá de ninguém. Augie e eu já nos demoramos demais.

Tom nos leva até a porta.

– De novo, muito obrigado.

Como se eu já não tivesse recorrido a uma quantidade suficiente de frases prontas, digo mais esta:

– Meus sentimentos.

Augie vai saindo às pressas na direção do carro. Preciso correr para alcançá-lo.

– Que foi? – pergunto.

– Nada.

– Você ficou calado de repente. Pensei que tivesse recebido alguma mensagem no celular. Sei lá, alguma informação nova.

– Não.

Augie destranca o carro. Ambos entramos.

– E aí, o que está pegando? – pergunto.

Augie olha sério para a casa de Tom Stroud.

– Você não ouviu o que ele falou lá dentro?

– Quem? Tom?

– Falou que agora temos algo em comum – diz Augie, irritado. – Que conhece a minha dor.

Percebo um ligeiro tremor no rosto dele, certa dificuldade para respirar. Não sei o que fazer ou dizer, então deixo o barco rolar.

– Perdi uma filha de dezessete anos, uma menina linda, cheia de vida, com um futuro inteiro pela frente. Diana era tudo pra mim, Nap. Era a minha vida, entende?

Ele olha para mim, ainda irritado. Sustento o olhar dele, mas não digo nada.

– Toda manhã eu acordava minha filha pra ir pra escola. Toda quarta-feira eu fazia panqueca com gotas de chocolate pra ela. Toda manhã de sábado, quando ela era mais novinha, a gente tomava café no Armstrong, só nós dois, depois passava no shopping pra comprar as coisinhas dela: os elásticos de cabelo coloridos, as presilhas de tartaruga que ela tanto adorava. Ela colecionava essas coisas de cabelo. Eu era apenas o pai bobalhão que não entendia nada do assunto. A tralha ainda estava toda lá quando esvaziamos o quarto dela. Jogamos tudo fora. Teve uma vez que ela precisou ser internada por conta de uma febre reumática; passei oito noites seguidas numa cadeira de hospital, vigiando o estado dela, pedindo a Deus que poupasse minha filha. Compareci a todos os jogos de hóquei, todos os corais de Natal, todas as apresentações de dança, todas as formaturas, todas as festinhas de Dia dos Pais. Na primeira vez que ela foi ao cinema com um namoradinho, fui atrás sem que ela soubesse de nada, de tão nervoso que fiquei. Permanecia acordado toda vez que ela saía; não conseguia dormir antes de ter certeza de que ela tinha voltado. Ajudei com todos os formulários de admissão das universidades, as redações que ninguém leu porque ela morreu antes de enviar. Eu amava aquela menina com todas as fibras do meu coração, Nap. Participava diariamente da vida dela, ao passo que ele... – Augie praticamente cospe o pronome na direção da casa de Tom Stroud. – De onde ele tirou que agora temos algo em comum? Está pensando o quê? Que ele, um homem que abandonou o filho assim que o caldo entornou, pode conhecer a *minha* dor? – esbraveja ele, batendo no peito ao dizer a palavra "minha".

Augie se cala e fecha os olhos.

Uma voz sugere baixinho na minha cabeça que eu diga algo para consolá-lo, que peça a ele para dar os devidos descontos a um pai que acabou de perder o filho. Outra voz, no entanto, grita o contrário, dizendo que a raiva dele é perfeitamente compreensível e que eu não preciso contemporizar.

Augie reabre os olhos, fita novamente a casa de Tom.

– Talvez devêssemos ver a coisa por outro ângulo.

– Qual?

– Por onde andou Tom Stroud esses anos todos?

Não digo nada, e ele prossegue:

– Falou que foi pra Costa Oeste, que abriu uma loja de equipamento de pesca.

– Com um estande de tiro nos fundos – acrescento.

Agora somos dois olhando para a casa.

– Falou também que voltava de vez em quando pra ver o filho, que tentava se aproximar dele, mas era repelido.

– E daí?

Augie emudece de novo. Depois dá um longo suspiro.

– Então é possível que ele estivesse aqui quinze anos atrás.

– Acho pouco provável.

– Pode ser – concorda Augie. – Mas não custa nada verificar.

capítulo 18

CHEGANDO EM CASA, ENCONTRO os Walsh na rua e os cumprimento com o mais simpático dos meus sorrisos para que pensem como o vizinho solteirão é um cara legal. Eles acenam de volta.

Todos na vizinhança, Leo, conhecem sua história trágica. Uma história lendária, como eles mesmos dizem. É um espanto que nenhum dos candidatos a Bruce Springsteen de Westbridge tenha composto uma "Ode a Leo e Diana". Mesmo assim, nenhum deles acha que algo semelhante pode vir a acontecer no seio de sua própria família. Assim são as pessoas. Ficam querendo saber dos detalhes não apenas porque têm uma curiosidade mórbida (por isso também, claro), mas sobretudo porque precisam ter certeza de que uma tragédia igual nunca vai se repetir com elas. Os dois bebiam muito. Usavam drogas. Eram inconsequentes. Não receberam uma boa educação dos pais. Tinham liberdade demais. Seja lá o que for, isso nunca vai acontecer conosco.

A negação não é apenas para os que estão de luto.

Ainda não tive nenhuma notícia de Beth Lashley, o que me deixa preocupado. Ligo para a polícia de Ann Arbor e sou atendido por um detetive chamado Carl Legg. Explico que estou tentando falar com uma cardiologista chamada Beth Fletcher, nascida Lashley, mas que venho sendo enrolado pela equipe de assistentes dela.

– Está envolvida em algum delito? – pergunta Legg.

– Não. Preciso falar com ela, só isso.

– Vou passar no consultório dela pessoalmente.

– Obrigado.

– Ligo quando souber de alguma coisa.

A casa está silenciosa. Os fantasmas estão dormindo. Sigo para o segundo andar, puxo a escadinha do alçapão e subo para o sótão. Nem lembro quando estive aqui pela última vez. Imagino que tenha ajudado papai a subir com as suas coisas, mas não tenho nenhuma lembrança disso. Talvez ele tenha feito tudo sozinho para me poupar. Leo, você teve uma morte súbita, mas o papai não. Ele e eu tivemos tempo. Papai aceitou seu próprio destino, por maior que fosse a minha revolta. Quando enfim partiu, já tinha doado todos os pertences dele, todas as roupas. Deixou para trás um quarto vazio.

Deixou tudo pronto antes que o Anjo da Morte viesse buscá-lo. De modo que eu não tivesse trabalho nenhum.

O sótão, claro, é um lugar quente e tomado por mofo. Mal consigo respirar. As caixas e os baús nem são tantos assim, como nos sótãos do cinema. Papai colocou apenas algumas tábuas no piso, que é quase todo de lã de vidro, dessas de isolamento térmico. Isso é o que eu mais lembro. Quando meninos, a gente subia para cá e brincava de andar apenas nas tábuas, porque se pisasse na lã, abria um buraco e se esborrachava no chão duro lá de baixo. Não sei se era verdade, mas era isso que o papai falava. Lembro que eu ficava morrendo de medo, como se aquela camada de espuma rosa fosse um poço de areia movediça capaz de engolir para sempre quem pisasse nela.

Fico me perguntando se alguém realmente já foi engolido por um poço de areia movediça, o que acontece toda hora no cinema. Na vida real, quem já morreu assim?

É nisso que estou pensando quando localizo num canto a caixa que estou procurando. Apenas uma caixa, Leo. Não mais que isso. Papai nunca foi apegado a bens materiais. Doou todas as roupas do filho morto, os brinquedos também. Acho que essa espécie de expurgo era parte do processo de luto dele. Associado a qual estágio? Não sei. Talvez ao da aceitação. Mas a aceitação é o estágio final, e ele ainda tinha pela frente um longo caminho a percorrer. Eu sempre soube que o papai era um cara emotivo, mas nem por isso deixava de ficar assustado quando o via chorar daquele jeito desesperado, gemendo muito, sacudindo os ombros. Às vezes, receava que ele fosse se partir em dois, sucumbindo ao peso da agonia sem fim.

Quanto à mamãe, nunca tivemos notícia dela.

Se o papai tentou falar com ela? Não sei. Nunca contou. E eu nunca perguntei.

Abro a caixa para ver o que ele resolveu guardar. Só agora me ocorre uma coisa: papai sabia, óbvio, que você nunca abriria essa caixa. Nem você nem ele. Isso significa o seguinte: seja lá o que for, o conteúdo dessa caixa só pode ter algum valor para mim. Se papai optou por guardá-la é porque achou que um dia eu pudesse ter algum interesse nela.

A caixa está fechada com uma fita adesiva difícil de remover. Usando uma chave como estilete, vou rasgando as quinas até conseguir abrir as abas de papelão. Nem sei direito o que esperar. Dividimos o mesmo quarto desde o início, eu e você. Conheço sua intimidade. Não é como se de repente pudesse haver uma grande surpresa.

Mas quando vejo esta fotografia no topo, fico perdido outra vez. Uma foto de nós quatro: você e Diana, eu e Maura. Lembro-me dela, claro. Foi tirada no quintal da casa da Diana, no aniversário de dezessete anos dela. O último. Era uma noite quente de outubro. Tínhamos passado o dia na Six Flags Great Adventure. Augie tinha um amigo, um policial aposentado, que na época trabalhava para um dos grandes patrocinadores do parque, e foi esse amigo que conseguiu para a gente as pulseirinhas VIP que davam acesso direto aos brinquedos. Nada de filas para as montanhas-russas! Lembra, Leo? Quanto a você e Diana, não me lembro de muita coisa. Acabamos nos separando. Vocês ficaram quase o tempo todo no fliperama (lembro que você ganhou um Pikachu de pelúcia para ela), enquanto Maura e eu ficamos nas montanhas-russas mais radicais. Maura estava usando uma blusinha curta que me deixava louco. Você e Diana tiraram uma foto boba com um desses personagens dos Looney Tunes. Qual era? Aposto que era o... Ah, sim, é o que está nesta segunda foto. Vocês dois com o Piu-Piu no meio, ao fundo um chafariz.

Duas semanas depois, ambos estariam mortos.

Volto para a foto de nós quatro e examino com mais atenção. Nela, já anoiteceu. Outros convidados conversam às nossas costas. Estamos cansados, eu acho, o dia foi longo. Maura está sentada no meu colo, nossos corpos enroscados daquele jeito de que só os adolescentes são capazes. Você está sentado ao lado da Diana. Ela está séria. Você parece que fumou um baseado: olhos parados, meio zonzos. Parece também que está... sei lá, com algum problema. Não percebi isso na época. Eu estava muito ocupado comigo mesmo, não é? Maura, o hóquei, a vontade de entrar numa universidade bacana. Embora não tivesse nenhum plano mais concreto nem fizesse a menor ideia do que queria ser na vida, tinha certeza de que o destino faria de mim um homem feliz. Podia jurar que seria bem-sucedido.

A campainha toca.

Devolvo as fotos para a caixa e, curvando a cabeça sob o teto baixo, vou para o alçapão. Ainda estou descendo a escadinha quando a campainha toca outra vez. E mais outra. Seja lá quem for, está com pressa.

– Já vou! – berro.

Corro para a porta. Antes de abri-la, espio através da janela mais próxima. É David Rainiv, meu ex-colega, que está na soleira. Impecável como sempre. O terno parece ter sido cortado por alguma entidade superior. O homem está pálido, parece aflito, mas o nó Windsor da gravata Hermès é exemplar.

– Fiquei sabendo do Hank – diz ele assim que abro a porta. – É verdade?

Não me dou ao trabalho de perguntar como ele soube. Dizem que nada viaja mais rápido do que as más notícias, mas esse ditado nunca foi tão válido quanto agora, na era da internet.

– Não posso falar sobre o assunto.

– Estão dizendo que o encontraram pendurado numa árvore.

A tristeza está estampada na testa do cara. Lembro como se dispôs a ajudar quando perguntei sobre Hank naquela noite na quadra de basquete. Não vejo motivo para bancar o policial linha-dura com ele.

– Pois é. Uma história horrível.

– Ele se enforcou ou... foi assassinado?

Estou prestes a repetir que não posso falar do assunto, mas percebo um desespero inusitado na expressão dele. Fico me perguntando se ele realmente veio em busca de confirmação ou se está querendo outra coisa qualquer.

– Assassinado – respondo.

David fecha os olhos.

– Você tem algo a acrescentar sobre isso?

Ele continua com os olhos fechados.

– David?

– Não tenho certeza... – diz ele afinal. – Mas pode ser que sim.

capítulo 19

OS RAINIV MORAM NUMA rua sem saída na parte mais chique da cidade, numa daquelas mansões com piscina coberta, salão de festa, oitocentos banheiros e um milhão de metros quadrados de espaço essencialmente inútil. Tudo nela grita "emergentes". O portão de entrada conta com uma rebuscada escultura de crianças soltando pipa; imagino que a intenção seja dar ao lugar um ar de "antigo", mas o resultado é justamente o oposto. Tudo ali é forçado demais, com um pé no cafona. Pelo menos é assim que vejo. Conheço David há muito tempo. Sempre foi um cara bacana. É generoso nas doações de caridade. Dedica tempo e energia à cidade. Já tive a oportunidade de vê-lo por aí com os filhos. Não é um daqueles que gostam de pavonear sua condição de pai nos shoppings e nas praças da vida, que capricham na atenção que dão aos filhos só para que as pessoas digam: "Uau, que pai maravilhoso." Com esses, tudo não passa de um grande teatro, mas com David é diferente. David é um cara sincero, assim como a tristeza que vejo nele agora. Esse cuidado que ele tem com Hank, sobre o qual falou longamente no outro dia, é sinal de um homem correto, íntegro. Se o cara (ou a mulher) tem um gosto duvidoso na hora de comprar uma casa, que importância isso tem? Nenhuma. Absolutamente nenhuma. Não cabe a mim julgar.

Deixamos o carro numa garagem mais ou menos do tamanho de um ginásio (será que estou julgando?) e atravessamos uma porta lateral para entrar num espaço que em outra casa qualquer seria um porão, mas que aqui é outra coisa porque abriga uma sala de cinema e uma adega. Não dá para chamar isso de porão. Subsolo, talvez? David entra num cômodo pequeno e acende a luz. No fundo há um cofre, desses mais antigos, com um metro e pouco de altura e um disco de segredo no centro.

– Você não é o investigador oficial do caso, é?

É a terceira vez que David me faz essa pergunta.

– Não. Por que tanta preocupação com isso?

Ele se agacha e vai girando os números do segredo.

– Hank me pediu que guardasse uma coisa.

– Recentemente?

– Não. Uns oito ou nove anos atrás. Pediu que eu entregasse a alguém de confiança se um dia ele fosse assassinado. Insistiu que essa pessoa não fosse da polícia nem que estivesse diretamente ligada à investigação. – David vira o rosto na minha direção. – Está vendo o meu dilema?

– Sim, mas... eu sou da polícia.

– Certo. Como eu disse, isso foi oito ou nove anos atrás. Hank já não andava lá muito bom da cabeça. Não dei muita importância à coisa, achei que fosse mais uma fantasia de uma mente perturbada. Mas ele foi muito incisivo. Então prometi que atenderia ao pedido dele. Também não dei muita importância a essa história de ele ser assassinado. Coisa de maluco, pensei. Só que agora...

Ele dá um último giro no disco. Ouço um clique. Ele leva a mão à alça, virando para trás e me olhando.

– Confio em você, Nap. Sei que você é da polícia, mas por algum motivo acho que Hank não se importaria que eu te entregasse isto.

David escancara a porta, vasculha o conteúdo do cofre (olho para o outro lado, não sou bisbilhoteiro) e tira de lá uma fita de videocassete que produz em mim uma sensação imediata de déjà-vu, algo de arrepiar. Como se eu rebobinasse minha vida, Leo, lembrando-me daquela filmadora digital Canon PV1 que papai te deu de presente no ano em que você começou o ensino médio. Você só faltou pular de alegria. Começou a filmar tudo o que via pela frente. Falava que queria ser diretor de cinema, que pretendia fazer um documentário. Todas as minhas feridas reabrem quando me lembro disso.

Essa fita que David me entrega é uma daquelas vermelhas da Maxwell, com sessenta minutos, idêntica às que você usava. Idêntica às que todo mundo usava. Mesmo assim, ver uma fita dessas depois de tantos anos...

– Você chegou a ver o que está gravado aí? – pergunto.

– Hank pediu que eu não visse.

– Não tem nem uma ideia do que possa conter?

– Nenhuma. Fiz o que Hank pediu, só isso.

Por alguns segundos não consigo fazer mais do que ficar olhando para a tal fita.

– O mais provável é que isso não tenha nada a ver com o que aconteceu – diz David. – Afinal de contas, depois do vídeo do Facebook...

– Aquilo foi uma mentira.

– Mentira? Por que alguém faria uma coisa dessas?

David era amigo do Hank. Merece uma satisfação, por menor que seja. Então faço um resumo rápido dos motivos doentios de Suzanne Hanson. Ele ouve com atenção, depois fecha e trava o cofre novamente.

– Imagino que você não tenha em casa nenhum aparelho que reproduza essa fita – digo.

– Não, não tenho.

– Então vamos procurar alguém que tenha.

Pelo telefone, Ellie diz:

– Bob encontrou uma Canon velha no porão. Acha que ainda funciona, mas falou que precisa ser recarregada.

Não fico nem um pouco surpreso. Ellie e Bob são desses que nunca jogam nada fora. Mais que isso, guardam toda a tralha na mais perfeita ordem, tudo é embalado e devidamente etiquetado. Portanto, nada mais natural que tenham encontrado essa câmera (com carregador e tudo) depois de tantos anos de hibernação.

– Chego em dez minutos.

– Vai ficar pra jantar?

– Depende do que encontrar na gravação – respondo.

– Certo, faz sentido. – Ellie percebe algo na minha voz, me conhece não é de hoje. – E no mais, tudo bem?

– Depois a gente conversa. Beijo.

É David Rainiv quem está dirigindo, ambas as mãos plantadas ao volante. Lá pelas tantas ele diz:

– Ninguém precisa ficar sabendo disso, mas... se Hank não deixou nenhum parente pra trás, você poderia me fazer um favor? Depois que os peritos terminarem o trabalho deles, mande o corpo pra Feeney's Funeral Home e peça que me encaminhem a conta, ok?

– O pai dele voltou, esqueceu?

– Ah, claro.

– Acha que ele não vai tomar nenhuma providência nesse sentido?

– Sei lá. O cara deixou o filho na mão a vida inteira. Não é agora que vai mudar.

Bem pensado.

– Vou me informar.

– Prefiro ficar anônimo, se você não se importar. A gente avisa o pessoal do basquete, e eles vão lá, fazem as suas despedidas. Hank merece isso.

Não sei o que as pessoas merecem ou deixam de merecer, mas tanto faz.

– Acho que ele iria gostar – prossegue David. – Hank fazia questão de homenagear os mortos: a mãe dele... seu irmão e Diana... – diz ele com cuidado.

Não comento nada. Seguimos em frente por mais alguns quilômetros, a fita em minhas mãos. Depois, pensando melhor no que ouvi há pouco, pergunto:

– Como assim?

– Como assim o quê?

– Isso que você disse sobre o Hank. Sobre ele fazer questão de homenagear os mortos. Sobre Leo e Diana.

– Está falando sério?

Olho para ele.

– Hank ficou arrasado com o que aconteceu com eles.

– Isso não é a mesma coisa que "homenagear".

– Você realmente não sabe?

Imagino que a pergunta seja retórica.

– Hank sempre fazia o mesmo percurso nas suas caminhadas diárias. Disso você sabe, não é?

– Sim. Ele começava pela Trilha, perto da escola.

– E terminava onde?

De repente tenho a sensação de que um dedo frio está roçando minha nuca.

– Na linha de trem – responde o próprio David. – Hank terminava as caminhadas no exato local onde... Bem, você sabe.

Meus ouvidos estão zumbindo. As palavras parecem vir de um lugar muito distante quando digo:

– Quer dizer então que... todo dia o Hank caminhava desde aquela velha base militar até o local onde Leo e Diana morreram?

– Pensei que você soubesse.

– Não, não sabia.

– Em alguns dias ele cronometrava a caminhada. Mais de uma vez pediu que eu... Isso é muito estranho.

– O quê?

– Pediu que eu o levasse de carro. Pra saber quanto tempo durava a viagem.

– Entre a base militar e a ferrovia do outro lado da cidade?

– Sim.

– Por que ele queria saber isso?

– Nunca falou por quê. Fazia um monte de cálculos, ficava resmungando consigo mesmo.

– Calculava o quê?

– Sei lá.

– Mas focava principalmente nisto: o tempo que um carro leva pra ir da base militar até a linha de trem.

– Focava?

David se cala um segundo.

– Mais que isso. Eu diria que era uma obsessão. Cheguei a vê-lo naqueles trilhos, tipo, umas três ou quatro vezes: ou quando vinha de trem pra cidade ou quando o levava de carro até lá. E em todas essas vezes ele estava chorando. Hank levava a coisa a sério, Nap. Realmente queria homenagear os mortos.

Faço o que posso para digerir a informação. Peço mais detalhes, mas David não tem mais nada a dizer. Pergunto se ele sabe de algum outro vínculo entre Hank e Leo; entre Hank e o Clube da Conspiração; entre Hank e Rex, Maura e Beth; entre Hank e qualquer outra coisa do passado. Ele não sabe de nada.

David me deixa na casa de Ellie e Bob. Aperto a mão dele, agradeço a carona e agradeço novamente quando ele reitera a oferta de dar a Hank um enterro decente. Percebo que tem um último pedido a fazer, mas ele mesmo desconversa.

– Não preciso saber o que está gravado nesta fita – diz.

Salto do carro e fico olhando enquanto ele se afasta.

O gramado de Ellie e Bob é tão bem-cuidado que parece ter sido preparado para um importante torneio de golfe. As jardineiras são de tal modo simétricas e coordenadas que a metade direita da casa parece espelhar exatamente a esquerda.

Bob me recebe à porta com um sorriso largo e um sólido aperto de mãos. Trabalha no ramo imobiliário, mas não sei direito o que ele faz. É um ótimo sujeito, desses por quem a gente daria a vida. Já tentamos sair juntos algumas vezes, só eu e ele, para ver um jogo de futebol ou basquete num desses pubs com televisão, tipo programa de homem, mas a verdade é que não temos muito o que dizer um ao outro quando Ellie não está por perto. Nenhum de nós se importa com isso. Já ouvi dizer que homens e mulheres não conseguem ser amigos sem que haja por trás algum tipo de interesse sexual, mas, deixando de lado a chatice de tudo que é politicamente correto, isso é uma grande bobagem.

Um pouco mais fria que de costume, Ellie se aproxima e me cumprimenta com dois beijinhos no rosto. Ambos sabemos que, depois do encontro com Lynn Wells, precisamos conversar. Agora, no entanto, minha preocupação é outra.

– A câmera está lá na oficina – diz Bob. – A bateria ainda não carregou totalmente, mas, se você deixar o cabo ligado na tomada, dá pra usar.

– Obrigado.

– Tio Nap!

As duas filhinhas do casal vêm correndo ao meu encontro daquele jeito estabanado de que só as crianças são capazes. Por muito pouco não me derrubam no chão. Leah está com nove anos, Kelsi com sete. Por elas eu faria muito mais do que dar a vida: tiraria a dos outros se preciso fosse.

Na qualidade de padrinho de ambas, e de um homem praticamente sozinho no mundo, mimo essas duas tanto quanto posso – ou pelo menos até levar uma bronca dos pais. Rapidamente pergunto como elas vão na escola, e elas respondem com entusiasmo. Não sou ingênuo. Sei perfeitamente que daqui a alguns anos nenhuma das duas vai me dar bola, mas tudo bem. Alguns talvez fiquem se perguntando se não sofro por não ter meus próprios filhos ou sobrinhos.

Tenho certeza, Leo, de que seríamos ótimos tios.

Ellie se adianta para recolher as crias.

– Pronto, meninas, já está de bom tamanho. Tio Nap precisa fazer uma coisa com o papai lá na oficina.

– Precisa fazer o quê? – pergunta Kelsi.

– Coisas de trabalho, filha – responde Bob.

– Que tipo de coisas de trabalho? – indaga Leah.

– Coisas de trabalho da polícia, tio Nap? – Kelsi quer saber.

– Você vai prender um bandido? – questiona Leah.

– Nada tão dramático assim – respondo, depois fico me perguntando se elas sabem o que significa a palavra "dramático".

Além disso, "nada tão dramático" talvez tenha um pé na mentira, e isso me incomoda. Então explico:

– Preciso ver o que está gravado nesta fita.

– Oba. A gente pode ver também? – pergunta Leah.

Ellie vem ao meu socorro.

– Claro que não. Hoje são vocês que vão arrumar a mesa.

Ambas resmungam, mas só um pouquinho, antes de seguirem para a cozinha. Bob e eu vamos para a oficina que ele tem na garagem da casa. Uma placa na porta informa: OFICINA DO BOB. As palavras são talhadas na madeira, cada letra numa cor diferente. Como é de esperar, o lugar é tão organizado que aulas de manutenção doméstica poderiam ser filmadas ali. A iluminação é de lâmpadas fluorescentes. As ferramentas ficam penduradas em ordem de tamanho, equidistantes umas das outras.

Tocos de lenha e tubos de PVC formam pirâmides perfeitas contra a parede dos fundos. Caixas de plástico, devidamente rotuladas, abrigam pregos, parafusos, rebites e conectores. O piso é forrado com módulos de borracha. Todas as cores do ambiente são neutras e relaxantes. Aqui não tem poeira, não tem serragem. Não tem nada que disperse a relativa calma do ambiente.

Não sou capaz nem de bater um prego, mas entendo perfeitamente o amor que Bob tem por sua oficina.

A câmera sobre a bancada de trabalho também é uma Canon PV1. Idêntica à sua, Leo, então fico me perguntando se não é a própria. Como eu disse, papai doou boa parte das suas coisas. Nada impede que sua câmera tenha vindo parar nas mãos de Ellie e Bob. Vai saber. A Canon está na posição vertical com a lente do visor para cima. Bob a vira de lado, aperta um botão e insere a fita que pegou das minhas mãos.

– Agora é só dar play – diz ele, e mostra onde fica o botão. Depois puxa alguma coisa, e um pequeno monitor brota no corpo da câmera. – Pode assistir por aqui. Se precisar de ajuda, é só chamar.

Tudo isso me faz lembrar de você, Leo. Mas não de um modo agradável.

– Obrigado.

Bob volta para a cozinha e fecha a porta às suas costas. Não vejo por que procrastinar. Aperto o play. De início, apenas estática. Então aparece uma tela preta. A única coisa que dá para ver é a data do vídeo.

Esta gravação foi feita uma semana antes de você e Diana morrerem.

A imagem está trêmula, como se a pessoa estivesse caminhando enquanto filmava. À certa altura fica ainda mais trêmula, como se a pessoa tivesse começado a correr. Por enquanto não consigo discernir muita coisa. Tudo é um grande borrão escuro. Percebo um ruído quase inaudível, então procuro o botão de volume e coloco no máximo.

A imagem agora está estabilizada, mas continua escura. O botão de brilho não ajuda em muita coisa, então apago as luzes da garagem para aumentar o contraste. Praticamente devoro o monitor com os olhos. E dali a pouco ouço uma voz do passado:

– Está ligada, Hank?

Meu coração para de bater.

A voz é sua.

– Está – responde Hank.

– Então aponta a câmera pra cima, cara – diz uma voz feminina.

A voz de Maura. Meu coração explode dentro do peito. Preciso me apoiar na bancada para não desabar.

Maura parece animada. Eu me lembro direitinho desse seu jeito de falar. Hank obedece e ergue a câmera que vinha apontando para o chão. Agora, sim, posso ver as luzes da velha base militar.

– Ainda estão ouvindo? – diz você.

– Eu estou. Muito baixinho, mas estou. – Parece a voz do Rex.

– Então vamos fazer silêncio – diz você.

– Caramba, olhem! – exclama Maura. – Igualzinho à semana passada.

– Meu Deus – comenta você de novo. – Você estava certa.

Todos agora falam ao mesmo tempo, espantados com o que estão vendo. Tento identificar os donos das vozes: você com certeza, Maura, Rex, Hank... Há uma segunda voz feminina. Diana? Beth? Deixo para rever a fita mais tarde e ouvir com mais atenção. Estreitando os olhos para enxergar melhor, procuro descobrir o que pode ter causado tanto alvoroço.

E dali a pouco vejo também, alçando voo, aparentemente flutuando no ar. Meu espanto é igual ao deles.

Um helicóptero.

Tento aumentar o volume para ouvir os rotores, mas já está no máximo. Como se lesse meus pensamentos, Hank informa:

– É um Black Hawk da Sikorsky. Tecnologia furtiva. Quase não faz barulho.

– Caramba... – Parece Beth.

O monitor é pequeno demais; mesmo com as luzes apagadas, não dá para ver muito bem o que está acontecendo na gravação. Mas agora não há dúvida. Um helicóptero está sobrevoando a base militar. Já está começando a pousar quando Maura sussurra:

– Vamos chegar mais perto.

– Vão ver a gente – avisa Rex.

– E daí? – retruca ela.

– Sei lá... – responde Beth.

– Vem, Hank – chama Maura.

A imagem volta a tremer quando Hank segue adiante, aparentemente na direção da base. De repente ele tropeça em alguma coisa, mas continua filmando. Alguém oferece o braço para ajudá-lo a ficar de pé e... Não tenho a menor dúvida: o que estou vendo é a manga branca da minha jaqueta de hóquei. Ao se reerguer, Hank acidentalmente focaliza o rosto de Maura. Estremeço da cabeça aos pés. Lá estão os mesmos cabelos escuros, perfeitos na sua bagunça. Os olhinhos acesos de empolgação. O sorriso deslumbrante, desses que por muito pouco não roubam o juízo da gente.

– Maura...

Chego a dizer isso em voz alta.

– *Shh*, silêncio – fala você.

O helicóptero pousa. Não dá para ver muita coisa, mas os rotores continuam girando. É impressionante como fazem pouco barulho. Ainda não sei direito o que estou vendo, talvez estejam abrindo a porta do helicóptero. De repente vejo um borrão laranja. Pode ser uma pessoa, não sei. É o mais provável.

O borrão laranja lembra um uniforme de prisioneiro.

Ruídos dão a entender que alguém subiu numa árvore. A câmera dá um solavanco para a direita.

– Vamos dar o fora daqui! – grita Rex.

E a imagem escurece.

Aperto o botão para adiantar a gravação, mas isso é tudo. Não há mais nada. Então volto para rever a cena do helicóptero outras tantas vezes. Nem por isso fica mais fácil ouvir sua voz ou ver o rosto de Maura.

Lá pela quarta vez uma ideia me vem à cabeça. Procuro inserir a mim mesmo na sequência dos fatos. Onde eu estava naquela noite? Eu não fazia parte do Clube da Conspiração. Achava meio boboca aquela história de "sociedade secreta". Engraçada, mas infantil. Ingênua, mas (dependendo do meu humor) ridícula. Vocês eram cheios de joguinhos e segredos, o que é perfeitamente compreensível.

Mas como podiam esconder uma coisa dessas de mim?

Você me contava tudo.

Tento recuar no tempo. Onde eu estava naquela noite? Era uma sexta-feira, assim como o dia em que você e Diana morreram. Uma sexta de hóquei. Quem eram os adversários naquele jogo? Não lembro. Vencemos? Cheguei a ver você quando voltei para casa? Não lembro. Sei que estive com Maura. Fomos para aquela clareira no bosque. Até hoje consigo enxergar os cabelos bagunçados dela, o sorriso deslumbrante, os olhinhos acesos, mas naquela noite havia algo de diferente no jeito dela, uma empolgação ainda maior do que quando fazíamos amor. Não cheguei a me perguntar por quê. É bem provável que tenha visto nisso uma reação mais do que natural à maravilha da minha própria pessoa. Eu, um superstar do hóquei colegial, apaixonado pelo próprio umbigo.

E meu irmão gêmeo?

Fico pensando na foto que encontrei no sótão. Nós quatro juntos. Seu olhar parado, Leo, sua cara de perdido. Alguma coisa estava acontecendo com você. Algo de muito importante, provavelmente fácil de identificar. Mas eu, no meu narcisismo idiota, não percebi na hora. E depois você morreu.

Desligo a câmera. Sei que Bob não vai se importar se eu a levar comigo. Preciso refletir. Não quero me precipitar. Hank escondeu esta gravação porque, por mais atrapalhado que fosse, sabia que se tratava de algo grave. Era paranoico, tinha lá os seus problemas mentais, mas nem por isso vou deixar de respeitar a vontade dele. Doa a quem doer.

Então... o que faço agora?

Procuro as autoridades? Conto tudo a Loren Muse ou a Alan Manning? Conto ao Augie?

Uma coisa de cada vez. Antes de mais nada, preciso fazer cópias desta fita e guardar a original num lugar seguro.

Tento juntar as peças do quebra-cabeça enquanto repasso mentalmente as imagens da gravação. A velha base Nike permaneceu sob controle do governo, usando como fachada um inofensivo centro de pesquisas agrícolas. Tudo bem, eu entendo. Entendo também que naquela noite vocês viram algo capaz de colocar esse mesmo governo na berlinda.

Talvez possa ir além. Talvez possa entender por que eles (isto é, os "bandidos" da base) quiseram silenciar você e Diana, ainda que a voz dela não esteja na gravação. De repente ela nem estava lá. Seja como for, vocês dois acabaram mortos.

Pergunta: por que os outros não morreram também?

Possível resposta: "eles" não sabiam do Rex, do Hank e da Beth. Sabiam apenas de você e Diana. Tudo bem, isso até faz sentido. Não muito, mas faz. O que já é alguma coisa. Também podemos acrescentar Maura à equação. De algum modo, "eles" também sabiam dela. Por isso ela sumiu no mapa. Pelo que vi na gravação, você e Maura eram claramente os líderes do grupo. De repente voltaram lá, fizeram alguma besteira e foram pegos. Maura se mandou antes de ser morta.

Tudo isso faz algum sentido.

Mas de novo: e os outros? Rex, Hank e Beth foram poupados. Nenhum deles precisou fugir. O que terá acontecido agora, depois de quinze anos, para que voltassem a persegui-los?

Não faço a menor ideia. Talvez Augie esteja certo ao desconfiar de Tom

Stroud. Talvez seja o caso de descobrir exatamente quando ele voltou para Westbridge.

Basta de conjecturas. Ainda está faltando uma peça. E tem mais uma coisa que preciso fazer imediatamente.

Confrontar Ellie.

Não pode ter sido coincidência a mãe de Maura ter me encontrado por intermédio dela. Ellie sabe de alguma coisa. Essa é uma constatação que, francamente, eu preferiria ignorar. As porradas de hoje foram mais do que suficientes, muito obrigado, mas, se Ellie mentiu para mim, se não posso mais confiar nela, se não posso mais contar com a sua proteção... E aí, como vai ser?

Respiro fundo e abro a porta que dá para a cozinha. A primeira coisa que ouço são as gargalhadas de Leah e Kelsi. Pode parecer que estou pintando esta família de um jeito pouco natural, carregando nas tintas da perfeição, mas é realmente assim que os vejo. Certa vez perguntei a Ellie como ela e Bob conseguiram tudo isso, e ela respondeu: "Tanto ele quanto eu já passamos por algumas guerras, então lutamos para preservar o que temos." Não sei se entendo o que ela quis dizer com isso, mas sei que ela sofreu muito com a separação tardia dos pais. Talvez isso explique alguma coisa, sei lá. Ou talvez seja uma ilusão pensarmos que conhecemos alguém tão bem assim.

Quando procuro por costuras malfeitas na vida de Ellie e Bob, não encontro nenhuma. Isso não significa que elas não existam. Se eles tentam escondê-las, isso não os torna menos humanos ou menos maravilhosos.

Como dizia papai: todo mundo tem seus sonhos e esperanças.

Entro na cozinha, mas não vejo Ellie.

– Ellie precisou dar uma saída – explica Bob. – Deixou um prato pra você.

Olho pela janela a tempo de vê-la caminhando para o carro. Dou uma desculpa qualquer e saio correndo atrás dela. Antes que Ellie se acomode ao volante, grito:

– Você sabe onde Maura está?

Ellie para e se vira.

– Não.

– A mãe dela usou você pra me encontrar...

– Sim.

– Por que você, Ellie?

– Prometi que não contaria nada.

– Prometeu a quem?

– À Maura.

Eu já esperava ouvir esse nome. Mesmo assim, ele tem o efeito de um soco na boca.

– Você... prometeu à Maura?

Meu celular toca. É Augie. Não atendo.

Aconteça o que acontecer, diga Ellie o que disser, nossa relação nunca voltará a ser como antes. Não tenho muitas pessoas que fazem as vezes de "porto seguro" na minha vida. Não tenho família. Sou meio arredio, não deixo muita gente se aproximar. E agora descubro que a pessoa que mais prezo na vida puxou meu tapete.

– Preciso ir – diz Ellie. – Uma emergência no abrigo.

– Depois desses anos todos – intervenho –, você mentiu pra mim.

– Não.

– Omitiu.

– Porque prometi.

Tentando disfarçar a mágoa, digo:

– Pensei que você fosse minha melhor amiga.

– E sou. Isso não me obriga a quebrar as promessas que faço.

Meu celular continua tocando.

– Como você pôde esconder uma coisa dessas de mim?

– Nunca fizemos isso, Nap, de contar tudo um pro outro.

– *Como é que é?* Confio em você a ponto de colocar minha vida nas suas mãos, Ellie.

– Mas não conta tudo, conta?

– Claro que conto.

– Mentira! – diz ela, gritando e sussurrando ao mesmo tempo, isso que os adultos fazem quando estão brigando, mas não querem acordar as crianças. – Você esconde um monte de coisas de mim.

– Do que você está falando?

Um brilho diferente desponta no olhar dela.

– Trey, por exemplo!

Quase pergunto: "Que Trey?" Minha cabeça está cem por cento centrada nesta investigação, com a possibilidade de descobrir o que aconteceu naquela noite, com a raiva de ter sido traído justamente pela minha melhor amiga. De um segundo a outro, claro, lembro-me de Trey e da surra que dei nele com um taco de beisebol.

– Não menti pra você.

Ellie me fulmina com o olhar.

– Omitiu – diz. – Acha que eu não sei que foi *você* quem colocou o homem no hospital?

– Isso não tem nada a ver com você, Ellie.

– Como não? Sou cúmplice!

– Não, não é. Agi por minha conta e risco.

– Você não pode ser tão obtuso assim, Nap. Tem uma linha que separa o certo do errado, e você a atravessou. Cometeu um crime. E me levou junto.

– Fiz o que fiz pra punir um canalha. Pra ajudar uma vítima. Não é isso que a gente deve fazer?

Ellie balança a cabeça, furiosa.

– Você não está entendendo nada. Quando os caras da polícia juntarem os pontinhos e descobrirem que pode haver um vínculo entre um homem agredido na rua e uma mulher vítima de violência, vão me procurar e eu vou ser obrigada a mentir. Você sabe disso, não sabe? Portanto, queira você ou não, sou cúmplice nessa história toda. Você me envolveu, mas não teve a decência de me enfrentar e contar a verdade.

– Se não falei nada, foi pensando na sua segurança.

Ellie balança a cabeça outra vez.

– Tem certeza de que é isso mesmo, Nap?

– Do que você está falando?

– Talvez você não tenha dito nada porque sabia que eu ia tentar te impedir. Ou porque sabia que estava fazendo merda. Fundei aquele abrigo pra ajudar vítimas de violência, não pra fazer justiça com os agressores.

– Você não tem nada a ver com essa história – repito. – A decisão foi exclusivamente minha.

– Pois é, todo mundo decide alguma coisa – diz ela, um pouco mais calma. – Você decidiu que o Trey merecia uma surra. E eu decidi manter a promessa que fiz pra Maura.

Fico impaciente quando o celular volta a tocar. Augie de novo.

– Você não podia esconder uma informação dessas, Ellie.

– Desista, Nap.

– Do quê?

– Você falou que omitiu a história do Trey porque estava pensando na minha segurança.

– Sim, e daí?

– Talvez eu esteja fazendo a mesma coisa por você.

O telefone não dá trégua. Preciso atender. Assim que levo o aparelho ao ouvido, Ellie corre e entra no carro. Cogito ir atrás dela, mas só então percebo que Bob nos observa de longe, parado à porta com um olhar interrogativo.

Ellie terá que ficar para depois.

– Oi, Augie. Fale.

– Finalmente consegui localizar Andy Reeves – diz ele.

O "agrônomo" responsável pela base militar.

– E aí?

– Conhece um bar chamado Rusty Nail Tavern?

– Uma espelunca em Hackensack, não é?

– Não é mais. Me encontre lá daqui a uma hora.

capítulo 20

PARA FAZER UMA CÓPIA da fita de Hank, recorro ao menos sofisticado de todos os métodos possíveis, porém o mais rápido: boto a gravação para tocar no monitor da câmera Canon e filmo com o celular. O resultado final é até melhor do que eu havia imaginado, mas nem por isso espero ganhar o Oscar de melhor fotografia. Envio uma cópia do arquivo para a minha nuvem, depois, só por garantia, encaminho para outro dos meus vários endereços de e-mail.

Fico pensando se não é o caso de mandar para outra pessoa também.

Pode ser. Mas para quem? David Rainiv, talvez, mas não quero colocá-lo numa situação de risco. Sei que estou sendo paranoico, mas nada impede que esse e-mail seja rastreado por alguém. Ellie também é uma opção, mas o risco permanece. Além disso, preciso refletir, pensar melhor no próximo passo em relação à nossa amizade.

A opção mais óbvia seria Augie, mas também não posso simplesmente mandar este material para o computador dele sem nenhuma explicação.

Ligo para o capitão.

– Já chegou ao Rusty Nail? – pergunta ele.

– A caminho. Vou te mandar um vídeo por e-mail.

Conto sobre a visita de David Rainiv e todo o resto. Ele ouve no mais absoluto silêncio. Quando termino, pergunto se ele ainda está na linha.

– Não mande pro meu e-mail de trabalho – diz ele, por fim.

– Ok.

– Você tem o meu e-mail pessoal?

– Tenho.

– Então envie para lá. – Augie fica calado mais um tempo, depois pigarreia. – Diana... você disse que ela não está na tal gravação.

Percebo a mesma coisa sempre que ele diz o nome de Diana. Perdi você. Um irmão. Gêmeo. É horrível, claro. Só que Augie perdeu uma filha única. Sempre que ele menciona o nome dela, dá a impressão de que está levando uma surra enquanto fala: a voz sai meio rouca, sofrida, cada sílaba trazendo consigo uma nova dor.

– Não a vi nas imagens nem ouvi a voz dela – digo. – Mas a gravação é de péssima qualidade. Talvez você pesque alguma coisa que eu deixei passar.

– Ainda acho que você está no caminho errado.

Reflito um instante.

– Também acho.

– Então?

– Acontece que é o único caminho que tenho por enquanto. Não custa nada seguir nele mais um pouquinho, só pra ver onde vai dar.

– Não deixa de ser um plano.

– Ainda que não seja bom.

– Tem razão – concorda Augie,

– O que você falou pro Andy Reeves? – pergunto.

– Sobre você?

– Sobre meu interesse.

– Não falei nada, ora. Falar o quê? Nem eu mesmo sei!

– Parte do meu plano – digo. – Aquele que não é bom.

– Mas é melhor do que nada, acho. Vou dar uma olhada nessa gravação. Ligo se encontrar alguma coisa.

O Rusty Nail é uma residência reformada com fachada de ripas de madeira e uma porta vermelha. Estaciono entre um Ford Mustang amarelo (placa EBNY-IVRY, ou *Ebony and Ivory*) e um híbrido de ônibus e van com as palavras CENTRO DA TERCEIRA IDADE DO CONDADO DE BERGEN pintadas na lateral. Augie disse que o lugar não é mais uma espelunca, mas, pelo que vi até agora, a espelunca continua lá. A única melhoria visível é uma rampa para cadeirantes, que antes não havia. Subo os degraus da entrada e abro a pesada porta vermelha.

Observação inicial: a média de idade da clientela é alta.

Muito alta. Calculo que seja algo em torno dos oitenta. Provavelmente é a galera de Bergen. Interessante. Geralmente esses grupos da terceira idade fazem excursões para supermercados, hipódromos e cassinos. Por que não viriam a uma taberna também?

Segunda observação: bem no centro do salão fica um piano branco com detalhes prateados e um pote de gorjetas em cima. Algo que Liberace consideraria espalhafatoso demais. Ou algo saído diretamente de um vídeo de Billy Joel. Minha impressão é a de que a qualquer momento vou topar com o tal corretor de imóveis que está sempre escrevendo um livro, ou o Davy que ainda está na Marinha, ou qualquer outro personagem de "Piano Man". Mas não vejo nada parecido. O que vejo é uma ampla variedade de andadores, bengalas e cadeiras de roda.

O pianista está martelando "Sweet Caroline", um clássico que hoje em dia é tocado em tudo que é casamento ou evento esportivo, apreciado igualmente por crianças e idosos. Os velhinhos do bar cantam junto na maior empolgação. E na maior desafinação também. Não estão nem aí para nada, uma cena bonita de ver.

Não sei qual deles é Andy Reeves. Na minha cabeça o homem deve ter uns sessenta e tantos anos de idade, cabelos cortados "à escovinha", pinta de ex-militar. Alguns dos presentes têm mais ou menos o mesmo aspecto. Ao entrar no salão, no entanto, percebo a presença de outros bem mais jovens e fortes, atentos a tudo que se passa à volta; se não forem seguranças da casa, talvez sejam bartenders ou cuidadores dos velhinhos.

O pianista me cumprimenta com um aceno de cabeça. Não tem nenhuma pinta de ex-militar. Os cabelos são uma plumagem farta e loura, a pele tem um aspecto de cera que geralmente associo ao *peeling*. Ele sinaliza para que eu sente a seu lado enquanto os velhinhos encaminham para um sonoro *"Bye-bye-bye, good times never seemed so good"*.

"So good, so good, so good..."

Sento. Um dos velhinhos me abraça pelos ombros, incitando-me a cantar junto. Sem muito entusiasmo, arrisco um *"I've been inclined..."* e fico esperando que alguém se aproxime para fazer coro, de preferência Andy Reeves. Ninguém aparece. Passeando os olhos pelo salão, vejo um pôster na parede com a imagem de quatro senhores que de tão sorridentes poderiam estar anunciando Viagra, mas que na realidade fazem propaganda do bingo vespertino das terças-feiras com drinques a partir de três dólares. No balcão do bar, os supostos bartenders/cuidadores enchem uma fileira de copos de plástico com uma bebida vermelha.

"Sweet Caroline" chega ao fim, e os velhinhos aplaudem calorosamente, satisfeitos consigo mesmos. Acho tudo isso muito divertido, chego a ficar curioso para saber o que vem depois, mas o pianista de plumagem loura fica de pé e anuncia um "pequeno intervalo".

Os velhinhos fazem questão de manifestar seu desgosto.

– Cinco minutos – avisa o pianista. – Os drinques já estão servidos no bar. Pensem direitinho no que vão querer ouvir depois, ok?

Isso apazigua a galera. O pianista recolhe as gorjetas deixadas no que parece ser uma taça de conhaque gigante e vem para o meu lado.

– Detetive Dumas?

– Sim.

– Sou Andy Reeves.

Primeira coisa que observo: a voz dele é meio frágil. Como se tivesse pouco fôlego.

Ele se acomoda ao meu lado. Tento calcular sua idade. Apesar do brilho estranho que a dermatologia cosmética deixou no rosto do homem, ele não pode ter mais do que cinquenta e poucos anos. Por outro lado, faz apenas quinze que a base militar fechou. Por que ele teria que ser mais velho do que isso?

Olho à minha volta.

– Este lugar...

– Algum problema?

– Não tem nada a ver com o Departamento de Agricultura.

– Não é? – diz ele, espalmando as mãos. – Como explicar...? Eu precisava mudar de ares.

– Quer dizer então que não trabalha mais pro governo?

– Aposentei, faz o quê...? Uns sete anos. Fiquei 25 no Departamento de Agricultura. O dinheiro da aposentadoria até que não é mau, o bastante pra eu poder correr atrás da minha paixão.

– O piano.

– Isso. Mas não aqui. Isto aqui é apenas... Bem, a gente precisa começar em algum lugar, certo?

Observo melhor o rosto dele. O laranja da pele vem de um frasco ou de uma lâmpada, não do sol. Rente ao couro cabeludo há uma faixa de pele bem mais clara.

– Certo – concordo.

– Tínhamos um piano no nosso velho escritório em Westbridge. Volta e meia eu tocava alguma coisa. Pra relaxar o pessoal quando o trabalho ficava estressante demais. – Reeves se reacomoda na cadeira, depois abre um sorriso de dentes tão brancos quanto as teclas do seu piano. – Então, detetive, em que posso ajudá-lo?

Vou direto ao ponto:

– Que tipo de trabalho vocês faziam lá na base militar?

– Base militar?

– Era o que havia ali antes – explico. – Uma central de controle para o lançamento de mísseis Nike.

– Ah, claro. – Ele balança a cabeça num gesto de admiração. – Quanta história tem aquele lugar, não é?

173

Não digo nada.

– Tudo isso foi bem antes da nossa chegada. O que tínhamos ali era apenas um complexo de salas, um escritório, não uma base militar.

– Um escritório do Departamento de Agricultura.

– Exatamente. Nossa missão era fornecer tecnologia de ponta na área de alimentos, agricultura, recursos naturais e desenvolvimento rural, sempre de acordo com políticas públicas sólidas e com o que havia de mais avançado em termos de gestão e ciência.

Parece um texto ensaiado, provavelmente porque é isso mesmo.

– Por que lá?

– Perdão?

– O Departamento de Agricultura ocupa um prédio inteiro na Independence Avenue de Washington.

– Sim, é a matriz. Éramos uma espécie de escritório-satélite.

– Mas por que lá? No meio daquele matagal?

– Por que não? – replica ele, novamente espalmando as mãos. – O espaço era ótimo. Boa parte do nosso trabalho... Bem, não estou dizendo isso apenas para me gabar ou dar à coisa um falso glamour, mas... muitos dos nossos projetos eram estritamente confidenciais. – Inclinando-se para a frente, ele pergunta: – Por acaso você já viu o filme *Trocando as bolas*?

– Eddie Murphy, Dan Aykroyd, Jamie Lee Curtis...

Andy Reeves fica satisfeito ao ver que conheço o filme.

– Exatamente. Lembra-se do enredo? Os irmãos Duke estavam tentando monopolizar o mercado de sucos de laranja, certo?

– Certo.

– Você lembra como? – Reeves sorri ao ler um "sim" no meu rosto. – Os Duke subornavam funcionários públicos pra obter de antemão um exemplar dos relatórios de produção agrícola do Departamento de Agricultura. O *nosso* departamento, detetive. Muitos dos estudos que fazíamos em Westbridge tinham esse tipo de importância. Precisávamos de isolamento, de privacidade, de um forte esquema de segurança.

– Por isso colocaram a cerca e as placas de "Entrada Proibida"?

– Exatamente. Pra esse tipo de trabalho, nada melhor do que uma antiga base militar, certo?

– Alguém chegou a desrespeitar os avisos?

Pela primeira vez percebo um leve tremor no sorriso dele.

– Como assim?

– Alguém tentou entrar clandestinamente naquele lugar?

– Às vezes a garotada se embrenhava no bosque pra beber ou fumar maconha, essas coisas de jovens – responde com o máximo de naturalidade que consegue fingir.

– E aí?

– E aí o quê?

– Esses garotos... eles ignoravam as placas de advertência?

– Mais ou menos isso.

– Depois faziam o quê?

– Nada. Simplesmente ultrapassavam o limite das placas.

– E vocês faziam o quê?

– Nada.

– Nada?

– Talvez reclamássemos que aquilo era uma propriedade particular.

– Talvez? – pergunto. – Ou realmente reclamavam?

– Às vezes reclamávamos, acho.

– E como exatamente faziam isso?

– Hã?

– Só a título de ilustração: um garoto aparece por lá e ultrapassa o limite das placas. O que vocês fariam?

– Por que você quer saber?

Com uma pontinha de rispidez, digo:

– Apenas responda, por favor.

– Diríamos a ele pra dar meia-volta porque estava invadindo uma área restrita.

– Quem faria isso? – pergunto.

– Como assim? Não estou entendendo.

– Você iria lá pessoalmente pra advertir esse garoto?

– Não, claro que não.

– Então quem?

– Um dos nossos seguranças.

– Eles faziam ronda no bosque?

– Quê?

– As placas começavam a uns cinquenta metros da cerca.

Andy Reeves pensa um pouco antes de responder.

– Não, os guardas não iam tão longe assim. Ficavam mais próximos do perímetro do terreno.

– Então ninguém veria um invasor a menos que ele estivesse bem perto da cerca, é isso?

– Não vejo a relevância que isso...

– Como exatamente vocês ficariam sabendo dessa invasão? – pergunto. – Seriam avisados pelos guardas? Ou veriam por uma câmera de segurança?

– Imagino que tínhamos algumas...

– Você *imagina* que havia câmeras? Não lembra com certeza?

Estou testando a paciência do homem. Reeves começa a batucar as unhas no tampo da mesa. Unhas grandes, percebo. Depois abre seu sorriso cheio de dentes.

– Este seu interrogatório já está ficando chato, detetive.

– Tudo bem, tudo bem. Desculpe. Só me explique uma coisa: por que um helicóptero Black Hawk com tecnologia furtiva pousaria à noite naquele "complexo de salas" do Departamento de Agricultura?

Por essa ele não esperava. "*Lacrou!*", como diriam minhas afilhadas.

O queixo de Andy Reeves cai. Não por muito tempo. O olhar dele agora está duro. O largo sorriso de antes dá lugar a uma cara fechada. Acertei em cheio.

– Não sei do que você está falando – sussurra ele.

Encaro o homem na tentativa de intimidá-lo, mas aparentemente ele não se incomoda muito com o excesso de contato visual. Não gosto disso. Todo mundo diz que o contato visual é ótimo, um sinal de honestidade, mas tudo na vida tem uma medida. Qualquer coisa fora dessa medida é mau sinal.

Ele continua sustentando meu olhar.

Fazendo o possível para evitar um tom de súplica, digo:

– Já se passaram quinze anos, Reeves. Não estou nem aí pro que vocês faziam ou deixavam de fazer naquele lugar. Quero saber o que aconteceu com meu irmão, só isso.

– Não sei do que você está falando. – Mesmo volume, mesma cadência, mesmas palavras.

– Meu irmão se chamava Leo Dumas.

Reeves finge que está pensando, tentando localizar o nome no seu banco de memória.

– Ele foi atropelado por um trem. Ele e uma garota chamada Diana Styles.

– Ah, sim, a filha do Augie – diz o pianista, e assente como as pessoas geralmente fazem quando falam da tragédia de outra pessoa. – Então era seu irmão que estava com ela?

Ele sabe que sim. Sei disso. E ele sabe que eu sei.

– Meus sentimentos.

A condescendência escorre da voz dele como o mel que escorre de uma torre de panquecas. Deliberadamente, claro. Para dar o troco.

– Eu já falei que não estou nem aí pro que vocês faziam na base – arrisco. – Então, se você quer que eu pare de revirar o passado, basta dizer a verdade. A menos que...

– O quê?

– A menos que tenha sido *você* quem matou meu irmão.

Reeves não morde a isca. Em vez disso, olha teatralmente para o próprio relógio, depois para os velhinhos que já começam a voltar do bar.

– Meu intervalo acabou – diz, e fica de pé.

– Antes de você ir...

Tiro o celular do bolso. O vídeo já está no ponto em que o helicóptero aparece pela primeira vez. Aperto o play e viro o aparelho na direção dele. Até mesmo o bronzeado artificial desaparece do rosto do pianista.

– Não sei o que é isto – diz ele, mas a voz não convence.

– Claro que sabe. É um Black Hawk fabricado pela Sikorsky com tecnologia furtiva, sobrevoando o que você chamou de complexo de salas do Departamento de Agricultura. Se continuar assistindo, você vai ver esse mesmo helicóptero pousando pra desembarcar um homem de macacão laranja, desses de prisioneiro.

Uma pitada de exagero. Na realidade não dá para ver mais do que um ponto laranja. Mas às vezes uma pitada basta.

– Você não pode provar que...

– Claro que posso. Tem uma data. Além disso, os prédios e a paisagem são inconfundíveis. Você viu as imagens sem o som, mas a coisa toda é narrada do princípio ao fim. – Outro exagero. – Os adolescentes que estavam filmando dizem com todas as letras onde eles estão e o que estão vendo.

O olhar duro desponta outra vez no rosto do pianista.

– Mais uma coisa – acrescento.

– O quê?

– Dá pra ouvir a voz de três adolescentes na gravação. Todos eles morreram em circunstâncias misteriosas.

Um dos velhinhos grita de longe:

– Ei, Andy, você pode tocar "Livin' on a Prayer"?

– Detesto Madonna – diz outro.

– Você está pensando em "Like a Prayer", idiota. "Livin' on a Prayer" é do Bon Jovi.

– Quem você está chamando de idiota?

Andy Reeves ignora a dupla. Olhando diretamente nos meus olhos, já sem nenhuma máscara, sussurra:

– Esta é a única cópia desta gravação?

– Ah, sim, claro – ironizo. – Sou burro o bastante pra vir aqui sem ter feito mais cópias antes.

– Se esta gravação for mesmo o que você alega... – diz entre dentes. – Repito: *se*... Nesse caso, se você tornar público o conteúdo dela, estará incorrendo num crime contra o Estado e será punido com todos os rigores da lei.

– Andy, olhe pra mim.

– Que foi?

– Está vendo alguém com medo aqui?

– Revelar o conteúdo desta gravação seria um ato de traição.

Novamente aponto para a calma do meu próprio rosto, só para deixar claro que estou pouco me lixando para as ameaças dele.

– Se você ousar mostrar isto a...

– Não precisa gastar saliva comigo, Andy. Nem esquentar essa sua cabecinha tão bonita. Porque é tudo muito simples: se você não contar o que eu quero saber, vou mostrar esse vídeo pra todo mundo, quanto a isso você pode ter certeza. Vou postar no Twitter, no Facebook, no diabo a quatro. – Finjo pegar papel e caneta para fazer uma anotação. – Como é mesmo que se escreve "Reeves"? Com *ee* ou *ea*?

– Eu não tive nada a ver com o seu irmão.

– E com a minha namorada? O nome dela é Maura Wells. Vai dizer que também não teve nada a ver com ela?

Andy Reeves balança a cabeça lentamente.

– Meu Deus. Você não sabe de nada.

Não gosto nem um pouco da súbita segurança com que ele afirma isso. Não sei o que responder.

– Então me conte – é o que consigo dizer.

Outro cliente grita:

– Toca "Don't Stop Believin'", Andy. A gente adora essa.

– Sinatra!

– Journey!

Forma-se um alvoroço. Alguém começa a cantar: *"Just a small town girl..."* Os outros completam: *"Livin' in a lonely world..."*

– Só um minuto, pessoal – pede Reeves, acenando e sorrindo para o grupo, apenas um pianista de bar se regalando com a atenção. – Poupem a energia! – Depois aproxima a boca do meu ouvido e sussurra: – Se você divulgar essa gravação, detetive Dumas, mato você e a todos os seus. Fui claro?

– Claríssimo.

Sem pensar duas vezes, estendo o braço e aperto as bolas do homem.

O berro é ensurdecedor. Alguns dos velhinhos pulam de susto.

Largo o pianista, e ele desaba no chão feito um peixe jogado nas docas.

Os cuidadores avançam na minha direção. Dou um passo atrás e faço o anúncio de sempre:

– Fiquem onde estão. Polícia.

Os velhinhos não gostam nem um pouco do que estão vendo. Assim como três dos cuidadores, que se aproximam para me cercar. Pego o celular no bolso e tiro uma foto rápida de Reeves. Os veteranos entram em polvorosa.

– O que você acha que está fazendo?

– Ah, se eu tivesse dez anos a menos...

– Você não pode simplesmente...

– "Livin' on a Prayer"!

Um deles fica de joelhos para acudir Reeves. Os cuidadores vão fechando o cerco.

Preciso pôr um fim nessa história.

Mostro aos cuidadores a arma que levo na cintura. Não chego a tirá-la do coldre, mas isso basta para refrear os caras. Sacudindo o punho no alto, um dos velhinhos esbraveja:

– Vamos denunciar você!

– Façam o que têm que fazer – digo.

– É melhor você ir embora, rapaz.

Concordo. Em cinco segundos já estou de volta ao carro.

capítulo 21

ACHO DIFÍCIL QUE VENHA a ter problemas com a corregedoria da polícia por causa de tudo que fiz no bar. Não é isso que me preocupa. Andy Reeves vai ficar bom e, quando isso acontecer, não vai querer que ninguém me denuncie.

O que realmente me preocupa, no entanto, é a ameaça que ele fez. Quatro pessoas (você, Diana, Rex e Hank) já foram assassinadas. Sim, essa é a palavra que vou usar daqui em diante. Não quero mais saber de "acidente" ou "suicídio". Você foi assassinado, Leo. E não vou largar esse caso de jeito nenhum.

Ligo para Ellie. Ela não atende, e isso me deixa puto. Pego o celular e abro a foto que tirei de Reeves. Ele está caído no chão, o rosto crispado de dor, mas dá para ver direitinho que é ele. Encaminho a foto para Ellie com a seguinte mensagem:

Pergunte à mãe de Maura se ela reconhece este homem.

Estou voltando para casa, mas no meio do caminho lembro que ainda não comi nada. Então entro na primeira à direita e sigo para o Armstrong Diner, que fica aberto 24 horas. Vejo pela janela que Bunny está trabalhando. Assim que desço do carro, recebo uma ligação. Ellie chamando.

– Oi – diz ela.

– Oi.

Esse é nosso jeito de admitir que passamos dos limites, acho.

– Onde você está?

– No Armstrong.

– Chego em meia hora.

À porta do *diner*, duas meninas fumam e falam sem parar. Se não são adolescentes, não têm mais do que vinte e poucos anos. Uma é loura, a outra é morena, e ambas têm aquela pinta de "sou modelo de internet" ou "quero muito participar de um reality show". Parecem pertencer a essa tribo, eu acho. Puxam um trago demorado quando passo por elas. Então, dou uma súbita meia-volta, paro junto das duas e planto os olhos em cima delas. Elas seguem tagarelando por mais alguns segundos, olhando na minha direção. E eu continuo como estou, olhando de volta. Aos poucos elas vão deixando a conversa de lado. Até que a loura rosna:

– Algum problema?

– Sei que eu devia entrar neste *diner* e cuidar da minha própria vida – respondo. – Mas antes preciso dizer uma coisa. – Elas olham como se estivessem diante de um maluco. – Por favor, não fumem.

– Por acaso a gente se conhece? – indaga a morena, mãos na cintura.

– Não.

– Você é da polícia ou algo assim?

– Sou, mas uma coisa não tem nada a ver com a outra. Meu pai morreu de um câncer no pulmão porque fumava, então... Das duas, uma: posso cuidar da minha própria vida ou posso tentar salvar a de vocês. O mais provável é que vocês não me deem ouvidos, mas tenho a esperança de que, se continuar insistindo com as pessoas, um dia ainda vou conseguir fazer alguém parar pra pensar. Ou, melhor ainda, parar de fumar. Então estou pedindo a vocês... estou quase *implorando*... Por favor, parem de fumar.

Pronto, falei.

Entro na lanchonete. Do outro lado da caixa registradora, Stavros me cumprimenta com um *high five* e aponta o queixo na direção de uma das mesas. Sou um homem solteiro que não gosta de cozinhar, então venho muito aqui para comer. Como em quase todos os *diners* de Nova Jersey, o cardápio do Armstrong é uma bíblia de tão grosso. Bunny me entrega apenas a lista dos especiais do dia; aponta para o salmão com cuscuz e dá uma piscadela.

Olho pela janela. As duas garotas continuam lá. A morena está de costas para mim, fumando ainda. A loura me olha com uma expressão azeda, mas não vejo nenhum cigarro nas suas mãos. Sorrio para ela como se dissesse: "Parabéns!" Ela vira o rosto. Provavelmente já terminou de fumar, mas prefiro pensar que consegui convertê-la.

Meu prato já está quase vazio quando Ellie surge à porta. O rosto de Stavros se acende quando ele a vê. É um clichê dizer que uma pessoa ilumina o ambiente quando entra nele. Não sei se esse é o caso de Ellie, mas pelo menos ela eleva o nível de bondade, decência e virtude de qualquer lugar em que põe os pés.

Essa é a primeira vez em que não dou sua amizade por certa.

Ela se acomoda do outro lado da mesa, sentando sobre a perna dobrada.

– E aí, mandou a foto pra mãe da Maura? – pergunto.

– Mandei, mas ela ainda não respondeu.

Vejo que ela está quase chorando.

– Que foi, Ellie?

– Tem mais uma coisa que eu nunca te contei.

– O quê?

– Dois anos atrás, quando passei aquele mês em Washington...

– Num congresso sobre moradores de rua.

– Acha mesmo que era um congresso? – questiona ela, secando os olhos com um guardanapo. – Um congresso de *um mês*?

Não sei o que falar, então fico calado.

– Fique tranquilo, isso não tem nada a ver com Maura. Só que...

Coloco a mão no braço dela.

– Vai, Ellie. Fale.

– Você é a pessoa mais bacana que eu conheço, Nap. Confio em você de olhos fechados. Mesmo assim, não contei nada.

– Não contou o quê? – pergunto, totalmente imóvel.

– Bob... Ele tinha lá uma colega de trabalho... Começou a chegar tarde em casa. Então um dia surpreendi os dois... juntos.

Meu coração se aperta. Não sei o que dizer, e acho que ela prefere que eu não diga nada. Então aperto o braço dela de um jeito carinhoso, só isso. Minha vontade é oferecer algum tipo de consolo, porém não é mais o momento.

Um mês de congresso. Caramba. Minha amiga estava sofrendo horrores e eu não percebi nada. Que belo detetive você é, Napoleon Dumas.

Ellie seca os olhos e força um sorriso.

– Agora as coisas já estão melhores. Bob e eu nos acertamos.

– Você quer conversar sobre isso?

– Outra hora. Vim aqui pra falar da Maura. Sobre a promessa que fiz a ela.

Bunny deixa um cardápio diante de Ellie, dá uma piscadinha e vai embora. Não sei como dar sequência à conversa. Ellie também não. Então digo apenas:

– Você fez uma promessa à Maura.

– Sim.

– Quando?

– Na noite em que Leo e Diana morreram.

Outro murro nos dentes.

Bunny volta à mesa e pergunta se Ellie já escolheu o que vai pedir. Ellie pede apenas um descafeinado. Peço um chá de hortelã. Bunny oferece a torta de banana, dizendo que é "dos deuses". Ellie e eu agradecemos.

– Naquela noite... você esteve com Maura antes ou depois de Leo e Diana morrerem?

A resposta dela me desconcerta mais uma vez:

– Antes e depois.

Não sei o que dizer ou talvez tenha medo de dizer algo e me arrepender depois. Ellie olha para o estacionamento do outro lado da janela.

– Ellie...

– Vou quebrar a promessa que fiz pra Maura – afirma ela. – Mas, Nap...

– Diga.

– Você não vai gostar.

A essa altura o *diner* já está quase vazio, mas não nos importamos. Bunny e Stavros já vinham conduzindo os recém-chegados para o outro lado do salão, pensando na nossa privacidade.

– Vou começar com o "depois" – diz Ellie. – Maura apareceu lá em casa.

Fico esperando que ela conte mais alguma coisa, mas não fala nada.

– Naquela noite?

– Sim.

– A que horas?

– Por volta das três da madrugada. Meus pais já estavam separados, e o papai, pra me deixar feliz, tinha transformado a garagem num quarto só pra mim. O sonho de qualquer adolescente. Minhas amigas podiam aparecer a qualquer hora sem medo de acordar ninguém.

Eu já tinha ouvido boatos sobre esse quarto que ficava sempre aberto para quem quisesse entrar, mas isso foi antes da nossa aproximação, antes que Leo, meu irmão, e Diana, a melhor amiga de Ellie, fossem encontrados mortos na linha de trem. Fico pensando sobre isso agora. Os dois relacionamentos mais sólidos na minha vida de adulto (Ellie e Augie) são frutos daquela noite trágica.

– Então... Quando bateram à minha porta, não cheguei a ficar surpresa. As pessoas sabiam que podiam passar a noite ali se tivessem bebido demais ou... sei lá, se por qualquer outro motivo não pudessem voltar pra casa.

– Maura já tinha dormido lá alguma vez? – pergunto.

– Não, nunca. Sei que já comentei sobre isso com você, mas Maura me deixava um pouco intimidada. Ela me parecia... mais *cool* que o resto de nós. Mais madura, mais experiente, entende?

– Entendo. O que ela foi fazer lá, afinal?

– Foi o que perguntei assim que a vi, mas ela não estava em condições de responder. Estava arrasada, chorando muito, quase histérica. Achei estranho, porque, como eu disse, pensava que ela estivesse acima de tudo e de todos. Levei uns cinco minutos pra acalmá-la. Maura estava toda suja de terra. Pensei que tivesse sido agredida ou algo assim. Cheguei a examinar as roupas dela pra ver se tinha alguma coisa rasgada. Tinha lido algo sobre isso num curso que fiz sobre trauma pós-estupro. Depois ela se acalmou... sei lá, meio que de uma hora pra outra. Como se tivesse levado um tapa na cara.

– E o que você fez depois?

– Peguei uma garrafa de uísque Fireball que mantinha escondida debaixo da cama.

– *Você?*

– Sim. Você realmente acha que sabe tudo a meu respeito, não acha?

"Estou vendo que não!", penso.

– Mas Maura não quis uísque nenhum, falou que precisava ficar lúcida. Então perguntou se podia ficar um pouquinho ali comigo. Falei que sim, claro. Pra falar a verdade, senti até uma pontinha de orgulho que ela tivesse me procurado.

– Isso às três da madrugada?

– Mais ou menos, sim.

– Você ainda não sabia do Leo e da Diana – digo.

– Exato.

– Foi Maura que te contou?

– Não. Falou que precisava de um lugar pra se esconder, só isso. – Ellie se inclina para a frente. – Depois olhou fundo nos meus olhos e me fez prometer. Você conhece esse olhar intenso. Ela me fez prometer não contar pra ninguém que ela estava ali, nem mesmo pra você.

– Mencionou meu nome especificamente?

– Sim. De início fiquei achando que vocês tinham tido alguma discussão. Mas ela estava assustada demais. Me procurou porque... bem, porque sempre fui Ellie, a Confiável, certo? Ela podia ter procurado outras pessoas bem mais próximas. Isso me deixou encucada: por que eu? Agora sei.

– Sabe o quê?

– Por que ela recorreu a mim. Você ouviu o que a mãe disse, não ouviu? Maura estava sendo procurada. Na época eu não sabia disso. Então ela deve ter deduzido que as pessoas mais próximas dela seriam vigiadas ou interrogadas.

– Claro. Por isso ela não podia voltar pra casa.

– Deve ter achado que iam ficar vigiando você, que iam interrogar seu pai. Se quisessem encontrá-la, teriam que falar com todos os mais íntimos.

Agora entendo.

– E vocês nem eram tão amigas assim.

– Exatamente. Maura ficou achando que nunca iam procurar por ela lá em casa.

– Mas o que eles queriam? Essas pessoas que estavam atrás dela?

– Sei lá.

– Você não perguntou?

– Perguntei, mas ela não quis dizer.

– E você não insistiu?

Ellie quase chega a sorrir.

– Você não lembra como era impossível fazê-la mudar de ideia?

Lembro, sim. Entendo.

– Mais tarde fiquei sabendo que ela não me contou nada pelos mesmos motivos que não disse nada pra mãe.

– Pra proteger você.

– Isso.

– Se você não soubesse de nada, não teria nada pra contar se aparecesse alguém pra perguntar.

– Ela também me fez prometer, Nap. Me fez jurar que não contaria nada a ninguém até que ela aparecesse de novo. Tentei manter essa promessa. Sei que você ficou bravo comigo. Mas algo no jeito de ela falar... Quis manter minha palavra. Morria de medo que algo horrível acontecesse se não mantivesse. Pra falar a verdade, mesmo agora, aqui com você, continuo achando que estou fazendo a coisa errada. Eu não queria contar nada.

– E o que fez você mudar de ideia?

– Muita gente já morreu, Nap. Fico me perguntando se Maura não é uma delas.

– Acha que ela pode estar morta?

– A mãe dela e eu... Bem, a gente ficou muito próxima depois disso tudo. Natural. A ligação que ela recebeu no Bennigan's? Fui eu que ajudei a armar. Lynn não te contou nada porque quis me poupar.

Não sei o que dizer diante disso tudo.

– Você mentiu pra mim esses anos todos.

– Você ficou obcecado.

De novo essa palavra. Ellie sempre diz que sou obcecado. David Rainiv falou a mesma coisa.

– Se eu contasse a você sobre essa promessa... – diz Ellie. – Bem, eu não fazia a menor ideia de como você reagiria.

– Você não tinha nada que se preocupar com a minha reação.

– Pode até ser. Mas não podia quebrar uma promessa.

– Ainda não entendi direito. Quanto tempo Maura ficou na sua casa?

– Duas noites.

– E depois?

Ellie dá de ombros.

– Um dia cheguei em casa e ela não estava mais lá.

– Não deixou nenhum bilhete? Nada?

– Nada.

– E depois disso?

– Nada também. Nunca mais tive notícia da Maura.

Alguma coisa não está batendo.

– Espere aí. Quando você ficou sabendo da morte do Leo e da Diana?

– Um dia depois de encontrarem os corpos. Liguei pra casa da Diana, pedi pra falar com ela e... – As lágrimas voltam a seus olhos. – E a mãe dela... Nunca vou me esquecer daquela voz.

– Audrey Styles te contou tudo por telefone?

– Não. Pediu que eu passasse na casa dela. Eu já intuía o que era. Fui correndo. Ela me levou pra cozinha, sentou à mesa comigo e contou a história toda. Quando voltei pra falar com a Maura, ela já tinha ido embora.

Algo ainda não bate.

– Você certamente deduziu que as duas coisas estavam relacionadas, não?

Ellie não responde.

– Maura aparece na sua casa justo na noite em que Leo e Diana morreram – digo. – Não tinha como *não haver* um vínculo entre as duas coisas.

Ellie assente lentamente.

– Pois é. Realmente fiquei achando que não podia ser coincidência.

– Mesmo assim, não falou nada pra ninguém?

– Tinha prometido, Nap.

– Sua amiga havia acabado de morrer. Como você podia ficar calada?

Ellie baixa a cabeça. Espero um pouco.

– Entendo que você tinha prometido, mas... depois que ficou sabendo que Diana estava morta...

– Todo mundo achava que era um acidente, lembra? Ou que eles tivessem resolvido se suicidar juntos, embora eu nunca houvesse acreditado nisso. Mas não pensava que Maura pudesse ter alguma coisa a ver com a morte deles.

– Poxa, Ellie, você não pode ser tão ingênua assim. Por que diabos não contou nada a ninguém?

Ela baixa a cabeça outra vez. Agora eu sei. Está escondendo alguma coisa.

– Ellie?

– Contei pra uma pessoa.

– Quem?

– Pensando bem, isso era parte da esperteza da Maura. O que eu tinha pra contar? Não fazia a menor ideia de onde ela estava.

– Pra quem você contou?

– Para os pais da Diana.

Opa.

– Você contou pra Augie e Audrey?

– Sim.

– Augie... – Eu pensava que já havia tido minha cota de sustos. Que nada. – Ele sabia que Maura tinha ficado na sua casa?

Ellie diz que sim, e minha cabeça começa a ferver outra vez. Será que não podemos confiar em ninguém neste mundo, Leo? Ellie mentiu para mim. Augie mentiu para mim. Quem mais? Mamãe, claro. Quando falou que voltava logo.

E papai, será que mentiu também?

E você, Leo?

– O que Augie disse a você? – pergunto.

– Me agradeceu, depois pediu que eu mantivesse minha promessa.

Preciso falar com Augie. Preciso passar na casa dele e descobrir que diabos está acontecendo. De repente me lembro de outra coisa que Ellie comentou.

– Você falou "antes e depois".

– Hein?

– Quando perguntei se você tinha visto Maura antes ou depois da morte do Leo e da Diana. Você disse "antes e depois".

– Sim.

– O depois você já contou. E o antes?

Ellie desvia o olhar.

– Que foi? – pergunto.

– Essa é a parte da qual você não vai gostar.

capítulo 22

Ela os observa através da janela do Armstrong Diner, do outro lado da rua.

Quinze anos atrás, ao ouvir os tiros quebrando o silêncio da noite, ela correu e ficou escondida por duas horas. Quando arriscou sair e viu os carros estacionados com os homens dentro, teve certeza. Caminhou até o ponto de ônibus. Tomaria o primeiro que aparecesse. Todos os ônibus que saíam de Westbridge iam para Newark ou Nova York. Em ambos os lugares ela tinha amigos para procurar e pedir ajuda. Mas era tarde. Quase não havia mais ônibus em circulação. Pior, ao se aproximar da estação próxima à Karim Square ela viu outros carros estacionados com homens dentro. Nas duas noites seguintes, ficou na casa de Ellie. Por três dias ficou no porão/ateliê de Hugh Warner, seu professor de artes, que morava sozinho em Livingston, usava rabo de cavalo e sempre exalava um cheirinho de *bong*. Depois disso continuou pulando de galho em galho. O Sr. Warner tinha um amigo em Alphabet City, que a hospedou por dois dias. Ela cortou os cabelos, pintou de louro. Por algumas semanas roubou carteiras de turistas estrangeiros no Central Park, mas, assustada ao quase ser pega por um policial à paisana, achou que precisava mudar de rumo. Por meio de um mendigo, ficou sabendo de um sujeito que falsificava documentos de identidade no Brooklyn. Comprou quatro nomes diferentes. As carteiras não eram exatamente perfeitas, mas boas o bastante para arrumar alguns bicos temporários. Nos três anos seguintes, ela andou por toda parte. Em Cincinnati, serviu mesas numa lanchonete. Em Birmingham, trabalhou como caixa de supermercado. Em Daytona Beach, vestiu um biquíni para vender cotas de um empreendimento imobiliário na rua, o que lhe pareceu bem mais sórdido do que roubar turistas. Dormia nas ruas, em parques públicos, em motéis (sempre limpos), na casa de desconhecidos. Sabia que estaria segura desde que não demorasse muito no mesmo lugar. Eles não tinham como distribuir um boletim de alerta como esses da polícia ou um cartaz de "Procura-se". Estavam atrás dela, mas não podiam fazer muita coisa. Não podiam contar com a ajuda das pessoas em geral. Ela se filiou a diversos grupos religiosos, sempre muito reverente diante dos ególatras que posavam de ministro ou pastor, usando-os para conseguir comida, teto e proteção. Trabalhou como dançarina em vários "clubes de cavalheiros" (que não eram clubes coisa nenhuma, muito menos de cavalheiros), onde o dinheiro era muito, mas o respeito era pouco. Foi roubada duas vezes, agredida, e numa noite a coisa ficou realmente feia. Ela varreu o episódio para debaixo do tapete e tocou o barco. Começou a andar com uma faca. Em Denver, precisou usá-la para se defender dos dois homens que a atacaram no estacionamento de um bar. Afundou a lâmina nas entranhas de um deles, viu o sangue jorrar da boca do sujeito, fugiu. Nunca soube se ele morreu ou não. Sempre que possível ela ia para o campus de alguma faculdade pública, onde a segurança era menos rígida, e ficava zanzando por ali, por vezes até assistia às aulas. Certa vez tentou se estabelecer numa cidadezinha próxima a Milwaukee, chegou a tirar uma licença de corretora imobiliária, mas, no fechamento de uma venda, um advogado notou a identidade falsa que ela apresentou. Em Dallas, trabalhou para um escritório de contabilidade, fazendo declarações de imposto de renda. O tal escritório, desses de shopping center, dizia que empregava contadores certificados, mas o treinamento dela não passou de um seminário de três semanas num hotel da cidade, onde, pela primeira vez, talvez por conta da solidão que começava a apertar, ela encontrou uma amiga de verdade na pessoa de Ann Hannon, uma colega de curso. Ann era divertida, carinhosa, e elas acabaram alugando um apartamento juntas. Saíam juntas com os rapazes que conheciam, iam ao cinema, certa vez foram juntas para San Antonio numa viagem de férias. Ela confiava em Ann Hannon o bastante para contar toda a verdade, mas, claro, não contou nada, pelo próprio bem da garota. Um belo dia, ao chegar para trabalhar no escritório, deparou-se com dois homens de terno na sala de espera, ambos lendo jornal. Sempre havia alguém por ali, mas aqueles dois tinham algo de estranho. Do outro lado da vidraça, Ann, sua amiga sempre sorridente, não estava sorrindo. Então ela se mandou outra vez. Assim, de uma hora para outra. Sequer ligou para se despedir de Ann. No verão daquele ano ela trabalhou numa fábrica de enlatados no Alasca. Depois fez um bico de três meses vendendo excursões de navio de Skagway para Seattle. Chegou a conhecer alguns homens bacanas ao longo do caminho. Poucos. Porque a maioria não tinha nada de bacana. Nesses anos todos, por duas vezes ela topou com pessoas que a reconheceram como Maura Wells: uma em Los Angeles e outra em Indianápolis. Pensando bem, cedo ou tarde isso acabaria acontecendo. Uma questão de tempo para quem passava o dia nas ruas e nos parques da vida. Paciência. Aliás, ela já estava preparada para esse tipo de situação: em vez de contradizer quem a reconhecesse, contaria uma das histórias que já tinha na ponta da língua, geralmente envolvendo cursos de pós-graduação, e sumiria do mapa o mais rápido possível. Sempre tinha um plano de contingência na cabeça. Sabia onde ficavam os postos de gasolina, onde podia pedir carona a alguém. Que motorista negaria o pedido de uma mulher como ela? Às vezes, quando chegava cedo o bastante num desses postos, ficava observando de longe enquanto os caminhoneiros tomavam café ou conversavam, procurando identificar qual deles parecia mais confiável. Dava para ver. Ou não. Ela nunca pedia carona às motoristas mulheres, nem mesmo às boazinhas, porque essas, por força das circunstâncias, eram duplamente atentas e desconfiadas; com elas, o risco de ser desmascarada era sempre maior. A essa altura ela já possuía uma coleção inteira de perucas e óculos, disfarces para algum eventual aperto.

Há várias teorias que tentam explicar por que o tempo passa mais rápido quando envelhecemos. A mais popular também é a mais óbvia. À medida que vamos ficando mais velhos, cada ano passa a representar um percentual menor da nossa vida. Para quem tem dez anos, um ano é dez por cento; para quem tem cinquenta, dois por cento. Mas ela já havia lido sobre outra bem diferente, segundo a qual o tempo passa mais rápido quando vivemos numa rotina mais ou menos fixa, quando não estamos aprendendo nada de novo, quando estamos aprisionados em determinados comportamentos. O segredo para refrear o tempo é buscar novas experiências. Alguém certamente há de dizer que sua semaninha de férias passou voando, mas, se pensar melhor, esse alguém verá que, na realidade, esse período pareceu muito mais longo do que qualquer outro naquele seu trabalho monótono e repetitivo. Reclama só porque gostou muito dela, não porque o tempo passou depressa demais. Pois bem, para os que quiserem alongar o tempo, o segredo é este: fazer algo diferente. Viajar para algum destino exótico. Matricular-se num curso qualquer.

De certa maneira, assim foi a vida dela.

Até Rex. Até aqueles tiros. Até Hank.

Através da janela do *diner* ela pode perceber o espanto e a tristeza no rosto de Nap. É a primeira vez que o vê em quinze anos. Nap, a grande conjectura da sua vida, a estrada não percorrida. Ela dá rédea às emoções, não faz nada para represá-las.

A certa altura, arrisca emergir das sombras.

Agora está sob a luz de um dos postes do estacionamento, à vista de todo mundo, imóvel, dando ao destino a oportunidade de fazer Nap virar o rosto, vê-la ali e...

Ela espera dez segundos. Nada. Espera vinte.

Mas Nap não olha pela janela.

Então Maura dá meia-volta e some outra vez na escuridão da noite.

capítulo 23

AGORA RESTAM APENAS DUAS mesas ocupadas no *diner*, e elas estão na extremidade oposta do salão. Ouvindo Ellie, faço o possível para não me precipitar, para escutar antes de concluir qualquer coisa, assimilar antes de processar.

– Diana e eu tínhamos planos – diz ela. – Éramos dois clichês ambulantes, acho. Eu era a presidente do grêmio; ela, a vice. Ambas éramos capitãs do time de futebol. Nossos pais eram amigos, saíam juntos pra jantar. Augie... ele costuma namorar, ter relacionamentos?

– Não muito.

– Você contou que recentemente ele viajou com uma namorada.

– Yvonne. Foram pra Hilton Head.

– Onde fica isso? Na Geórgia?

– Uma ilha na costa da Carolina do Sul.

– E aí, como correu tudo? – pergunta Ellie.

Como foi mesmo que Augie disse?

– Acho que eles não vão muito longe.

– Pena.

Não digo nada.

– Ele devia arrumar alguém. Diana não ia gostar de ver o pai assim, tão sozinho.

Olho de relance para Bunny, mas ela vira o rosto para nos dar privacidade. Alguém coloca uma moeda na jukebox da casa: "Everybody Wants to Rule the World". Tears for Fears lembrando à humanidade que "todos querem dominar o mundo".

– Você falou que esteve com a Maura antes da morte do Leo e da Diana – digo, tentando trazer a conversa de volta para os trilhos.

– Eu chego lá.

Fico esperando.

– Um dia, estávamos na biblioteca da escola, eu e Diana. Você não deve lembrar, mas dali a uma semana ia rolar aquela festa que todo ano a escola promovia no início das aulas. Diana era a chefe do comitê de planejamento. Eu era a vice dela.

Realmente não me lembro de nada disso. Mas posso apostar que Maura jamais iria a uma festa dessas. O que para mim não teria problema algum.

– Não estou contando direito – diz Ellie.

– Vai, continua.

– Bem, essa festa era uma coisa muito importante pra Diana, que vinha trabalhando nela havia mais de um mês. O problema era que ela não conseguia escolher entre dois temas: o primeiro, que ela chamou de "Vintage Boardwalk", tinha a ver com os parques de diversão do passado; e o outro, "Once Upon a Storybook", com as histórias infantis. Então ela sugeriu que a gente fizesse as duas coisas juntas. – Ellie olha para o lado com um pequeno sorriso flutuando entre os lábios. – Fui radicalmente contra. Falei que a gente *tinha* que escolher entre uma coisa e outra, caso contrário ninguém entenderia nada. E porque eu era uma perfeccionista chatinha e idiota, transformei a coisa toda numa grande discussão. Essa foi a última vez que falei com a minha melhor amiga.

Ellie se cala de repente, deixo que ela se recomponha.

– Então a gente estava lá, discutindo, quase brigando, quando a Maura chegou e começou a conversar com a Diana. Eu continuava embalada na história dos temas, então não ouvi direito a primeira parte. Mas entendi que a Maura queria que a Diana fosse com ela a um lugar naquela noite. Diana disse que não, que já andava meio de saco cheio.

– Do quê?

– Na hora ela não disse. Depois comentou que...

Ela se cala de novo e olha para mim.

– Comentou o quê? – pergunto.

– Falou que já estava meio cansada do grupo todo.

– Grupo todo? O que exatamente ela quis dizer com isso?

– Na hora eu não dei muita bola, entende? Estava mais preocupada com a festa. "Vintage Boardwalk" era um tema que eu adorava: as barraquinhas de jogos, os carrinhos de pipoca e amendoim... Como era possível alguém querer misturar essas coisas com "Once Upon a Storybook", um tema que eu nem entendia direito o que era? Agora, depois do que a gente viu naquele anuário... É bem possível que ela estivesse falando do Clube da Conspiração. Não sei. De qualquer modo, essa ainda não é a parte da qual você não vai gostar.

– O que é, então?

– O que a Diana falou depois.

– E o que ela falou depois?

– Queria esperar mais algumas semanas, deixar passar a festa... Afinal de contas, era ela quem estava no comando da coisa toda. Mas confessou que já andava meio cansada do seu irmão e dos amigos dele. Exigiu que a gente jurasse de pés juntos que não contaria nada pra ninguém, depois falou que ia terminar com o Leo.

– Duvido. – Foi minha reação imediata.

Ellie não fala nada.

– O namoro dos dois era pra valer – digo. – Tudo bem, era um namoro de colégio, mas...

– Leo mudou, Nap.

Faço que não com a cabeça, e Ellie diz:

– De uma hora pra outra, seu irmão ficou irritadiço. Pelo menos foi isso que a Diana contou. Falou que ele explodia com ela. Olha, muita gente estava chutando o balde naquele último ano. Experimentando coisas, se jogando nas festas...

– Era só isso que o Leo estava fazendo também. Estava se divertindo como todo mundo.

– Não, Nap. Leo não estava nada bem.

– A gente dividia o mesmo quarto. Eu sabia tudo sobre o meu irmão.

– Mas não sabia o que estava acontecendo lá naquele Clube da Conspiração. Não sabia que Leo e Diana andavam discutindo por causa disso. O que é perfeitamente natural. Você tinha lá as suas coisas também: a Maura, o hóquei... Era apenas um garoto. – Ela se cala um instante ao perceber minha expressão. – Seja lá o que aconteceu naquela noite...

– Como assim "seja lá o que aconteceu"? Alguma coisa de muito sério e confidencial estava acontecendo lá na base militar. Leo, Maura e sei lá mais quem... eles descobriram o que era. Não importa que o Leo estivesse fumando alguma coisa, como também não importa que a Diana estivesse pensando em terminar com ele uma semana depois. Todos viram alguma coisa. E agora eu tenho prova disso.

– Eu sei – comenta Ellie calmamente. – Estamos do mesmo lado, Nap.

– Não é o que parece.

– Nap...

Silêncio.

– Talvez seja melhor você deixar essa história de lado – diz ela, afinal.

– Esqueça. Vou até o fim.

– Talvez a Maura não queira ser encontrada.

– Não é por ela que estou fazendo isso. É pelo Leo.

* * *

Quando saímos para o estacionamento, acompanho Ellie até o carro e me despeço dela com um beijinho no rosto. Um pensamento ressurge das cinzas e finca os pés na minha cabeça: talvez ela esteja certa. Talvez eu deva mesmo jogar a toalha.

Ellie vai embora sem olhar pela janela e acenar seu último adeus. Ela sempre acena um último adeus. Uma observação boba da minha parte, pode até ser, mas... Ela fez uma promessa, entendo; por outro lado, mentiu por quinze anos. Era de se esperar que essa sua confissão fortalecesse nosso sentimento de confiança.

Mas não parece ser o caso.

Procuro as mocinhas fumantes no estacionamento, mas elas já se foram. Mesmo assim, tenho a impressão de que alguém está me observando. Quem? Não sei. Também não me importo. As palavras de Ellie arranham minha cabeça feito as garras de uma águia: "Talvez seja melhor você deixar essa história de lado. Talvez a Maura não queira ser encontrada."

O que exatamente estou tentando fazer?

Dizer que estou buscando justiça, que estou disposto a pagar qualquer preço por ela, talvez faça de mim um cara honrado e valente. Só que não justifica muita coisa. Quantos mais terão que morrer antes que eu me afaste? Nesta minha tentativa de tirar Maura da toca, será que estou colocando a própria Maura e outras pessoas em risco?

Sou teimoso. Sou determinado. Mas não sou inconsequente nem suicida.

E aí? Jogo ou não jogo a toalha?

Ainda tenho a impressão de que estou sendo observado, então olho para trás. Avisto uma pessoa atrás de uma árvore mais adiante na rua. Não deve ser nada, mas a paranoia está pegando. Apalpo minha arma. Não a tiro do coldre. Só preciso saber que está ali.

A caminho da árvore, recebo uma ligação. Número bloqueado. Sigo para o carro.

– Alô.

– Detetive Dumas?

– Sim.

– Aqui é Carl Legg, da polícia de Ann Arbor. Você pediu que eu tentasse localizar uma cardiologista chamada Beth Fletcher.

– Certo. E aí, conseguiu falar com ela?

– Não – responde Legg. – Mas tem algumas coisas que você precisa saber. Alô? Entro no carro.

– Estou ouvindo.

– Desculpe, achei que a ligação tinha caído. Então... Fui até o consultório dela e falei com uma funcionária.

– Cassie, a gerente da clínica.

– Ela mesma – diz Legg. – Conhece?

– Não foi muito solícita ao telefone.

– Em pessoa também não é nenhuma Miss Simpatia. Mas forcei um pouco a barra.

– Fico agradecido, Carl.

– Que nada. Somos irmãos de armas, não somos? Pois bem. Na semana passada a Dra. Fletcher ligou avisando de uma hora pra outra que ia tirar uns dias de licença. Cancelou várias consultas e transferiu outras tantas pro Dr. Paul Simon, sócio dela.

Olho para a árvore. Nenhum movimento.

– Ela já fez isso antes?

– Não. Segundo Cassie, ela é uma pessoa muito reservada, mas totalmente dedicada aos pacientes. Essa licença súbita não é do feitio dela. Depois falei com o marido.

– O que ele disse?

– Que eles estão separados e que não fazia ideia de onde a ex-mulher podia estar. Contou também que ela tinha ligado pra avisar que ia sair de licença. Também achou estranho, mas falou que desde a separação a Dra. Fletcher vem "procurando se conhecer melhor". Palavras dele.

Dou partida no carro, saio do estacionamento.

– Ok, Carl. Valeu.

– Claro, você pode ir mais fundo se quiser. Levantar os telefonemas dela, os pagamentos com cartão de crédito, esse tipo de coisa.

– É, talvez eu faça isso.

O problema é que não tenho ordem judicial para fazer nenhuma dessas coisas, e também não sei se esse é o caminho que quero tomar. Agradeço outra vez e desligo. Sigo para o apartamento de Augie na Oak Street, mas sem nenhuma pressa. Preciso pensar melhor, organizar as ideias.

Augie sabia que Maura havia se escondido na casa da Ellie naquela noite.

O que isso significa? Não sei. O que será que ele fez com a informação? Tomou alguma providência?

Acima de tudo, por que não me contou?

Meu celular toca outra vez. Agora é Loren Muse, minha chefe.

– Amanhã de manhã – diz ela. – Nove horas na minha sala.

– Posso saber do que se trata?

– Nove horas – repete, e desliga.

Era só o que faltava. Algum dos velhinhos do Rusty Nail deve ter denunciado minha agressão aos testículos de Andy Reeves. Agora não adianta ficar pensando nisso. Ligo para Augie. Ele não atende. Acho estranho que ele não tenha me procurado desde que encaminhei a cópia do vídeo de Hank para o e-mail dele.

A esquina da Oak Street já está logo ali, mas minhas ideias continuam tão desorganizadas quanto antes. Estaciono numa vaga atrás do prédio de tijolinhos aparentes, desligo o carro e fico ali, olhando para o nada através da janela. Isso não ajuda em muita coisa. Então desço e contorno o prédio rumo à portaria. Os postes emanam uma luz âmbar. A uns cem metros de distância, uma senhora passeia com seu cachorro enorme, um dinamarquês ou algo assim. Vejo apenas o vulto dela. Quando percebo o que parece ser a brasa de um cigarro, fico me coçando para ir até lá e falar com a mulher.

Não. Sou um cara chato, intrometido, mas não sou nenhum missionário.

A mulher se abaixa para limpar as porcarias do cachorro, e é nesse momento que algo chama minha atenção.

Um carro amarelo.

Ou pelo menos parece amarelo. Esse âmbar das luzes de rua confunde todas as cores, sobretudo os brancos e os cremes, até mesmo os tons metálicos mais claros. Subo na calçada e corro na direção do tal carro. Quando passo pela senhora e seu cachorro, reflito que não custa nada manter a coerência.

– Por favor, não fume.

A mulher não faz mais do que ficar olhando. Por mim, tudo bem. Já tive todo tipo de reação. Certa vez um fumante vegano me passou um sermão, defendendo que os efeitos dos meus hábitos alimentares eram infinitamente piores que os do tabaco e da nicotina. Talvez ele esteja certo.

O carro realmente é amarelo. Um Ford Mustang.

Idêntico ao que vi na frente do Rusty Nail.

Chegando mais perto, leio a placa: EBNY-IVRY. E só agora junto os pontinhos.

Ebony and ivory. Ébano e marfim. Como as teclas de um piano.

O Mustang amarelo pertence ao pianista Andy Reeves.

Novamente apalpo minha arma. Não sei bem por quê. Faço isso às vezes. Fico me perguntando onde Reeves pode estar. A resposta é óbvia: no apartamento de Augie.

Corro de volta para o prédio. Quando passo pela senhora, ela fala com uma voz rouca, carregada de pigarro:

– Obrigada.

Paro um instante para ouvir o que mais ela tem a dizer. Percebo um brilho triste no olhar.

– Agora já é tarde pra parar... mas agradeço a gentileza. Continue assim.

Não sei direito o que dizer. Várias coisas me vêm à cabeça, mas nada com a devida profundidade. Para não arruinar o momento, simplesmente aceno com a cabeça e continuo correndo.

O prédio de Augie é um dos muitos de um conjunto habitacional desses bem antigos e práticos. As unidades individuais não têm aqueles nomes rebuscados que a gente costuma ver por aí. As unidades A, B e C se avizinham da esquerda para a direita na primeira rua. As unidades D, E e F ficam na rua de trás. As unidades G, H e I... Bem, acho que já deu para entender. Cada prédio abriga quatro apartamentos: dois no primeiro andar (Apartamentos 1 e 2), e dois no segundo (Apartamentos 3 e 4). Augie mora na Unidade G, Apartamento 2.

Seguindo pelo caminho, viro à esquerda e dou de cara com o homem.

Andy Reeves.

Ele está saindo do apartamento de Augie, de costas para mim, fechando a porta atrás de si. Dou meia-volta e me recosto na fachada. Depois reflito: é bem possível que ele venha por este mesmo caminho e me veja. Então corro e me escondo atrás do arbusto mais próximo. Quando olho para trás, vejo que estou sendo observado por alguém na janela às minhas costas, uma negra de cabelos enormes no Apartamento 1 da Unidade E.

Merda.

Sorrio para apaziguar a mulher. Ela não parece nem um pouco apaziguada.

Então sigo para a Unidade D. Meu medo não é o de que alguém chame a polícia. Até eles chegarem, as coisas já terão acontecido por aqui. Além disso, sou da polícia também e Augie é nosso capitão.

Andy Reeves não toma o caminho por onde eu havia chegado. Se olhar para a direita, talvez me veja, embora eu esteja parcialmente protegido por um poste de luz apagado. Pego o celular e ligo outra vez para Augie. Sou atendido pela secretária eletrônica.

Não estou gostando nada disso.

Suponhamos que Andy Reeves tenha feito alguma coisa com Augie. Não posso ficar de braços cruzados enquanto ele vai embora, posso?

Minha cabeça está a mil. Tenho apenas duas opções: ver se Augie está bem ou correr atrás de Reeves. Decisão tomada, contorno a Unidade D e corro para o apartamento de Augie. Meu raciocínio é o seguinte: se entro e encontro meu amigo... sei lá como... provavelmente ainda terei tempo para interceptar Reeves antes que ele vá embora no seu Mustang amarelo. Se chegar tarde demais, paciência.

As janelas do apartamento estão escuras, o que significa que as luzes estão apagadas. Também não gosto disso. Corro para a porta e esmurro a madeira.

– Opa, calma aí! Está aberta.

Respiro aliviado. A voz é de Augie.

Entro no apartamento. Não há uma única lâmpada acesa. Augie está sentado no escuro, de costas para mim. Sem se virar, diz:

– Onde você estava com a cabeça?

– Do que você está falando?

– É verdade que você agrediu Andy Reeves?

– Posso ter apertado as bolas dele, sei lá.

– Meu Deus... Ficou doido de vez?

– Ele me ameaçou. Aliás, ameaçou você também.

– O que ele disse?

– Falou que ia matar a mim e a todos os meus amigos.

Augie suspira ruidosamente, ainda de costas.

– Sente aí, Nap.

– Posso acender a luz? Isto aqui está meio sinistro.

Augie acende o abajur a seu lado. Melhor do que nada. Sento no meu lugar de sempre, Augie fica onde está.

– Como você ficou sabendo que agredi o Reeves? – pergunto.

– Ele acabou de sair daqui. Puto da vida.

– Imagino que sim.

Só agora percebo o copo na mão de Augie. Ele nota que reparei.

– Sirva uma dose pra você também.

– Obrigado, estou bem.

– O vídeo que você me mandou... O helicóptero que os garotos filmaram.

– Sim.

– Você não pode mostrar pra ninguém.

Não preciso nem perguntar por quê. Então mudo de tática.

– Você viu o vídeo?

– Vi.

– E aí? Vou adorar saber o que você achou.

Augie bufa novamente.

– Um grupo de adolescentes invadiu uma área de segurança do governo e filmou o pouso de um helicóptero.

– Só isso?

– Deixei passar alguma coisa?

– Você conseguiu identificar as vozes na gravação? – pergunto.

Ele pensa um instante.

– A única que identifiquei com certeza foi a do seu irmão.

– E Diana?

Augie balança a cabeça.

– Minha filha não está nesse vídeo.

– Você parece convicto.

Augie leva o copo à boca, pensa melhor, baixa o copo antes de beber. Depois olha ao longe, como se eu nem estivesse ali. Olha para o passado.

– No fim de semana anterior à sua morte, Diana estava na Filadélfia, visitando universidades. Fomos os três: ela, Audrey e eu. Visitamos a Villanova, a Swarthmore e a Haverford. Gostamos das três, mas Diana achou que a Haverford talvez fosse pequena demais, e a Villanova, grande demais. Quando chegamos em casa no domingo, ela ainda estava dividida entre a Swarthmore e a Amherst, que já tínhamos visitado no verão. – Ele fala sem nenhuma emoção, ainda olhando ao longe. – Se Diana chegou a tomar uma decisão, não teve a oportunidade de nos dizer. A papelada das duas universidades ainda estava na mesa quando ela morreu.

Ele agora dá um gole demorado na bebida. Espero um tempo.

– Augie, havia algo clandestino naquela base.

Ao contrário do que eu imaginava, ele concorda.

– É o que parece.

– Você não ficou surpreso?

– Surpreso, eu? Surpreso por uma agência do governo estar escondendo algo numa área protegida por uma cerca de arame farpado? Não, Nap, nada disso me surpreende.

– Imagino que Andy Reeves tenha perguntado pelo vídeo – comento.

– Perguntou.

– Falou o quê?

– Recomendou que eu não mostrasse a ninguém, afirmando que isso configuraria um ato de traição, que esse assunto era de segurança nacional.

– Acho que tudo isso está vinculado à morte do Leo e da Diana. Só pode.

Augie fecha os olhos e balança a cabeça.

– Não tem vínculo nenhum. Pelo menos não do jeito que você está pensando.

– Fala sério, Augie. Você acha mesmo que tudo é uma grande coincidência?

Augie baixa os olhos para o copo como se pudesse encontrar nele uma resposta.

– Você é um excelente investigador, Nap. E não digo isso só porque fui eu quem te treinou. Sua cabeça... Você é brilhante em muitos aspectos. Enxerga coisas que os outros não enxergam. Só que às vezes precisa manter os pés no chão, deixar de lado as conjecturas. Atenha-se aos fatos, Nap. Trabalhe apenas com as certezas.

Fico esperando.

– Em primeiro lugar, Leo e Diana foram encontrados mortos numa linha de trem a quilômetros de distância da base militar.

– Tenho uma explicação pra isso.

Ele ergue a mão para me silenciar.

– Aposto que tem. Aposto que vai dizer que eles podem ter sido levados pra lá, etc., etc. Mas, por enquanto, vamos ficar apenas com os fatos, que são os seguintes. – Ele ergue um dedo. – Fato um: os corpos foram encontrados a quilômetros de distância da base. Fato dois – mais um dedo –: os legistas apontaram o impacto do trem como a *causa mortis*, não deixaram margem pra mais nada. Antes que eu prossiga: até aqui estamos de acordo?

Assinto, não porque concorde totalmente (nada impede que o impacto do trem tenha mascarado lesões anteriores), mas porque quero ouvir o que mais ele tem a dizer.

– Agora vamos examinar esse vídeo que você encontrou. Supondo que seja legítimo... e não vejo nenhum motivo pra não ser... Uma semana antes dessas mortes, um dos mortos, Leo, viu um helicóptero pousando na base. Sua teoria, imagino, é que isso tenha levado à morte dele. Não esqueça que Diana não estava lá quando fizeram essa gravação.

– Leo podia ter contado pra ela – argumento.

– Não.

– Não?

– De novo: vamos nos ater aos fatos, Nap. Se fizermos isso, você vai concluir, como eu concluí, que Diana nunca soube de nada.

– Não entendi.

– É simples. – Ele me olha diretamente nos olhos. – Por acaso Leo contou a *você* sobre o helicóptero?

Abro a boca para dizer algo, mas desisto. Apenas balanço a cabeça. Agora sei aonde ele pretende chegar.

– E sua namorada, Maura? Também estava lá, não estava?

– Estava.

– Revelou alguma coisa?

– Não.

Augie espera que eu reflita.

– Também tem o laudo toxicológico.

– O que tem o laudo? – pergunto.

Sei perfeitamente o que está escrito nele: alucinógenos, álcool e maconha na corrente sanguínea dos dois. Sei também que Augie está tentando ser o mais forte e o mais objetivo possível, mas a dor que está sentindo fica evidente quando ele diz:

– Você conhecia minha filha havia um bom tempo.

– Sim.

– Na realidade – fala agora como um advogado interpelando uma testemunha no banco –, foi você que armou o namoro dela com o Leo.

Não é bem verdade. Não armei namoro nenhum. Apresentei os dois, só isso. Mas não vou discutir. Agora não é hora para isso.

– Aonde você quer chegar, Augie?

– Todo pai tem uma visão ingênua da filha. Comigo não era diferente, acho. Pra mim, o mundo girava em torno daquela menina. Diana jogava futebol, era líder de torcida, tinha um monte de atividades extracurriculares. – Ele se inclina para a frente, avançando sob a luz do abajur. – Sou um policial, não sou nenhum pateta. Sei que essas coisas não significam muito. Nessa idade qualquer um pode se envolver com drogas, fazer qualquer bobagem. No caso da Diana... você diria que esse era o perfil dela?

Nem preciso pensar para responder:

– Não.

– Não – repete ele. – Pode perguntar pra Ellie. Pergunte a ela se Diana costumava beber ou tomar drogas antes de... – Ele se cala de repente, fecha os olhos. – Mesmo assim, eu não fiz nada quando Leo apareceu pra buscá-la naquela noite. Abri a porta, apertei a mão dele e vi na mesma hora.

– Viu o quê?

– Que ele estava drogado. Não foi a primeira vez. Pensei em dizer alguma coisa, proibir minha filha de sair com ele, mas Diana olhou pra mim daquele jeito bravo... Você sabe como é, quando os filhos não querem que a gente dê vexame na frente dos amigos. Então não falei nada, deixei que ela saísse.

Minha impressão, Leo, é que ele voltou no tempo e está ali com você agora, apertando sua mão, olhando para Diana, vendo a expressão dela. Acho que esse remorso nunca vai abandoná-lo. O remorso de não ter feito nada para impedir a filha de sair de casa.

– Então, Nap, agora que já repassamos os fatos, me diga: o que é mais provável? Uma grande conspiração envolvendo agentes da CIA, que, sei lá, sequestraram dois garotos porque um deles tinha filmado um helicóptero na semana anterior...? Aliás, se a CIA sabia disso, por que esperaram uma semana pra agir?... Depois arrastaram os dois pro outro lado da cidade e, imagino, os empurraram na frente de um trem em alta velocidade? Ou será mais provável que uma menina saiu com um menino que gostava de ficar chapado, os dois exageraram na farra, ficaram doidos, lembraram o lendário Jimmy Riccio, tentaram saltar os trilhos e não calcularam direito?

Ele olha para mim e fica esperando.

– Você omitiu um monte de coisas – digo.

– Não, Nap, é você que está incluindo um monte de coisas.

– Tem o Rex, tem o Hank...

– Quinze anos depois.

– ... e você sabia onde a Maura tinha se escondido naquela noite. Ellie contou pra você. Por que você não me disse nada?

– Você era um pirralho de dezoito anos. Em que momento eu deveria ter contado alguma coisa? Quando você completasse dezenove? Quando se formasse na academia de polícia? Quando fosse promovido pro condado? Em que momento eu deveria ter contado a você algo tão irrelevante quanto "Sua namorada não quis voltar pra casa, então procurou Ellie"?

Mal acredito no que estou ouvindo.

– Maura estava apavorada – digo, fazendo um esforço para não gritar. – Por isso achou que precisava se esconder. Por causa de alguma coisa que aconteceu na noite em que Leo e Diana morreram.

Augie balança a cabeça.

– Você precisa superar essa história. Pelo bem de todo mundo.

– Pois é. Toda hora alguém me diz isso.

– Eu adoro você, Nap. De verdade. Adoro você... Não, não vou dizer "como um filho" porque seria presunçoso demais. Também seria um insulto à relação que você tinha com o seu pai, um cara maravilhoso de quem eu tenho muita saudade. Seria um insulto à minha filha também. Mas adoro você, Nap. Fiz o que pude pra ser um bom mentor, um bom amigo.

– Você tem sido isso e muito mais.

Augie se recosta na poltrona, deixa o copo já vazio na mesinha a seu lado.

– Eu e você ficamos mais ou menos sozinhos no mundo, Nap. Sem família. Não vou suportar se alguma coisa acontecer... Você ainda é jovem. É um cara bacana, inteligente, generoso... Porra, até parece que estou falando de um perfil desses sites de namoro.

Ele ri de si mesmo, e eu rio junto.

– Você precisa tocar sua vida. Seja lá o que estiver do outro lado disso tudo, você está brincando com fogo. Essa gente é muito perigosa. Vão acabar fazendo alguma merda com você. Comigo também. Com todo mundo que você gosta. Digamos que você esteja certo e eu, errado. Digamos que eles tenham visto alguma coisa, depois matado Leo e Diana. Pra quê? Pra silenciar os dois, suponho. Digamos também que eles tenham esperado quinze anos pra... Esperaram por quê? Não sei, mas digamos que tenham contratado um assassino pra meter duas balas na cabeça do Rex, depois mataram Hank e botaram a culpa num vídeo de internet. Isso lhe parece mais lógico do que minha teoria de que os dois estavam chapados? Olha, pode até ser. Mas digamos que o Reeves e sua gangue sejam realmente terríveis e perigosos e que tenham matado essa gente toda. Digamos que sua teoria esteja correta, ok?

– Humm.

– Se fizerem alguma coisa com você ou comigo, paciência. Mas... e se fizerem algo com a Ellie, por exemplo? Ou com as duas filhinhas dela?

Imediatamente me vem à cabeça a imagem de Leah e Kelsi. Ambas muito sorridentes, falantes. Chego a sentir na pele o abraço delas.

Isso me faz pensar. Venho descendo essa ladeira a mil por hora, mas as palavras de Augie me fazem pisar no freio um instante. Repito a mim mesmo o que já havia dito mais cedo: não se precipite, Nap. Pense, reflita.

– Já está tarde – diz Augie. – Hoje não vai acontecer mais nada. Vá pra casa, descanse. Amanhã conversamos de novo.

capítulo 24

Já ESTOU EM CASA, mas dormir não vai ser possível.

Fico pensando no que Augie disse, na possibilidade de que façam algo com Ellie e as meninas. Não sei direito o que fazer com relação a isso. É muito fácil afirmar que não posso me deixar intimidar, mas a gente precisa ser pragmático também. Quais são as chances de eu conseguir solucionar este caso?

Mínimas.

Quais são as chances de que eu não só descubra a verdade sobre Leo e Diana, como também encontre provas suficientes para botar alguém na cadeia?

Menores ainda.

Por outro lado, quais são as chances de que algo horrível aconteça a mim ou aos meus amigos por causa da minha vontade cega de esclarecer este mistério?

A pergunta é praticamente retórica.

Será que realmente vale a pena cutucar essa onça?

Não tenho certeza de nada. Talvez o mais sensato seja mesmo deixar tudo isso de lado. Você está morto, Leo. Seja lá o que eu fizer agora, seja lá o horror que vier à tona, isso não vai mudar. Você continuará morto e enterrado. Isso é o que minha cabeça diz, mas...

Abro o notebook e digito o nome de Andy Reeves no campo de busca do navegador, junto com a palavra "piano" e a sigla de Nova Jersey. E lá está:

Bem-vindo à fanpage de PianoManAndy.

Fanpage. Clico no link. Sim, Andy Reeves, como quase todos os artistas, tem seu próprio site. Na primeira página vem uma foto dele na penumbra, vestindo o que parece ser um paletó de lantejoulas.

Pianista de renome internacional, Andy Reeves também é um refinado vocalista, comediante e entertainer de múltiplos talentos, carinhosamente apelidado pelos fãs de "o Outro PianoMan"...

Meu Deus.

Continuo lendo. Andy "ocasionalmente" se apresenta em festas sofisticadas como "casamentos, eventos corporativos, aniversários e bar/bat mitzvahs". Lá pelo meio da página está escrito:

Quer se juntar ao fã-clube do Outro PianoMan? Assine nossa newsletter e se mantenha informado!

Abaixo há um campo para que os interessados digitem seu endereço de e-mail. Passo.

Na lateral da página ficam os botões "Página inicial", "Biografia", "Fotos", "Repertório", "Agenda"...

Clico em "Agenda" e vou rolando a página até encontrar a data de hoje. Reeves toca no Rusty Nail até as seis da tarde, depois vai para uma boate chamada Hunk-A-Hunk-A, onde toca das dez à meia-noite.

Meu telefone vibra com uma mensagem de Ellie.

Tá acordado?

Respondo: Sim. Ainda são 22h.

Topa dar uma caminhada rápida?

Claro. Quer que eu passe aí?

Ela está digitando. Depois:

Já tô na rua. Me encontra no estacionamento da BF.

Em cinco minutos estou entrando no estacionamento vazio da Benjamin Franklin. Ellie e Bob moram perto daqui. Como todos os estacionamentos de escola, este é muito bem-iluminado, mas não vejo Ellie em parte alguma. Estaciono e desço do carro.

– Oi! – chama ela. – Estou aqui!

À esquerda fica um clássico playground de colégio: balanços, escorregadores, paredões de escalada, redes, escadas, trepa-trepas, manta de serragem para amortecer as quedas. Ellie está em um dos balanços, movendo-se para a frente e para trás, sem tirar os pés do chão.

O cheirinho de cedro da manta vai ficando mais forte à medida que me aproximo.

– Tudo bem com você? – pergunto.

– Tudo. Não queria voltar pra casa ainda, só isso.

Não sei bem o que dizer, então assinto.

– Eu adorava um playground quando era menina – diz Ellie. – Lembra aquele jogo de bola que a gente chamava de Four Square?

– Não, não lembro.

– Deixa pra lá. Bobagem minha. Mas venho muito aqui.

– Neste playground?

– Sim. À noite. Não sei bem por quê.

Sento no balanço vizinho.

– Eu não sabia disso.

– Pois é. Tem muita coisa que a gente não sabia um sobre o outro – comento Ellie.

Reflito um instante.

– Mais ou menos.

– Como assim?

– Você sabe tudo a meu respeito, Ellie. Não contei sobre a surra que dei no Trey, tudo bem, mas você sabia desde o início que era eu.

– Sabia.

– Das outras vezes também. Roscoe, Brandon, o namorado da Alicia... Como é mesmo o nome dele?

– Colin.

– Isso.

– Então você sabe tudo a meu respeito. Tudo.

– Mas a recíproca não é verdadeira. É isso que você está insinuando?

Não respondo.

– Tudo bem – diz Ellie. – Realmente não te conto tudo.

– Não confia em mim?

– Você sabe que sim.

– Então?

– Tenho direito aos meus segredos, não tenho? Não devia ter contado a você sobre o Bob porque agora você vai odiá-lo, vai querer dar uma surra nele também.

– Só um pouquinho – confesso.

Ellie ri.

– Não faça isso. Você não entende. Bob continua sendo o mesmo cara que você admirava hoje de manhã.

Não concordo, mas não vejo motivo para expor minha opinião.

Ellie ergue os olhos para o céu da noite. Algumas estrelas já deram as caras, mas parecem poucas, menos numerosas do que o normal.

– A mãe da Maura me ligou. O cara daquela foto que você mandou... é o mesmo que a interrogou. O cara pálido, de voz sussurrante.

Não fico nem um pouco surpreso.

– Estive com ele mais cedo.

– Quem é?

– O nome dele é Andy Reeves. – Aponto o queixo na direção da Trilha. – Era ele que comandava a base militar na época em que Leo e Diana foram mortos.

– Você tocou nesse assunto com ele?

– Sim.

– E ele?

– Ameaçou matar todo mundo que eu amo – respondo, e fico olhando para ela.

– Mais um pra sugerir que você pare com isso...

– *Sugerir?*

Ellie dá de ombros.

– Mas você tem razão – digo. – Mais um pra fazer coro com você e Augie.

– Augie. Outro que você ama.

– Pois é.

– Você está pelo menos pensando na possibilidade?

– De quê? De abortar minha investigação?

– Sim.

– Estou.

Ellie vira o rosto na direção da Trilha, pensativa.

– Que foi? – pergunto.

– É possível que eu mude de ideia.

– Sobre...?

– Talvez não seja a hora de você abortar essa investigação.

– Não posso colocar você e as meninas em risco.

– Exatamente por isso.

– Não entendi.

– Sei que pedi pra você deixar esse caso de lado. Mas isso foi antes de esse cara medonho ameaçar minhas filhas. Agora sou eu que não quero jogar a toalha. Se ficarmos de braços cruzados, esse cara vai continuar lá feito uma sombra, ameaçando a gente pro resto da vida.

– Se eu ficar na minha, ele não vai fazer nada com vocês.

– Ah, claro – ironiza Ellie. – Diga isso pro Rex e pro Hank.

Eu poderia argumentar que Rex e Hank representavam uma ameaça mais direta porque eram testemunhas oculares do tal helicóptero que pousou na base quinze anos atrás. Mas acho que isso não faz muita diferença. Entendo o que Ellie está dizendo. Ela não quer viver com essa espada em cima da cabeça. Quer que eu resolva o problema, não interessa como.

Ellie balança um pouco mais forte e aproveita o impulso para saltar do banco com a agilidade de uma ginasta, erguendo os braços como uma atleta olímpica ao aterrissar no chão. Gosto tanto dessa mulher, mas só agora me dou conta de que ainda não a conheço como pensava, e isso me deixa ainda mais preocupado com a segurança dela.

– Não vou deixar que nada te aconteça – afirmo.

– Eu sei.

De repente me lembro de Andy Reeves e do compromisso que ele tem hoje na Hunk-A-Hunk-A, seja lá o que isso for. Minha intenção é ir lá e confrontar o homem.

– Tem mais uma coisa – diz Ellie.

– O quê?

– Pode ser que eu tenha uma pista quanto ao paradeiro de Beth Lashley. Ainda éramos colegas quando os pais dela compraram uma pequena fazenda de orgânicos em Far Hills. Minha prima Merle também tem uma casa por lá, então pedi que ela tentasse falar pessoalmente com Beth. Contou que passou na propriedade, mas encontrou um portão trancado na entrada.

– Talvez não seja nada.

– Talvez. Mas também vou dar uma passada lá amanhã. Ligo pra você depois.

– Obrigado.

– Bobagem. – Ellie solta um longo suspiro, depois corre os olhos pela escola. – Parece que foi outro dia que a gente estava estudando aqui.

Também olho ao meu redor.

– Parece uma eternidade.

Ela dá um risinho.
– Preciso ir.
– Quer uma carona?
– Não, obrigada. Prefiro ir a pé.

capítulo 25

A TAL BOATE HUNK-A-HUNK-A SE define como "um sofisticado teatro de revista com dança erótica para mulheres de fino trato". Afinal de contas, hoje em dia ninguém mais vai a uma simples "boate de striptease". A grande atração da noite é um dançarino chamado Dick Shaftwood, provavelmente um pseudônimo, pois ninguém iria usar um nome que significa Pênis Madeira de Mastro.

Vejo o Mustang amarelo numa vaga distante no estacionamento da boate. Não pretendo falar com Reeves lá dentro, então paro meu carro numa vaga de onde possa ver tanto o Mustang dele quanto as portas de saída da casa. No estacionamento também estão dois ônibus e inúmeras vans relativamente grandes, o que significa que há grupos de excursão lá dentro.

Observando o entra e sai da mulherada, chego a uma conclusão mais ou menos óbvia: elas nunca vêm sozinhas a um lugar desses, ao contrário do que fazem os homens nas casas destinadas ao público masculino. A clientela feminina chega em bandos geralmente grandes, animadíssimas e barulhentas, já meio "alegres". Muitas, senão todas, parecem fazer parte de uma despedida de solteira, o que explica os ônibus e as vans. São mulheres responsáveis: vão beber até cair, mas ninguém volta dirigindo, tal como manda o figurino.

Já está ficando tarde. As mulheres que agora vejo saindo do clube já estão completamente bêbadas, falando muito alto, trocando as pernas, caindo umas sobre as outras, mas ainda aos rebanhos, parando aqui e ali para esperar as ovelhas desgarradas. Alguns dos strippers também já estão indo embora. São fáceis de identificar, mesmo vestidos. Todos têm cara de mau. Todos gingam daquele jeito "machão", como se tivessem uma vassoura espetada no rabo. Todos usam a mesma camisa de flanela semiaberta sobre o mesmo peito depilado.

Não sei direito que utilidade pode ter um pianista numa boate de strip, mas conferindo o site da casa no telefone (aliás, a Hunk-A-Hunk-A tem um aplicativo próprio), vejo que eles também promovem "eventos temáticos", entre os quais uma "noite de classe" envolvendo dançarinos de fraque rebolando ao som dos velhos clássicos tocados num "Steinway de cauda".

Não cabe a mim julgar nada, Leo.

Passa pouco da meia-noite quando Andy Reeves sai de smoking para o estacionamento da boate. Não é o caso de pisar em ovos agora. Desço do carro e sigo na direção do Mustang. O pianista não fica exatamente feliz quando me vê.

– Que diabos está fazendo aqui, Dumas?

– Pode me chamar pelo nome de guerra: Dick Shaftwood.

Ele não acha a menor graça.

– Como me encontrou?

– Pela sua newsletter. Agora sou membro de carteirinha do fã-clube do Outro PianoMan.

Ele continua não achando graça, mas aperta o passo na direção do carro.

– Não tenho nada a lhe dizer – retruca, depois pensa melhor: – A menos que você tenha trazido a fita.

– Não, não trouxe. Acontece que já estou de saco cheio, Andy.

– Do que você está falando?

– Ou você abre o jogo, ou divulgo aquela gravação agora mesmo. – Ergo o celular com o polegar posicionado num imaginário botão de ENVIAR. Um blefe. – Vou começar por um amigo que tenho no *Washington Post*, depois vejo o que faço.

Reeves me fuzila com o olhar.

– Como quiser – digo bufando, e finjo que vou cumprir a ameaça.

– Espere – fala o pianista.

Meu polegar permanece onde está.

– Se eu contar a verdade sobre aquela base, você promete que vai esquecer o assunto?

– Prometo.

Reeves dá um passo na minha direção.

– Vai ter que jurar pela memória do seu irmão.

É um grande equívoco da parte dele envolver você nesta história, Leo, mas faço o que ele pede. Poderia incluir algumas ressalvas. Como esta, por exemplo: caso ele e seus comparsas tenham algo a ver com a sua morte, não só vou botar a boca no trombone, como também vou cuidar pessoalmente de colocar a corja inteira atrás das grades.

Não me preocupo com esse juramento. Se achar que devo, vou divulgar a história com o maior prazer e a maior alegria.

– Tudo bem – diz Reeves. – Vamos conversar em outro lugar.

– Aqui está bom pra mim.

Ele olha à volta, visivelmente desconfiado. Algumas poucas pessoas zanzam pelo estacionamento, ninguém que possa ameaçar a privacidade do nosso papo. Até entendo a paranoia dele. Nada mais natural para alguém que decerto passou a vida inteira trabalhando para algum tipo de órgão secreto do governo, alguma CIA da vida.

– Então vamos entrar no carro – insiste ele. – Pelo menos isso.

Tomo as chaves da mão dele e entro no Mustang pelo lado do passageiro. Ele entra pelo lado do motorista, e agora estamos sentados lado a lado, ambos olhando para a frente. Ou melhor, para uma cerca de madeira que já viu dias melhores. As tábuas quebradas ou ausentes lembram a dentição banguela de um mendigo que já levou muito soco na boca.

– Sou todo ouvidos – digo.

– Não éramos do Departamento de Agricultura – revela ele, e se cala.

– Isso eu já imaginava.

– Então o resto é muito simples. O que fazíamos naquela base é altamente confidencial. Você também já imaginava isso. E estou confirmando. É o bastante.

– Não, não é.

– Não tivemos nada a ver com a morte do seu irmão e de Diana Styles.

Reeves faz uma longa preleção antes de dar o passo seguinte. Avisa que o que ele vai dizer não pode sair daquele carro, exige novamente que eu prometa não contar nada a ninguém, avisa que vai negar tudo caso eu quebre minha palavra. A ladainha de sempre.

Concordo com tudo, só para acelerar as coisas.

– Você sabe como era o clima no país quinze anos atrás – diz ele, afinal. – O trauma do 11 de Setembro. A guerra no Iraque. Al-Qaeda e companhia... Tudo isso precisa ser levado em conta.

– Entendo.

– Lembra-se de um homem chamado Terry Fremond?

Vasculho os arquivos da memória.

– Um cara rico dos subúrbios de Chicago que virou terrorista. Chamavam ele de "Al-Qaeda do Tio Sam" ou algo assim. Estava entre os dez mais procurados pelo FBI.

– Ainda está – explica Reeves. – Quinze anos atrás, Fremond montou uma célula terrorista quando voltou para os Estados Unidos. Eles estavam prestes a realizar o que poderia ter sido o pior ataque terrorista em solo americano, outro 11 de Setembro. – Ele se vira para me encarar. – Lembra-se da história oficial do que aconteceu com ele?

– Ficou sabendo que o FBI estava atrás dele. Fugiu pro Canadá e de lá voltou pra Síria ou pro Iraque.

– Sim – diz Reeves cautelosamente, ainda olhando para mim –, essa é a história *oficial*.

Mentalmente vou juntando os fatos: o borrão laranja que deduzi ser um macacão de prisioneiro, o forte esquema de segurança do lugar, a necessidade de isolamento, o helicóptero pousando na calada da noite.

– Vocês pegaram o cara e o levaram pra base, é isso?

Os boatos já circulavam na época. Mas agora, Leo, eu me lembro de outra coisa. Algo que você me contou, não sei direito quando. Mas só pode ter sido nos últimos anos de colégio. Você tinha verdadeiro fascínio por aquilo que a mídia chamava de "guerra ao terror". Vivia falando desses lugares sinistros, fora do país, para onde levavam os prisioneiros para fazê-los falar. Não eram campos de prisioneiros comuns, como os de toda guerra. Eram...

– Aquela base era um *black site* – digo em voz alta. – Uma prisão secreta da CIA.

Andy Reeves volta a olhar para a frente.

– Tínhamos prisões secretas em países como Afeganistão, Lituânia, Tailândia, lugares com nomes codificados, coisas como Salt Pit, Bright Light, Quartz... Um deles ficava numa ilha no meio do Índico, outro numa antiga escola de equitação, outro numa loja, escondido à vista de todo mundo. Esses lugares eram fundamentais na luta contra o terrorismo. Era neles que os nossos militares mantinham os detentos de alta importância estratégica, onde os submetiam a um interrogatório intenso.

Interrogatório intenso.

– O mais sensato era manter esses lugares fora do país – continua Reeves. – Os detentos eram quase sempre estrangeiros, então... por que trazê-los pra cá? Os aspectos legais são bastante complexos, mas, se você interrogar um inimigo em solo estrangeiro, as leis podem ser, digamos, contornadas. Você pode até ser contra esse tipo de interrogatório, tudo bem. Mas não se iluda: as informações obtidas nesses lugares salvaram muitas vidas. Muita gente gosta de moralizar, dizendo que é contra a tortura. Aí eu pergunto: "Ah, é? Você é contra a tortura? E se, pra salvar a vida de um filho, você tiver a oportunidade de espancar um monstro que já matou milhões de pessoas? Você faz o quê?" Ninguém responde. Ninguém vai dizer que sacrificaria um filho só pra ser coerente com um juízo moral. Então as pessoas acabam saindo pela tangente, recorrendo a algum tipo de argumento racional, tipo: "Tortura não funciona." – Reeves novamente se vira para o lado. Com um semblante grave, pesado, afirma: – A tortura funciona. Essa é a mais terrível verdade.

Sinto um frio na espinha só de pensar que estou dentro de um carro com um sujeito desses, mesmo sabendo que ele está prestes a entregar o ouro. Já vi isso antes. A pessoa tem um segredo cabeludo para contar, uma confissão horrível a fazer, então, quando se vê numa situação em que pode se abrir, fica tão aliviada que começa a falar e não para mais.

– O problema era mais ou menos óbvio. Não fique achando que só havia terroristas fora do país. Também havia diversos grupos bem aqui nos Estados Unidos. Ainda existem. Mais do que você imagina. Os integrantes são quase todos americanos, niilistas patéticos com sonhos de violência e destruição em massa. Mas, quando são presos no país, têm direito a julgamento, advogado, etc. Não contam nada, então fica aquela dúvida: será que vem um grande ataque por aí?

– Então vocês pegavam os caras, botavam dentro de um helicóptero com tecnologia furtiva e levavam pra interrogar na base, é isso?

– Que lugar seria melhor do que aquele?

Não digo nada.

– Os detentos... Eles nunca ficavam muito tempo por lá. Chamávamos a base de Purgatório, porque de lá a gente decidia se mandava os caras pro céu ou pra algum inferno fora do país.

– Com base em quê?

Reeves vira o rosto e me lança um olhar duro. Essa é a única resposta que vai dar, a única de que preciso.

– Agora quero saber do meu irmão.

– Não tenho nada a dizer sobre o seu irmão. Minha história termina aqui.

– Isso é o que você pensa, companheiro. Agora sei que ele e os amigos filmaram a prisão ilegal de um cidadão americano.

– Salvamos vidas com isso – insiste, bravo.

– Não a do meu irmão. Nem a da Diana.

– Não tivemos nada a ver com isso. Eu nem sabia que essa gravação existia.

Tento detectar a mentira no rosto dele, mas Andy Reeves não é nenhum amador. Mesmo assim, tenho a impressão de que ele está dizendo a verdade. É bem possível que não soubesse mesmo do vídeo. Mas como?

Tenho uma última carta na manga, e é com ela que estou contando.

– Se você não sabia da gravação, por que foi atrás da Maura?

– De quem?

Dessa vez é mais fácil identificar a mentira. Faço uma careta de incredulidade.

– Você interrogou a mãe dela. Aliás, desconfio que tenha feito mais que isso. Sei lá. Levou a mulher pro seu *black site*, depois fez alguma coisa pra que ela esquecesse o que rolou por lá. Foi isso, não foi?

– Não sei do que você está falando.

– Mandei uma foto sua pra ela, Andy. E ela confirmou: foi você que a interrogou.

Reeves balança a cabeça.

– Você não está entendendo nada.

– Nosso trato era que você abriria o jogo comigo. Se pensa que vai me fazer de bobo...

– Abra o porta-luvas.

– Quê?

Reeves suspira.

– Faça o que estou mandando, ok?

Tudo se dá numa fração de segundo: viro o rosto para abrir o porta-luvas, e o punho do pianista (imagino que seja o punho, porque não estou vendo) aterrissa pouco abaixo da minha têmpora esquerda. O impacto joga minha cabeça para a direita, fazendo chacoalhar os dentes. O rosto e o pescoço começam a formigar.

Reeves estica o braço na direção do porta-luvas.

Minha cabeça ainda está nebulosa, mas um pensamento consegue vir à tona.

Ele tem uma arma no porta-luvas. É isso que está tentando pegar.

Percebo um volume metálico passando à minha frente. Não vejo direito o que é e nem preciso. Estou lúcido o bastante para agarrar o antebraço do pianista. Agora estou com as duas mãos ocupadas, mas Reeves ainda tem uma livre, e é com ela que começa a esmurrar minhas costelas com golpes curtos e rápidos.

Aguento firme.

Ele começa a retorcer o punho, tentando se desvencilhar ou talvez... sim, talvez sua intenção seja virar o cano da arma na minha direção. Escorrego uma das mãos o bastante para cobrir os dedos dele antes que o indicador alcance o gatilho. Sem um dedo para atirar, não há nada que ele possa fazer.

Essa é a minha maior preocupação agora: evitar que ele atire.

Reeves volta a retorcer o punho. Por um segundo sinto o metal frio tocar o alto da minha mão. Mas apenas por um segundo. Só agora vejo que não se trata de uma arma. É algo mais comprido, tipo um bastão. Ao mesmo tempo que ouço o zumbido da descarga elétrica, sinto uma dor que me faz crispar o rosto inteiro, dessas que a gente não quer sentir outra vez.

A voltagem viaja pelo meu braço, inutilizando-o.

Reeves agora não tem a menor dificuldade para fugir das minhas garras paralisadas. Abre um sorrisinho de vitória, depois golpeia meu torso com o tal bastão, parente próximo de uma pistola Taser de eletrochoque.

Começo a ter convulsões.

E perco o controle dos músculos assim que recebo um segundo golpe.

Reeves leva a mão ao banco traseiro do carro e pega um segundo objeto que não sei bem o que é. Um macaco de trocar pneu, talvez. Ou um taco de beisebol. Não sei. Nunca vou saber.

Sei apenas que é com esse objeto que ele acerta minha cabeça duas vezes. Depois disso, nada.

capítulo 26

Aos POUCOS VOU RECUPERANDO os sentidos, só que da maneira mais estranha.

Sabe aqueles sonhos em que a gente não consegue se mexer direito? Tentamos fugir do perigo, mas é como se estivéssemos com neve até a cintura? Pois é isso que sinto quando desperto do apagão. Quero mover o corpo, correr, fugir, mas estou preso, como se tivesse um molde de chumbo nas pernas e nos braços.

Assim que abro os olhos, constato que estou deitado de costas, virado para os canos e as vigas do teto. O teto de um porão. Procuro manter a calma, evitar os movimentos bruscos.

Tento virar a cabeça para enxergar melhor o meu entorno.

Não consigo.

Aliás, não consigo mexê-la um centímetro sequer. É como se um torno mecânico estivesse espremendo o crânio. Redobro o esforço para ver o que acontece. Nada. Tento me levantar. Mas estou amarrado ao que parece ser uma mesa, braços e pernas imobilizados por alças de couro. Não consigo mover nada.

Estou completamente vulnerável.

De repente ouço a voz sussurrante de Reeves:

– Você vai ter que me contar onde está aquela fita, Nap.

Sei perfeitamente que não vou resolver nada na base da conversa. Então grito por ajuda. O mais alto possível, e sem nenhum preâmbulo. Continuo berrando até ser amordaçado pelo pianista.

– Está perdendo seu tempo – avisa ele.

Reeves está fazendo alguma coisa por perto, cantarolando enquanto trabalha, mas não consigo ver o que é. Ouço uma torneira ser aberta. Parece que ele está enchendo um balde. A torneira é fechada.

– Sabe por que a Marinha parou de usar as simulações de afogamento no treinamento dos fuzileiros?

Não, não sei. Mesmo se soubesse, não teria como responder. Estou amordaçado.

É o próprio Reeves que responde:

– Porque os fuzileiros desistiam tão rápido que chegava a ser vergonhoso, ruim para o moral do grupo. Os recrutas da CIA aguentavam uma média de catorze segundos antes de implorarem ao instrutor pra parar.

Ele se aproxima da mesa. Vejo que está sorrindo, divertindo-se com a coisa toda.

– Também fazíamos um jogo psicológico com os detentos: vendávamos os olhos na chegada, botávamos guardas armados pra escoltá-los. Às vezes oferecíamos alguma esperança, só pra tirar depois. Outras vezes deixávamos bem claro que não havia como sair dali. Tínhamos uma tática específica pra cada um. Só que hoje não estou com tempo pra esse teatro, Nap. Sinto muito pela Diana, sinto mesmo, mas aquilo não foi culpa minha. Então... bola pra frente. Você já está amarrado nesta mesa. Sabe que a coisa vai ficar feia.

Reeves vai até os meus pés. Tento segui-lo com os olhos, mas não consigo. Faço o que posso para não entrar em pânico. Ouço os ruídos de uma manivela, percebo que a mesa começa a se inclinar. Seria ótimo se eu escorregasse para o chão, mesmo que caísse de cabeça, mas estou de tal modo preso que a gravidade não tem o menor efeito sobre o meu corpo.

– Com a cabeça mais baixa que os pés – explica Reeves –, a garganta se abre e facilita as coisas quando as narinas receberem a água. Você deve estar imaginando que vai ser horrível. Pois vai ser muito pior. – Ele reaparece no meu campo de visão e retira a mordaça. – Então, vai me dizer onde está a fita?

– Posso levar você até ela.

– Não vai dar.

– Você não tem como pegá-la sozinho.

– Mentira. Já ouvi isso antes, detetive Dumas. Aposto que agora você vai inventar alguma história. Provavelmente vai inventar outras assim que os trabalhos começarem. Por isso os críticos dizem que a tortura não funciona. A pessoa entra em desespero, fala o que for preciso pra se safar. Comigo isso não cola. Conheço todos os truques. Cedo ou tarde você vai se dobrar. Cedo ou tarde vai contar a verdade.

Pode até ser, mas de uma coisa eu tenho certeza: assim que tiver a fita em mãos, o cara vai me matar. Do mesmo modo que matou os outros. Portanto, aconteça o que acontecer, não posso entregar os pontos.

Como se estivesse lendo meus pensamentos, ele diz:

– Você vai falar, mesmo sabendo que pode morrer depois. Certa vez um soldado americano, um dos que interrogavam prisioneiros na Insurreição Filipina, descreveu assim o processo pelo qual você passará daqui a pouco: "O sofrimento tem que ser como o de uma pessoa que está se afogando, mas que não se afoga nunca." – Reeves ergue a toalha para que eu veja. – Está pronto? – indaga, e a deixa cair sobre meu rosto, cegando-me.

Ele não pressiona a toalha, simplesmente a deixa ali, mas já começo a sufocar. Novamente tento mexer a cabeça, novamente não consigo. Estou arfando.

"Calma", digo a mim mesmo.

E é isso que tento fazer: me acalmar. Procuro controlar a respiração e me preparar para o que está por vir. Sei que daqui a pouco vou precisar reter o ar nos pulmões.

Passam-se alguns segundos. Nada acontece.

Por mais que eu me esforce, minha respiração continua acelerada, irregular. Aguço a audição na esperança de captar alguma coisa, qualquer coisa, mas Andy Reeves está imóvel, totalmente silencioso.

Passam-se mais alguns segundos. Trinta? Quarenta?

Começo a pensar que tudo não passa de um blefe. Talvez ele esteja apenas fazendo um joguinho psicológico, tentando me deixar...

É nesse instante que ele começa a virar o balde sobre a toalha, e num átimo a água começa a vazar através do pano.

Travo a boca, fecho os olhos, prendo a respiração.

Reeves despeja mais água: primeiro um fiapo, depois uma torrente.

Minhas narinas vão inundando. Enrijeço os músculos, mantenho a boca fechada.

Mais água. Tento erguer a cabeça para escapar da tormenta, mas não consigo. As narinas já estão completamente cheias. Começo a me apavorar. Sei que não vou conseguir prender a respiração por muito mais tempo. Preciso esvaziar as narinas. Não posso abrir a boca. Então só há uma coisa a fazer: expirar com força pelo nariz, apesar do peso da toalha. É o que faço. E isso me alivia por alguns segundos. Tento continuar expelindo ar, esvaziando os pulmões para afastar a água, mas o fluxo não cessa. É muita água.

E o problema é este: não dá para continuar expirando para sempre.

Quando não aguentamos mais, quando os pulmões já estão vazios (essa é a parte ruim), cedo ou tarde precisamos inspirar.

É neste ponto que me encontro agora.

A partir do momento em que eu parar de exalar, a água vai começar a entrar de novo, enchendo as narinas e a boca. Não há nada que eu possa fazer. Meu fôlego já está no fim, a agonia sobrepuja todo o resto. Continuar exalando está me matando; apesar disso, sei o que me espera. Preciso inspirar, preciso encher os pulmões, mas não tem ar. Apenas água. Muita água. As comportas finalmente se abrem, e a água desce livremente pelas narinas e pela boca. Impossível detê-la. Ao inspirar, sugo toda a água traqueia abaixo.

Nenhuma gota de ar.

Meu corpo começa a sacolejar com os espasmos. Tento me debater, tento chutar, tento bater a cabeça, mas estou preso à mesa. Não há como fugir da água. Não há alívio possível. E a coisa só faz piorar.

A gente não apenas quer que ela pare. A gente *precisa* que ela pare.

Ela *tem que* parar.

É mais ou menos como se eu estivesse preso debaixo d'água, só que pior. Não consigo me mexer. Estou imobilizado por um molde de concreto. Estou me afogando, Leo. Me afogando e sufocando. Não há mais espaço para pensamentos racionais. É como se agora houvesse um buraco na minha cabeça, um talho permanente através do qual a lucidez se esvai aos poucos, e de modo irreversível.

Cada célula do meu corpo implora por oxigênio, nem que seja por um mísero segundo. Mas não há oxigênio nenhum. Estou engasgando, engolindo ainda mais água. Tento me controlar, mas os reflexos inconscientes me fazem expirar e inspirar. A água inunda minha garganta, inunda a traqueia.

"Por favor, Senhor, me deixe respirar..."

Estou morrendo. Sei disso agora. Uma parte mais primitiva do meu ser já entregou os pontos, já desistiu de lutar, preferindo uma morte rápida a essa agonia toda. Mas a morte rápida não vem. Continuo me debatendo. Convulsionando. Sofrendo.

Alucinando.

E, nesta alucinação, uma voz grita: "Pare, fique longe dele!" Se eu não estivesse tão ocupado com a busca de oxigênio, com a tentativa de escapar desse inferno, eu diria que é a voz de uma mulher. Chego a sentir os olhos se revirando quando ouço a explosão em algum lugar nas profundezas do cérebro.

Depois vejo a luz.

Estou morrendo, Leo, morrendo e alucinando, e a última coisa que vejo é o rosto mais lindo que alguém poderia imaginar.

O rosto de Maura.

capítulo 27

Alguém solta as amarras que me prendem à mesa, depois rola meu corpo para o lado.

Sorvo todo o ar à minha volta, aturdido demais para fazer qualquer outra coisa, cuidando para não engasgar enquanto encho os pulmões. Água escorre das narinas e da boca, caindo no chão e diluindo o sangue que jorra da cabeça de Andy Reeves. Nada disso me interessa. Por enquanto só quero saber de respirar.

Não demoro muito para recuperar as forças. Erguendo a cabeça, vejo a pessoa que me salvou, mas talvez eu já esteja morto ou então meu cérebro ficou muito tempo sem oxigênio. Talvez ainda esteja alucinando sob a pressão de uma toalha molhada, porque a visão, ou melhor, a miragem, continua lá.

É Maura.

– Temos que sair daqui – diz ela.

Mal posso acreditar no que estou vendo.

– Maura? Eu...

– Agora não, Nap.

Ela me chamou pelo nome...

Tento organizar as ideias, pensar no que fazer em seguida, mas toda a lógica que diz "Fique onde está" já desceu pelo ralo.

– Acha que consegue andar?

Assinto, e nos primeiros passos já consigo raciocinar melhor. "Uma coisa de cada vez", digo a mim mesmo. "Mas antes de tudo, saia daqui."

Descemos para o primeiro piso, e só então me dou conta de que estamos numa espécie de galpão abandonado. Fico surpreso com o silêncio, mas talvez... que horas seriam? Encontrei Reeves à meia-noite, então já deve ser madrugada, talvez já esteja amanhecendo.

– Vem comigo – ordena Maura.

Vejo que ainda está escuro quando saímos do galpão. Percebo que minha respiração está estranha, mais acelerada que o normal, como se eu temesse perder novamente a capacidade de usufruir dela. Avisto o Mustang amarelo de Andy Reeves, mas é para outro carro que Maura (ainda custo a crer que é ela) está me levando. Com a mão esquerda ela aciona o controle remoto e com a direita segura uma arma.

Maura senta ao volante, espera que eu me acomode no banco do carona e engata a ré para sair da vaga. Em dois minutos já estamos seguindo na direção norte pela Garden State Parkway. Olho para o perfil dela, tenho a impressão de que nunca vi nada mais bonito.

– Maura...?

– Depois, Nap.

– Quem foi que matou meu irmão?

– Pode ter sido eu.

capítulo 28

CHEGANDO A WESTBRIDGE, MAURA para o carro no estacionamento da Benjamin Franklin Middle School.

– Me dê seu celular – pede ela.

Fico surpreso ao ver que ele ainda está no meu bolso. Desbloqueio o aparelho, entrego a ela e fico vendo a dança dos dedos dela sobre o monitor.

– O que você está fazendo?

– Você é policial. Sabe que estes telefones podem ser rastreados, não sabe?

– Sei.

– Estou baixando uma espécie de VPN para dificultar o rastreamento. Vão pensar que você está em outro estado.

Eu não sabia da existência desse tipo de recurso, mas não fico nem um pouco surpreso. Terminado o download, Maura devolve o celular e salta do carro. Saio também e pergunto:

– Por que você veio pra cá?

– Queria ver de novo.

– Ver o quê?

Ela sai andando na direção da Trilha e eu a sigo. Faço o possível para não olhar, mas, não me contendo, admiro mais uma vez seu jeito felino de caminhar, o mesmo de anos atrás. No meio da escuridão, ela se vira para trás.

– Puxa, como eu senti a sua falta...

Então continua andando. Assim, sem mais nem menos.

Não digo nada. Não consigo dizer nada. É como se ela tivesse aberto um rasgo em todas as partes do meu corpo.

Aperto o passo para alcançá-la.

A lua cheia é suficiente para iluminar o caminho. Sombras vão riscando nosso rosto à medida que avançamos na Trilha tantas vezes percorrida. Não falamos nada, não só porque a escuridão pede silêncio, mas sobretudo porque... bem, esse era o nosso refúgio. Era de se esperar que os fantasmas do passado voltassem para me assombrar na noite de hoje, com Maura bem ali do meu lado. Era de se esperar que eles me cutucassem no ombro ou ficassem me espreitando de longe, rindo entre as árvores e as pedras.

Mas não.

Nada me assombra hoje. Nada sussurra às minhas costas. Os fantasmas, por incrível que pareça, permanecem escondidos.

– Você sabe da fita – diz Maura, num misto de pergunta e afirmativa.

– Há quanto tempo você vem me seguindo?

– Dois dias.

– Sim, eu sei da fita – respondo, afinal. – Você também sabia?

– Eu estava lá no dia, Nap.

– Não foi isso que eu perguntei. Você sabia que a fita estava com Hank? Ou que ele tinha entregado pro David Rainiv guardar?

Ela balança a cabeça. A velha cerca de arame farpado surge à nossa frente. Maura abandona a Trilha, desce pelo barranco da direita e para junto de uma árvore. Desço ao encontro dela. Agora estamos ainda mais próximos da antiga base.

Maura para e olha para o alambrado. Paro e olho para o rosto dela.

– Fiquei esperando aqui naquela noite. Atrás desta árvore – diz ela. – Sentei no chão e fiquei vigiando a cerca. Estava com um baseado que seu irmão tinha me dado. E com aquela garrafinha de bolso que você me deu de presente. Lembra?

Talvez não sejam os fantasmas, mas algo acerta em cheio meu coração.

Comprei essa garrafinha num bazar na garagem dos Siegel. Já estava bem velhinha e meio amassada. Sobre o cinza-chumbo do metal, uma inscrição dizia: "A Ma Vie de Coer Entier", francês do século XV para "Meu coração é teu por toda a vida". Lembro que perguntei ao Sr. Siegel onde ele havia comprado aquilo. Ele já havia esquecido, chegou a telefonar para falar com a mulher, mas ela também não sabia dizer, sequer lembrava da existência da tal garrafa. Para mim ela tinha algo de mágico. Por mais bobo que fosse, fiquei achando que se tratava de uma espécie de lâmpada de Aladdin que cabia a mim encontrar. Então paguei três dólares por ela e dei para Maura, que adorou a surpresa: "Um presente ao mesmo tempo romântico e etílico?" "Pois é", respondi, "sou ou não sou o namorado perfeito?" Ela disse que sim, depois me puxou para um longo beijo apaixonado.

– Lembro, sim – respondo. – Quer dizer então que você sentou atrás desta árvore com um baseado e uma garrafa. Quem mais estava com você?

– Ninguém.

– E o pessoal do Clube da Conspiração?

– Você sabia da existência do clube?

– Vagamente.

Maura olha para a base.

– Não era pra gente se encontrar naquela noite. Mas depois que vimos o helicóptero e gravamos o filme... acho que isso apavorou os caras. Antes disso, tudo não passava de uma brincadeira. Aquela noite deu um caráter mais concreto à coisa. De qualquer modo, eu não era um "membro" como os outros. – Ela desenha as aspas no ar. – Meu único amigo ali era o Leo. Ele tinha planos com Diana naquela noite. Então desci pra cá e me recostei na árvore com meu baseado e meu Jack Daniels na garrafa.

Maura senta no chão do mesmo modo, suponho, que fez naquela noite. Abre um pequeno sorriso.

– Fiquei pensando em você. Queria ter ido ver você jogar. Antes de te conhecer, eu odiava esse papo de esporte e atletas. Mas adorava ver você patinando no gelo.

Não sei o que dizer, então fico calado.

– De qualquer modo, eu só podia ir aos jogos em Westbridge, e naquela noite vocês estavam jogando fora de casa. Em Summit, eu acho.

– Parsippany Hills.

Ela ri.

– Claro que você ia lembrar. Seja como for, tanto fazia, porque a gente ia se encontrar dali a algumas horas. Eu só estava adiantando os trabalhos da nossa noite aqui no bosque. Hoje em dia a garotada chama isso de "esquenta". Comecei a beber, lembro que estava um pouco triste.

– Triste por quê?

– Não importa – diz ela.

– Quero saber.

– Porque aquilo estava com os dias contados.

– O quê?

Ela ergue os olhos para me encarar.

– Eu e você.

– Espere aí. Você já sabia de tudo que ia acontecer depois?

– Claro que não, Nap. Estou vendo que você ainda pode ser tão lento quanto antes. Eu não fazia a menor ideia do que ia acontecer.

– Então...

– Quis dizer que eu sabia que nosso namoro não tinha futuro. Assim que a gente se formasse... podia até ser que chegássemos ao verão seguinte, mas...

– Eu te amava de verdade – digo num rompante, e Maura se assusta por um segundo, não mais que isso.

– Eu também te amava, Nap. Mas sabia que você iria pra uma dessas universidades ricas, depois teria uma vida na qual não haveria lugar pra mim, nem pra... Meu Deus, quantos clichês... – Ela se cala de repente e fecha os olhos. – Não vejo motivo pra revisitarmos esse passado agora.

Concordo. Então procuro trazê-la de volta ao assunto.

– Você estava sentada aqui, fumando e bebendo...

– Pois é. Já estava meio tonta. Não muito. Alegrinha, só isso. Olhando pra base no mais absoluto silêncio. Quando de repente escuto um barulho.

– Que tipo de barulho?

– Não sei direito. Homens discutindo. Um motor ligando. Então levantei e fiquei me perguntando que diabos podia ser aquilo. – Ela fica de pé agora também, deslizando as costas contra o tronco da árvore. – Resolvi que ia tirar aquela história a limpo de uma vez por todas. Dar uma de heroína em nome do clube e da nossa causa. Caminhei até a cerca e...

Maura sai andando na direção do alambrado, e eu a sigo.

– O que você viu? – pergunto.

– Havia mais um monte de placas de advertência. Um milhão delas, em torno da base. Eram de um vermelho-vivo, lembra?

– Lembro.

– Tipo "Esta é sua última chance: suma daqui ou morra". A gente morria de medo de ultrapassar essas placas, porque ficavam muito perto da cerca. Mas naquela noite eu nem pensei duas vezes. Pelo contrário, comecei a correr.

Agora estamos ambos de volta àquela noite, quase paro no lugar onde ficavam as tais placas vermelhas. Atravessamos a barreira invisível e vamos direto para a cerca enferrujada. Maura aponta para o alto de um dos esteios.

– Ali tinha uma câmera de segurança. Eu me lembro de ter pensado que alguém podia estar me vendo. Mas tinha bebido e fumado, não estava nem aí pra nada. Continuei correndo e...

Ela para de repente e leva a mão ao pescoço.

– Maura?

– Eu estava exatamente aqui quando as luzes acenderam.

– Luzes?

– Holofotes. Enormes. Tão fortes que precisei proteger os olhos com a mão. – Ela faz isso agora: cobre os olhos para protegê-los de uma luz imaginária. – Eu não conseguia enxergar nada. Fiquei meio paralisada, ofuscada pelos holofotes, sem saber o que fazer. Depois ouvi os primeiros tiros.

Maura baixa a mão.

– Atiraram em você?

– Sim. Eu acho.

– Como assim, acha?

– Quer dizer... Fui eu que provoquei a coisa toda, não foi? – A voz de Maura pula para a oitava superior, carregada de medo e remorso. – Corri pra esta cerca feito uma idiota. Ignorei as placas de advertência. Devo ter tropeçado em algum fio ou então eles me viram, depois cumpriram com as ameaças das placas. Então, sim, acho que estavam atirando em mim.

– Você fez o quê?

– Dei meia-volta e saí correndo. Lembro que ouvi uma bala acertar o tronco de uma árvore, pouco acima da minha cabeça. Consegui sair viva. Esses tiros... Nenhum deles me acertou.

Ela ergue a cabeça e me olha diretamente nos olhos.

– Leo – digo.

– Continuei correndo, e eles continuaram atirando. Depois...

– Depois o quê?

– Ouvi uma mulher gritar. Eu estava correndo o mais rápido que podia, desviando das árvores, tentando manter o tronco baixo pra me tornar um alvo menor. Mas aí ouvi esse grito e me virei pra trás. Um grito de mulher. Vi uma pessoa, talvez um homem, apenas uma silhueta contra a luz forte dos holofotes. Mais tiros... Depois ouvi a mulher gritar de novo, só que... só que dessa vez eu reconheci a voz, acho. Ela gritou "Leo!", depois "Leo, socorro!", mas esse "Socorro" foi interrompido.

De repente me dou conta de que estou prendendo a respiração.

– Depois ouvi um homem berrar, mandando que os outros parassem de atirar. Por um tempo foi só silêncio. Um silêncio sepulcral. Então... acho que... sei lá, não lembro direito... mas acho que alguém gritou: "O que você fez?" E outra pessoa: "Tinha mais uma menina, precisamos encontrá-la..." Sei lá, não sei se ouvi isso mesmo ou se estava imaginando coisas, porque corri muito. Corri sem a menor intenção de parar...

Ela me encara como se pedisse ajuda, mas também como se fosse melhor eu não dizer nada.

Fico imóvel. Não consigo me mexer.

– Eles... mataram os dois?

Maura não responde. Então eu digo uma grande besteira:

– E você simplesmente fugiu?

– Quê?

– Quer dizer, até entendo que você tenha corrido naquele momento. Precisava fugir do perigo. Só que, depois que estava em segurança, por que não chamou a polícia?

– E falar o quê?

– Que tal "Oi, vi duas pessoas serem assassinadas"?

Maura desvia o olhar.

– De repente era isso mesmo que eu devia ter feito.

– Isso não é resposta.

– Eu estava chapada, morrendo de medo... Então pirei, entende? Não é como se eu tivesse visto os dois caídos no chão, mortos. Não vi nem ouvi o Leo, só a Diana. Entrei em pânico. Você entende isso, não entende? Fiquei escondida por um tempo.

– Onde?

– Lembra aquela gruta de pedra, atrás da piscina pública?

– Lembro.

– Fiquei ali, no escuro. Nem sei por quanto tempo. Dali eu podia ver a Hobart Avenue. Vi um monte de carros pretos passando por ela. Uns carros grandes, indo devagarzinho. Pode até ser paranoia minha, mas pensei que estivessem me procurando. Lá pelas tantas resolvi ir pra sua casa.

Isso é novidade para mim. Mais uma entre as outras da noite de hoje.

– Você foi pra minha casa?

– Fui, mas, quando cheguei à sua rua, vi mais um dos tais carros pretos parado na esquina. Já passava da meia-noite. Dois homens de terno vigiavam sua casa. Então raciocinei: estão antecipando meus passos. – Ela se aproxima de mim. – Se eu fosse chamar a polícia, ia falar o quê? Que achava que os caras da base militar tinham matado duas pessoas? Eu não tinha nenhuma prova pra apresentar, nada. Mas teria que informar meu nome. Eles perguntariam o que eu estava fazendo perto da base. Eu até poderia mentir e contar que estava ali fumando um baseado, bebendo meu uísque. Só que quando enfim eles resolvessem me dar ouvidos, o mais provável era que os caras da base já tivessem limpado a sujeira que fizeram. Não é muito difícil de entender, é?

– Então você fugiu de novo – concluo.

– Sim.

– Pra casa da Ellie.

– Isso. A certa altura falei pra mim mesma: "Espere um dia ou dois só pra ver o que acontece." De repente esqueceriam de mim. Claro que não esqueceram. Eu estava escondida atrás de uma pedra quando interrogaram minha mãe. Depois, deu no noticiário que tinham encontrado os corpos do Leo e da Diana... Aí não tinha mais dúvida. Segundo o noticiário, eles tinham sido atropelados por um trem do outro lado da cidade. Ninguém disse nada sobre a possibilidade de terem sido mortos a tiros. E aí? O que eu podia fazer? As provas tinham sido eliminadas. Quem acreditaria em mim?

– Eu teria acreditado. Por que você não me procurou?

– Ah, Nap, fala sério.

– Você podia ter me contado, Maura.

– E você teria feito o quê? – Ela me fuzila com o olhar. – Você era um garotão de dezoito anos com o pavio curto, Nap. Se ficasse sabendo de alguma coisa, ia morrer também.

Ficamos calados um instante, digerindo a verdade dos fatos. Maura estremece de repente, então diz:

– Vem, vamos sair daqui.

capítulo 29

QUANDO VOLTAMOS PARA O carro, falo:

– Deixei meu carro lá na boate.

– Já avisei – diz Maura.

– Avisou o que pra quem?

– Liguei pra boate, informei a marca e a placa do carro, falei que tinha bebido demais e que voltaria amanhã pra buscá-lo. Mas você não pode ir pra casa, Nap.

Ela tinha pensado em tudo. De qualquer modo, minha intenção não era exatamente ir para casa. Assim que ela dá partida no carro, pergunto:

– Então vamos pra onde?

– Tenho um lugar seguro.

– Quer dizer então que, desde aquela noite, você está... – Eu me atrapalho com as palavras. – Desde aquela noite você está em fuga?

– Sim.

– Por que resolveu aparecer agora? Depois de quinze anos, por que alguém está tentando matar o resto do Clube da Conspiração?

– Não sei.

– Você estava com o Rex quando ele foi morto, não estava?

– Estava. Fui ficando mais relapsa nesses últimos três, quatro anos. Afinal, por que eles continuariam no meu pé? Não havia prova de crime nenhum. A base já tinha sido fechada havia muito tempo. Ninguém acreditaria em nada que eu pudesse dizer. Eu andava meio dura, tentando encontrar um jeito de... um jeito seguro de investigar o que estava acontecendo. Bem, corri um risco, mas era como se Rex quisesse, tanto quanto eu, manter o passado trancado a sete chaves. Ele andava precisando de ajuda no seu negócio paralelo.

– Nas armadilhas que ele montava pra incriminar maridos alcoolizados.

– Ele tinha uma descrição mais amena, mas, sim, era isso.

Saímos da Eisenhower Parkway na altura do Jim Johnston's Steak House.

– Vi as imagens de uma câmera de segurança, feitas na noite em que mataram Rex.

– O assassino era profissional.

– Mesmo assim, você escapou – digo.

– Pode ser.

– Como assim?

– Quando vi o que fizeram com Rex, pensei: pronto, encontraram a gente, estou morta. Sabe como é... Eu estava lá naquela noite. Pensei que fosse o alvo real. Mas talvez eles conhecessem todos os membros do Clube da Conspiração. O que não era nenhum absurdo. Então, assim que mataram o Rex, tive que agir rápido, porque o cara já estava apontando a arma pra mim. Pulei pro banco do motorista, dei partida no carro e me mandei dali a mil por hora...

– Mas...?

– Mas, como eu disse antes, o cara era um profissional. Então me pergunto: por que ele não me matou também?

– Acha que ele poupou você?

– Não sei.

Paramos no estacionamento dos fundos de um motel em East Orange. Trata-se de um velho truque, ela explica. Se a polícia ou quem quer que seja encontrar aquele carro ali e iniciar uma busca, ninguém vai conseguir localizá-la. Porque ela não está hospedada no motel. Está num quarto alugado mais adiante na mesma rua, e o carro é roubado. Se perceber que está correndo perigo, ela deixa o carro para trás e rouba outro.

– Venho trocando de endereço a cada dois dias.

Seguimos para o tal quarto alugado e sentamos na cama para conversar.

– Quero te contar todo o resto da história – diz Maura.

Fico olhando para ela enquanto ouço, mas não tenho nenhuma sensação de déjà-vu. Não sou mais o adolescente que fazia amor com ela no bosque. Procuro não me perder nos olhos dela, porque tudo está contido neles: a história em si, as conjecturas, as evasivas. Nos olhos de Maura eu vejo você, Leo. Vejo a vida que tive um dia, a vida da qual sempre morri de saudades.

Maura relata por onde andou desde a noite em que você morreu. Não é fácil ouvir o que tem sido a vida dela, mas ouço sem interrompê-la. Nem sei mais o que estou sentindo. Tenho a impressão de que sou um nervo exposto. Já são três da madrugada quando ela termina.

– Precisamos descansar um pouco – diz ela.

Faço que sim com a cabeça. Maura vai para o banheiro, toma uma chuveirada e volta dali a pouco vestindo um roupão, os cabelos envoltos numa toalha. O luar incide sobre ela de modo perfeito, acho que nunca vi nada mais belo. Sigo para o banheiro, tomo uma chuveirada também. Enrolo a toalha na cintura e volto para o quarto. A lâmpada do teto está apagada, mas o abajur da mesinha lateral continua aceso, emanando sua pouca luz. Maura já soltou os cabelos, mas ainda está de roupão. Ela olha para mim. Não há mais espaço para encenações. Ambos sabemos o que está por vir, mas preferimos não dizer nada. Tomo Maura nos braços e a beijo com vontade. Maura corresponde: sua língua penetra na minha boca e ela puxa minha toalha enquanto tento despi-la do roupão.

Acho que nunca vivi nada igual. Essa fome, essa avidez, esse remédio para a alma. Um sexo ao mesmo tempo selvagem e carinhoso. Ora delicado, ora violento. Ora uma dança, ora uma luta. Intenso, feroz, mas quase insuportavelmente terno.

Ao fim, desabamos na cama, exaustos e ofegantes, achando que nunca mais seremos os mesmos depois de tudo que aconteceu, o que talvez seja verdade. Dali a pouco Maura deita a cabeça no meu peito, pousa a mão no meu abdômen. Ninguém diz nada. Simplesmente ficamos olhando para o teto enquanto adormecemos.

Meu último pensamento antes de apagar por completo é bastante primitivo: "Não me abandone outra vez. Nunca mais."

capítulo 30

Estamos fazendo amor novamente quando amanhece.

Maura está por cima, olhando para mim, eu olhando para ela. Dessa vez a coisa é mais tranquila, mais confortável, mais vulnerável. Um sexo de almas mais do que de corpos. Mais tarde, quando já estamos estirados na cama outra vez, encarando o teto calados, recebo uma mensagem no celular. Um texto curto de Loren Muse:

Não esquece. 9h em ponto.

Mostro para Maura.

– Minha chefe.

– Pode ser uma armadilha.

– Acho que não. Ela marcou essa reunião antes do meu encontro com Reeves.

Ainda estou deitado de costas quando Maura vira de lado e apoia o queixo no meu peito.

– Acha que já encontraram Reeves?

Eu também já me perguntei isso. Posso muito bem imaginar o que vai acontecer, se é que ainda não aconteceu: alguém encontra o Mustang abandonado e avisa a polícia imediatamente. Ou então resolve dar uma vasculhada no recinto primeiro e encontra o corpo do pianista. Fico me perguntando se Reeves estava com algum documento. Provavelmente sim. Mesmo que não estivesse, acabariam descobrindo a identidade dele quando pesquisassem a placa do Mustang. Investigando a agenda dele, descobririam que ontem ele estava se apresentando na Hunk-A-Hunk-A. Uma boate dessas deve ter câmeras de segurança no estacionamento. Certamente fui filmado por uma delas. Eu e meu carro. As imagens vão mostrar quando entrei com Reeves no Mustang dele.

Terei sido a última pessoa a ver o homem vivo.

– Podemos passar de carro por lá – sugiro. – Só pra ver se a polícia já está no local.

Maura se afasta e levanta da cama. Começo a fazer o mesmo quando, cedendo a um impulso, paro onde estou para admirá-la um instante, boquiaberto, pasmo com tanta beleza.

– Essa reunião com sua chefe, do que se trata? – pergunta ela.

– Prefiro não especular. Mas boa coisa não deve ser.

– Então não vá – diz Maura.

– O que você sugere?

– Fuja comigo.

Essa talvez seja a melhor sugestão de todos os tempos, mas não pretendo fugir com ninguém. Pelo menos não agora.

– Precisamos tirar essa história a limpo.

A título de resposta, Maura começa a se vestir. Faço o mesmo, e dali a pouco já estamos na rua outra vez, indo para o motel vizinho. Entrando no estacionamento, olhamos à nossa volta para ver se não estamos sendo observados. Parece que não. Então decidimos correr o risco: entramos no carro que tínhamos deixado ali e vamos para a Route 280.

– Você lembra o caminho? – pergunto.

– Lembro. O galpão ficava em Irvington, não muito longe daquele cemitério perto da Parkway.

Maura segue pela 280 até a Garden State Parkway e toma a primeira saída para a South Orange Avenue. Passamos por um decrépito centro comercial, depois entramos numa área industrial que, como muitas partes de Nova Jersey, já viu dias melhores. Indústrias vão embora, fábricas fecham as portas. Assim é a vida. De modo geral o progresso vem e constrói algo novo. Mas às vezes, como acontece neste lugar, galpões e fábricas simplesmente são abandonados para apodrecer e se desintegrar em ruínas de aspecto triste que apontam para as glórias do passado.

Não há ninguém nas calçadas, nenhum carro nas ruas, nada. Parece que estamos no cenário de um filme distópico depois do bombardeio. Nem sequer reduzimos a velocidade quando passamos pelo Mustang amarelo.

Ninguém esteve aqui ainda. Estamos seguros. Por enquanto.

Maura retorna para a autoestrada.

– Onde é a reunião? – pergunta.

– Newark. Antes preciso tomar banho e trocar de roupa.

Ela abre um sorriso malicioso.

– Pra mim você está ótimo.

– Estou saciado, é diferente.

– Tudo bem.

– A reunião vai ser séria. – Aponto para minha própria boca. – Então preciso dar um jeito de tirar esse sorrisinho do rosto.

– Você pode até tentar...

Ambos rimos como dois pombinhos apaixonados e idiotas. Maura coloca a mão sobre a minha e a deixa ali.

– Então, pra onde vamos?

– Para a Hunk-A-Hunk-A pegar meu carro. De lá eu vou pra casa.

– Ok.

Por alguns minutos não fazemos mais do que saborear o silêncio. De repente, Maura fala suavemente:

– Você nem imagina quantas vezes peguei o telefone pra te ligar.

– Por que não ligou?

– Isso levaria a quê? Um ano depois, cinco, dez... Se eu tivesse ligado pra contar a verdade, Nap, onde você estaria agora?

– Não sei.

– Eu também não. Então ficava lá, com o telefone na mão, mais uma vez imaginando como seriam as coisas se eu ligasse. O que você poderia fazer? Onde você estaria naquele momento? Eu não queria te colocar em risco. Além do mais, se eu voltasse pra casa e contasse a verdade, quem acreditaria em mim? Ninguém. E se alguém acreditasse, se a polícia me levasse a sério, os caras da base militar iam acabar fazendo alguma coisa pra me silenciar. Iam ou não iam? Depois comecei a ver a coisa pelo seguinte ângulo: naquela noite eu estava sozinha no bosque. Fugi e fiquei escondida durante anos. Nada impedia que os caras da base me acusassem pela morte do Leo e da Diana. Não seria tão absurdo assim, certo?

Por alguns segundos fico admirando o perfil dela.

– O que você *não* está me contando? – pergunto.

Com um excesso de cautela, ela dá seta para a direita, volta a mão para o volante e fixa o olhar na autoestrada.

– É difícil explicar.

– Tente.

– Fiquei tempo demais nessa vida de fugitiva. Sempre pulando de um lugar pro outro, sempre com a pulga atrás da orelha, sempre me escondendo. Praticamente por toda a minha vida adulta. É a única vida que conheço. Essa adrenalina constante. Fiquei tão habituada a ela que não conseguia relaxar. De certo modo, eu estava bem assim, vivendo sob ameaça, fazendo o que tinha que fazer pra sobreviver. Aí, quando dava uma pisada no freio e via as coisas com mais clareza...

– O quê?

Ela dá de ombros.

– Eu me sentia vazia... Não tinha nada nem ninguém pra chamar de meu. Achava que esse era o meu destino, entende? Que ficaria bem se continuasse fugindo. Doía mais quando eu parava pra pensar no que poderia ter sido. – Ela aperta os dedos no volante. – E você, Nap?

– Eu o quê?

– Como foi sua vida até aqui?

Minha vontade é falar "Teria sido melhor se você tivesse ficado", mas não é isso que digo. Apenas peço que ela me deixe a dois quarteirões de distância para que as câmeras de segurança da boate não a vejam. Claro, ainda resta a possibilidade de que outras câmeras da região registrem nossa presença, mas a esta altura o jogo já terá terminado, seja lá como for.

Antes de eu saltar, Maura novamente mostra o aplicativo que devo usar para entrar em contato com ela. Em princípio não dá para rastrear o usuário, e as mensagens são permanentemente apagadas cinco minutos depois de recebidas. Ela termina a explicação e entrega o telefone. Já estou com a mão na maçaneta da porta quando me ocorre pedir a ela que prometa uma coisa: não fugir outra vez, não fugir nunca mais, não importa o que aconteça. Mas esse não sou eu. Em vez disso, me despeço com um beijo. Um beijinho carinhoso e sem nenhuma pressa.

– São tantas emoções diferentes no meu peito... – confessa ela.

– No meu também.

– Quero sentir todas elas. Vou baixar a guarda.

Pois é. Temos essa conexão um com o outro, essa franqueza. Não somos mais crianças. Sei perfeitamente que esse coquetel de tesão, carência, adrenalina e nostalgia pode confundir uma pessoa. Mas não é isso que está acontecendo conosco. Sei disso. Maura também.

– Que bom que você voltou – digo, a obviedade do século.

Maura me puxa para um beijo mais intenso, que irradia para todas as partes do meu corpo. Depois me empurra.

– Vou ficar esperando você perto desse endereço em Newark.

Desço para a calçada, e Maura vai embora. Meu carro continua no mesmo lugar. A Hunk-A-Hunk-A, claro, está fechada. Há mais dois carros no estacionamento; fico me perguntando se também foram deixados ali por motoristas que beberam demais. Preciso colocar Augie a par da volta de Maura e da morte de Reeves.

A caminho de casa, ligo para ele.

– Muse quer me encontrar às nove.

– Pra quê? – pergunta Augie.

– Ela não disse. Antes você precisa saber de umas coisas aí.

– Vai, fala.

– Você pode me encontrar no Mike's um pouco antes das nove?

Mike's é um café nas imediações do gabinete da promotora do condado.

– Tudo bem, te vejo lá – diz Augie, e desliga.

Chegando em casa, desço do carro e ouço uma risada às minhas costas. É Tammy Walsh, minha vizinha.

– Oi, Tammy – cumprimento, acenando para ela.

– Perdeu a hora?

– Muito trabalho, só isso.

Tammy ri como se a verdade estivesse escrita na minha testa.

– Trabalho... Sei.

Rindo também, não me contenho:

– Por quê? Não está acreditando?

– Nem um pouco. Mas fico feliz por você.

Puxa, o que foram essas últimas 24 horas?

Tomo banho e tento trazer a cabeça de volta para o jogo. O quebra-cabeça já está praticamente completo, certo? Só que ainda falta uma peça, Leo. O que será? Ou será que estou pensando demais? A base escondia um segredo terrível: era uma prisão secreta para tortura de terroristas potencialmente perigosos. O governo seria capaz de matar para manter um segredo? A resposta é tão óbvia que a pergunta se torna retórica. Claro que seria. Portanto, algo aconteceu para atiçar a sanha deles naquela noite. Talvez tenham visto Maura correndo na direção da cerca. Talvez tenham visto você e Diana primeiro. Seja como for, entraram em pânico.

Tiros foram disparados.

Você e Diana foram mortos. Assim, o que Reeves e sua gangue podiam fazer? Não iam simplesmente ligar para a polícia e confessar o que haviam feito. Nunca. Porque isso traria a público toda uma operação clandestina e ilegal. Também não podiam dar sumiço nos corpos, porque levantaria perguntas demais. A polícia, sobretudo Augie, não daria trégua. Não, eles precisavam de uma solução à moda antiga. Todo mundo sabia daquela linha de trem e das histórias que circulavam em torno dela. Claro, não posso afirmar nada com certeza, mas imagino que tenham retirado as balas dos corpos para depois deixá-los sobre os trilhos. Com o impacto do trem, o estrago seria grande o suficiente para que os peritos nunca descobrissem nada.

Faz todo o sentido. Agora tenho todas as respostas, não tenho?

Só que...

Só que, quinze anos depois, Rex e Hank são mortos também.

Por quê?

Agora restam apenas mais duas pessoas do Clube da Conspiração: Beth, que ninguém sabe onde está, e Maura.

O que isso pode significar? Não sei, mas talvez Augie tenha alguma ideia.

Mike's Coffee Shop & Pizzeria tem a capacidade de não parecer nem uma coisa nem outra: não é um café, mas também não é uma pizzaria. Fica no coração de Newark, na esquina da Broad com a William, um enorme toldo vermelho na fachada. Augie está numa mesa perto da janela, aparentemente pasmo com um homem que está comendo pizza antes das nove da manhã. A fatia é tão grande que, perto dela, o prato de papel parece um simples guardanapo. Augie está prestes a fazer alguma piadinha a esse respeito quando me vê e diz:

– O que aconteceu?

Não vejo motivo para dourar a pílula.

– Leo e Diana não foram mortos por um trem. Foram mortos a tiro.

Verdade seja dita: dessa vez Augie não recorre às suas velhas fórmulas de negação, coisas como "*O quê?*", "Como você pode afirmar uma coisa dessas?" ou "Nenhuma bala foi encontrada".

– Vai, conta tudo – pede ele.

É o que faço. Primeiro falo sobre Andy Reeves. Percebo que Augie quer me interromper e argumentar que nada disso prova que Reeves e seus homens mataram Leo e Diana, que o pianista me torturou porque ainda queria manter seu *black site* em segredo. Mas ele não me interrompe. Me conhece pelo avesso.

Depois conto que foi Maura quem salvou minha vida. Por enquanto, prefiro omitir que foi ela quem matou Reeves. Tenho total confiança em Augie, mas não vejo por que enredá-lo nessa história, sobretudo quando for levada a juízo. Trocando em miúdos, se eu não contar que Maura matou Reeves, Augie não poderá confirmar nada se um dia for chamado a depor sob juramento.

Prosseguindo com meu relato, vejo que minhas palavras vão acertando meu antigo mentor feito murros. Cogito fazer uma pausa, dar a ele um tempinho para respirar, mas sei que ele não vai querer, que isso só pioraria as coisas. Então deixo a pancadaria rolar.

Conto sobre o grito que Maura ouviu.

Conto sobre os disparos e o silêncio subsequente.

Quando termino, Augie se recosta na cadeira e olha pela janela, piscando para afugentar as lágrimas.

– Então agora sabemos.

Ficamos calados por um tempo, esperando que algo mude por sabermos a verdade. Mas o tal cara continua comendo sua gigantesca fatia de pizza; os carros continuam passando na Broad Street; as pessoas continuam indo para o trabalho. Nada mudou.

Você e Diana continuam mortos.

– E aí, acabou? – pergunta Augie.

– O quê?

Ele espalma as mãos como se dissesse: "Tudo."

– Pra mim, não – respondo.

– Como assim?

– Os responsáveis não podem ficar impunes.

– Pensei que você tivesse dito que ele morreu.

Ele. Augie não menciona o nome de Andy Reeves. Só por garantia.

– Ele não estava sozinho na base naquela noite.

– E você quer pegar todo mundo.

– Você não?

Augie desvia o olhar.

– Alguém puxou o gatilho – insisto. – Provavelmente não o Reeves. Alguém recolheu os corpos e colocou no bagageiro de um carro, de uma caminhonete, sei lá. Alguém jogou o corpo da sua filha numa linha de trem e...

Augie fecha os olhos, em profundo sofrimento.

– Você realmente foi um ótimo mentor, Augie. Por isso não posso ficar de braços cruzados. Você sempre foi um defensor ferrenho da justiça, mais do que qualquer outro que eu conheço. Vivia dizendo que os bandidos tinham que pagar pelo que fizeram. Foi você mesmo quem me ensinou que não há equilíbrio possível sem justiça, sem punição.

– Você puniu Andy Reeves.

– É pouco.

Nem sei quantas vezes já vi Augie fazendo justiça com as próprias mãos. Aliás, foi ele quem me ajudou no acerto de contas com meu primeiro "Trey", um réptil asqueroso que prendi por ter violentado uma menina de seis anos, filha da namorada dele. O cara foi solto por conta de um detalhe técnico, mas, antes que pudesse voltar para casa, e para a tal menina de seis anos, eu e Augie interceptamos o caminho dele.

– Você está pensando em alguma coisa, Augie – digo, inclinando-me sobre a mesa. – O que é?

Ele deixa a cabeça cair entre as mãos.

– Augie?

Ele esfrega o rosto, depois me encara com os olhos vermelhos.

– Você disse que a Maura se sente culpada por ter corrido até aquela cerca.

– Em parte, sim.

– Ela mesma disse que talvez a culpa de tudo fosse dela.

– Mas não é.

– Só que é assim que ela se sente, não é? Porque, se ela não tivesse usado drogas, se não tivesse corrido pra... Foi isso que ela contou, não foi?

– O que exatamente você está querendo dizer, Augie?

– Você pretende punir a Maura também?

Olho nos olhos dele.

– Que diabos está acontecendo, Augie?

– E aí, pretende ou não pretende?

– Claro que não.

– Mesmo sabendo que ela é parcialmente responsável?

– Não é.

Ele se recosta na cadeira.

– Maura contou a você sobre os holofotes, sobre tudo que ouviu. E você ficou se perguntando por que ninguém chamou a polícia, certo?

– Certo.

– Você conhece bem aquela área, não conhece? Os Meyer moravam perto da base. Naquela rua sem saída. Os Carlino e os Brannum também.

– Espera aí. – A ficha começa a cair. – Vocês *foram* chamados?

Augie desvia o olhar.

– Dodi Meyer. Ela falou que tinha alguma coisa acontecendo na base. Comentou sobre os fachos de luz. Pensava que... que pudesse ser alguma brincadeira de mau gosto, que a garotada tivesse invadido a base pra ligar os holofotes, que estivessem soltando foguetes.

Sinto um peso no peito.

– Aí você fez o quê, Augie?

– Eu estava no meu gabinete. O plantonista perguntou se eu queria atender a ligação. Era tarde. O outro carro de patrulha estava ocupado com uma chamada doméstica. Então falei que sim.

– O que aconteceu?

– Os holofotes já estavam apagados quando cheguei lá. Notei a presença de uma caminhonete perto do portão, com uma lona cobrindo a carroceria, pronta pra partir. Toquei a campainha, e Andy Reeves saiu pra atender. Estava muito tarde, mas não cheguei a perguntar por que ainda havia tanta gente num complexo do Departamento de Agricultura. Aquilo que você contou sobre o *black site*... Não fiquei nem um pouco surpreso. Eu não sabia exatamente o que eles faziam ali dentro, mas na época eu ainda confiava plenamente no nosso governo. Nem sequer me passou pela cabeça que eles pudessem estar fazendo algo de errado. Andy Reeves veio falar comigo no portão, e eu expliquei que a gente tinha recebido uma denúncia de vandalismo.

– O que ele disse?

– Que um veado tinha tentado pular a cerca, e que o alarme havia disparado por causa disso, assim como os holofotes. Falou que os seguranças tinham entrado em pânico, por isso começaram a atirar. Falou que um dos guardas tinha matado o veado, depois apontou pra lona na carroceria da caminhonete.

– E você acreditou na história dele?

– Sei lá. Não exatamente. Mas o lugar era propriedade do governo, tinha alguma função confidencial. Então deixei passar.

– E o que fez depois?

– Fui pra casa – diz ele. Sua voz parece vir de muito longe. – Meu turno já tinha acabado. Deitei, e dali a algumas horas...

Ele se cala de repente, mas não deixo barato:

– Você recebeu uma ligação. Alguém avisando sobre Leo e Diana.

Augie faz que sim com a cabeça. Os olhos agora estão molhados.

– Você não juntou uma coisa com a outra? Não achou que pudessem estar relacionadas?

Augie reflete um instante.

– Talvez eu não quisesse ver relação nenhuma. Então, olhando por esse ângulo, não tive culpa de nada. Assim como a Maura. Talvez estivesse apenas tentando justificar meu próprio erro, mas nem me ocorreu que os dois fatos pudessem estar relacionados.

Meu celular apita com a chegada de uma mensagem. Vejo as horas (9h10) antes mesmo de ler o texto de Loren Muse: Cadê vc, caramba??!!

Respondo: Chegando.

Fico de pé. Olhando para o chão, Augie diz:

– Você já está atrasado pra sua reunião.

Hesito um instante. De certo modo, isso explica muita coisa: a reticência de Augie ao longo dos anos, a insistência em dizer que tudo não passava de uma estupidez por parte de dois garotos drogados, a alienação. Augie não se permitia associar o assassinato da própria filha à visita que ele havia feito à base naquela noite porque, se o fizesse, teria que conviver com a culpa de não ter feito nada a respeito. É nisso que fico pensando enquanto saio para a rua. Meu receio é que, depois de ter ouvido tudo o que acabei de contar e de reabrir todas as feridas do passado, Augie não consiga mais fechar os olhos à noite sem enxergar a lona na caminhonete e cogitar o que havia debaixo dela. Ou será que ele já vinha fazendo isso inconscientemente? De repente foi por esse motivo que ele aceitou assim, tão facilmente, a versão dada para a morte da filha: porque não conseguia admitir sua parcela de culpa nos acontecimentos, por menor que fosse.

Meu telefone toca. É Muse.

– Estou quase chegando – aviso.

– Que diabos você aprontou desta vez?

– Por quê? O que houve?

– Anda, vem logo.

capítulo 31

O GABINETE DA PROMOTORA FICA na Veterans Courthouse da Market Street, sede do judiciário, da promotoria pública e da polícia de Nova Jersey. Trabalho aqui, portanto conheço o prédio muito bem. O lugar é um formigueiro de gente: mais de um terço dos processos criminais do estado são julgados aqui. Assim que entro, ouço um apito estranho no meu celular e me dou conta de que é o aplicativo novo instalado por Maura, com a seguinte mensagem:

Passei por lá outra vez. Polícia já encontrou o Mustang.

Isso não é nada bom, claro, mas ainda vai demorar um pouco até que percorram todo o caminho que descrevi antes e cheguem a mim. Ainda tenho um tempinho. Acho. Digito de volta:

Ok. Entrando na reunião.

Loren Muse está à minha espera na porta da sala com um par de adagas no lugar dos olhos. Parece ainda mais baixa ao lado dos dois grandalhões de terno que a cercam. O mais jovem deles é bem magro, mas forte, com um olhar duro. O mais velho tem um halo de cabelos compridos demais em torno do crânio careca, além de uma pança avantajada, em guerra com os botões da camisa. Entramos na antessala, e este último diz:

– Sou o agente especial Rockdale. Este é o agente especial Krueger.

FBI. Apertamos as mãos. Krueger, claro, tenta se impor com um excesso de pressão na minha mão. Respondo com uma cara azeda. Rockdale se dirige a Muse:

– Obrigado pela cooperação. Agora a senhora pode ir.

Muse não gosta nem um pouco do que ouve.

– Posso *ir*?

– Por favor.

– Esta sala é minha.

– E o Bureau agradece mais esta colaboração, porque realmente precisamos conversar a sós com o detetive Dumas.

– Não – retruco.

Eles se viram para mim.

– Como?

– Faço questão que a promotora esteja presente neste interrogatório.

– O senhor não é suspeito de nenhum crime – argumenta Rockdale.

– Mesmo assim.

O agente olha para Muse.

– O senhor ouviu o detetive – diz ela.

– Desculpe, promotora, mas a senhora recebeu uma ligação do seu superior, não recebeu?

– Sim, recebi – responde Muse, rangendo os dentes de raiva.

O tal "superior", eu sei, é o governador do estado de Nova Jersey.

– E ele pediu que a senhora colaborasse e nos cedesse a jurisdição neste importante caso de segurança nacional, não pediu?

Meu telefone vibra. Discretamente confiro o aparelho. Para minha surpresa, é uma mensagem de Tammy, minha vizinha:

Um monte de gente vasculhando sua casa. Coletes do FBI.

Meio que já esperava por isso. Estão atrás da fita. Não vão encontrá-la na minha casa. Porque a enterrei (onde mais?) no bosque vizinho à antiga base.

– O governador realmente falou comigo – prossegue Muse –, mas o detetive Dumas solicitou a presença de uma...

– Irrelevante.

– Perdão?

– Trata-se de um caso de segurança nacional. Vamos falar de um assunto altamente confidencial.

Muse olha para mim.

– Nap?

Faço uma rápida análise. Penso nas questões que Augie levantou, nas coisas que talvez devessem permanecer em segredo, nos possíveis responsáveis pela morte do meu irmão, no que fazer para dar um fim definitivo a tudo isso.

Ainda estamos na antessala. As quatro pessoas da equipe de Muse fazem que não estão ouvindo. Olho para os dois agentes. Rockdale me fita com cara de poucos amigos. Krueger abre e fecha os punhos, me olhando como se eu fosse o ser mais desprezível do mundo.

Para mim, essa palhaçada já deu.

Então encaro Muse e falo alto o bastante para que todos da equipe possam ouvir:

– Quinze anos atrás, a antiga base Nike de Westbridge era usada ilegalmente como um *black site* para interrogatório de cidadãos americanos suspeitos de conluio com entidades terroristas. Um grupo de adolescentes, entre eles meu falecido irmão gêmeo, gravou um helicóptero Black Hawk pousando à noite por lá. Essa fita está comigo, e é atrás dela que eles estão – digo, apontando para os dois agentes. – Aliás, neste exato momento os companheiros deles estão fazendo uma busca na minha casa. É perda de tempo, porque a fita não está lá.

Krueger arregala os olhos numa expressão de espanto e fúria, depois avança na minha direção com as mãos já erguidas para me estrangular. Só que você precisa entender uma coisa, Leo: sou muito bom com os punhos. Treinei direitinho e sou relativamente forte. Mesmo assim, imagino que, em circunstâncias normais, esse tal agente não teria lá muita dificuldade para me derrubar. Portanto, como explicar o que acontece depois? Como explicar que reajo rápido o bastante para me defender do ataque dele com o antebraço? Simples.

Ele está mirando minha garganta.

A parte do corpo que me permite respirar.

Depois da noite de ontem, depois de ter sido torturado naquela mesa, um instinto primitivo se recusa a deixar que alguém tente me sufocar outra vez. Uma força animal, talvez até sobrenatural, decide proteger a qualquer custo esse pedaço da minha anatomia.

O problema é que não basta bloquear um primeiro golpe para encerrar o ataque. É preciso contra-atacar. Então uso a palma da mão para dar um tapão no plexo solar do agente e acerto na mosca. Krueger cai de joelhos no chão, mal conseguindo respirar. Rapidamente recuo e ergo os punhos contra uma possível reação de Rockdale. Mas o homem fica onde está, pasmo com o colega caído.

– O senhor acabou de agredir um agente federal – ele diz a mim.

– Em legítima defesa! – intervém Muse. – Onde vocês estão com a cabeça?

Rockdale se adianta e para a poucos centímetros dela.

– Seu amigo acabou de revelar uma informação confidencial, o que é ilegal, sobretudo quando se trata de uma mentira.

– E como uma *mentira* pode ser *confidencial*? – grita Muse.

Meu telefone vibra de novo, e, ao ler a mensagem de Ellie, constato que preciso sair dali imediatamente.

ENCONTREI A BETH.

– Olha, foi mal, ok? Vamos entrar e tirar tudo isso a limpo – digo, e ofereço a mão para Krueger se levantar.

Ele recusa, mas parece que já perdeu o gás, pelo menos por enquanto. Sacudindo a bandeira da paz, entro com os outros na sala de Muse. Tenho um plano, que é ridiculamente simples, mas às vezes são esses os melhores. Espero os três sentarem.

– Desculpem, mas preciso de um minutinho.

– Que foi? – pergunta Muse.

Faço uma cara de acanhado.

– Preciso ir ao banheiro. Volto já.

Não espero pela permissão de ninguém. Sou um homem adulto, não sou? Atravesso a antessala e saio para o corredor. Ninguém vem atrás de mim. O banheiro fica logo adiante. Passo direto por ele, tomo a escada e desço às pressas até a portaria do prédio, que atravesso a passos largos, quase correndo. Menos de um minuto após ter saído da sala de Muse, eu já estou na rua, deixando para trás os dois agentes federais.

Ligo para Ellie.

– E aí, onde está a Beth?

– Na fazenda dos pais em Far Hills. Pelo menos acho que é ela. Onde você está?

– Em Newark.

– Vou te mandar o endereço. Em menos de uma hora você chega lá.

Desligamos. Sigo correndo pela Market Street, dobro na University Avenue e uso o aplicativo novo para chamar Maura, morrendo de medo de que ela não responda, que tenha evaporado outra vez. Mas ela atende logo:

– Oi.

– Onde você está? – pergunto.

– Na Market Street. Parada em fila dupla na frente do prédio da promotoria.

– Vire a esquina na University Avenue. Vamos fazer uma visitinha a uma velha amiga.

capítulo 32

ASSIM QUE ENTRO NO carro de Maura, mando uma mensagem para Muse:

Desculpa. Depois eu explico.

– Então – diz Maura. – Aonde estamos indo?

– Visitar a Beth.

– Descobriu o paradeiro dela?

– Ellie descobriu.

Abro o navegador do celular, digito o endereço passado por Ellie e sou informado de que a viagem será de 38 minutos. Gradualmente vamos deixando o centro de Newark para trás e seguindo para oeste, rumo à Route 78.

– Você tem alguma ideia de como Beth Lashley se encaixa nessa história toda? – pergunta Maura.

– Ela, Rex e Hank também estavam lá naquela noite. Perto da base.

– Faz sentido. Então todos nós tínhamos um motivo pra fugir.

– Acontece que os outros não fugiram. Pelo menos não de início. Eles se formaram, cursaram a universidade. Dois deles, Rex e Beth, não voltaram pra Westbridge. Não estavam se escondendo, mas tenho a impressão de que ambos queriam ver a cidade pelas costas. Quanto a Hank... Bem, o caso dele é diferente. Todo dia o cara ia a pé desde a antiga base até a linha de trem do outro lado da cidade. Como se estivesse analisando alguma coisa, tentando descobrir como Leo e Diana foram parar naquele lugar. Acho que agora entendo. Como você, viu os dois sendo mortos.

– Não vi ninguém ser morto – corrige Maura.

– Eu sei. Mas digamos que todos os membros do Clube da Conspiração, menos você, estavam lá: Leo, Diana, Hank, Beth e Rex. Digamos que tenham fugido quando viram os tais holofotes e ouviram os tiros. Como você, ficaram apavorados. No dia seguinte, descobriram que os corpos foram encontrados na linha do trem. Não devem ter entendido nada.

– Provavelmente deduziram que os caras da base transportaram os corpos.

– Certo.

– Mas permaneceram na cidade – diz Maura, já entrando na autoestrada.

– Então devemos partir do princípio de que os caras da base não sabiam do Hank, do Rex e da Beth. De repente foram só o Leo e a Diana que chegaram perto da cerca.

Faz sentido.

– E, a julgar pela reação de Reeves, imagino que ele também não sabia da fita de vídeo.

– Então acharam que eu era a única testemunha viva – conclui Maura. – Pelo menos até recentemente.

– Certo.

– Nesse caso... por que mudaram de ideia só agora, quinze anos depois?

Botando a cabeça para funcionar, chego a uma resposta plausível. Maura me encara rapidamente, vê que estou ruminando alguma coisa.

– Que foi? – pergunta ela.

– O vídeo que viralizou.

– Que vídeo?

– Um vídeo em que Hank supostamente baixa as calças em público.

Conto a ela toda a história de como fizeram o vídeo, do interesse que ele provocou, da teoria aceita pela maioria das pessoas de que Hank tenha morrido nas mãos de um justiceiro qualquer.

– Então você acha o quê? – pergunta Maura. – Que alguém da base viu esse vídeo e achou que podia ser o mesmo Hank daquela noite?

– Acho difícil. Se tivessem visto Hank naquele bosque...

– Já o teriam identificado antes.

Ainda acho que estamos deixando passar alguma coisa, mas algo me diz que a resposta do mistério está neste vídeo. Por quinze anos os três são deixados em paz. Até que o vídeo de Hank viraliza.

Aí tem.

Uma placa marrom, com a imagem de um cavaleiro vestido de vermelho, diz: BEM-VINDO A FAR HILLS. Não se trata de um cinturão agrícola. Longe disso. Essa parte de Somerset County é povoada sobretudo por ricaços que precisam de um terreno suficientemente grande para construir seu casarão sem vizinhos por perto. Conheço um deles, um filantropo que possui um campo de golfe de três buracos na sua propriedade. Muitos criam cavalos, plantam maçãs para a produção de sidra ou se dedicam a qualquer outra atividade rural supostamente "mais nobre".

Olho novamente para Maura, e novamente tenho a sensação de espanto. Tomo a mão dela na minha. Maura sorri. Um desses sorrisos que atingem os ossos, que fazem o sangue ferver, que tiram a gente do eixo. Ela leva minha mão à boca e dá um beijinho nela.

– Maura...

– Diga.

– Se você tiver que fugir de novo, desta vez eu vou junto.

Ela deita o rosto na minha mão.

– Pra seu governo, Nap, não tenho a menor intenção de sair do seu lado. Se tiver que fugir, se tiver que ficar, se tiver que morrer... nunca mais vou deixar você outra vez.

Não precisamos falar mais nada. Tudo está dito e entendido. Não somos dois adolescentes com os hormônios à flor da pele, não somos amantes predestinados. Somos dois veteranos de guerra já cheios de cicatrizes, portanto sabemos que não há mais lugar para joguinhos, encenações e vontades reprimidas.

Ellie espera por nós numa esquina próxima ao endereço de Beth. Paramos atrás do carro dela e descemos. Ellie e Maura se abraçam. Faz quinze anos desde que se viram pela última vez, quando Maura buscou refúgio na casa de Ellie após a noite no bosque. Em seguida, vamos todos para o carro de Ellie, ela ao volante, eu no banco do carona, Maura atrás.

Diante do portão fechado da propriedade, Ellie aperta o botão do interfone, mas ninguém responde. Toca de novo, e nada.

Vejo ao longe o casarão branco da fazenda. Como todos os casarões brancos de todas as fazendas que já vi na vida, esse é maravilhoso e tem um quê de nostalgia que nos faz imaginar uma vida mais simples e mais feliz sob aquele teto. Desço do carro, tento abrir o portão, mas não consigo.

Ir embora está fora de cogitação. Então pulo a cerca da propriedade e sinalizo para que Ellie e Maura permaneçam no carro. O casarão fica a uns duzentos metros da rua. Não há árvores em torno do caminho de cascalho, nada que possa me servir de escudo, então sigo atrevidamente adiante, à vista de tudo e de todos.

Ao me aproximar, vejo uma perua Volvo estacionada na garagem. A placa é de Michigan. Beth mora em Ann Arbor. Ninguém precisa ser detetive para deduzir que o carro é dela.

Não toco a campainha imediatamente. Se Beth está em casa, provavelmente já sabe que estamos aqui. Então contorno a casa, espiando pelas janelas. Nos fundos, vejo que ela está na cozinha, sentada à mesa com um copo e uma garrafa de uísque já quase vazia à sua frente.

E uma espingarda no colo.

Fico observando enquanto ela ergue seu copo com a mão trêmula e dá um gole demorado no uísque. O movimento é lento, mas decidido. Como eu já disse, a garrafa está quase vazia, e agora o copo também. Não sei direito como proceder, mas hoje a paciência está curta. Então vou para a porta dos fundos e dou um chute nela, logo acima da maçaneta. A madeira cede como se ali estivesse um simples palito. Não penso duas vezes. Embalado pelo impulso do chute, não levo mais que dois segundos para atravessar o espaço entre a porta e a mesa da cozinha.

A reação de Beth é lenta. Ela ainda está erguendo a espingarda para mirar quando tomo a arma das suas mãos com a facilidade de quem rouba o doce de uma criança.

Ela me encara por alguns segundos.

– Olá, Nap.

– Olá, Beth.

– Vai, acaba com isso logo de uma vez – fala ela. – Atira em mim.

capítulo 33

Retiro a munição do tambor e jogo no chão, junto com a espingarda. Depois uso o aplicativo de Maura para enviar uma mensagem, dizendo que está tudo bem, pedindo que elas fiquem onde estão. Beth ainda me encara com uma expressão de desafio. Puxo uma cadeira e sento à mesa também.

– Que motivo eu teria pra atirar em você? – pergunto.

Fisicamente, Beth não mudou muito desde os tempos de escola. Tenho notado que as mulheres da minha turma, agora com seus trinta e tantos anos, ficaram ainda mais bonitas com o passar do tempo. Não sei direito por quê, se tem algo a ver com a maturidade, com a segurança que a idade traz, ou se é algo mais tangível, coisas como o fortalecimento muscular ou a tonificação da pele na região das maçãs do rosto. Sei apenas que, olhando para Beth agora, não tenho a menor dificuldade para enxergar a garota que tocava violino na orquestra da escola e que no último ano foi premiada com uma bolsa de estudos na área de biologia.

– Vingança – diz ela, meio que enrolando a língua.

– Vingança por quê?

– Talvez pra nos silenciar. Pra proteger a verdade. O que é uma grande burrice, Nap. Ficamos de bico calado por quinze anos. Eu jamais contaria alguma coisa, juro por Deus.

Não sei ao certo que direção tomar. Por um lado, posso tranquilizá-la, dizendo que não pretendo fazer nada com ela, e assim ela se abre comigo. Também posso mantê-la na dúvida, deixar que ela pense que precisa entregar o ouro se quiser continuar viva.

– Você tem filhos, não tem? – indago.

– Dois meninos. Um de oito e outro de seis.

Ela agora está visivelmente assustada, com medo de mim, como se o efeito do álcool tivesse passado de uma hora para a outra. Não é isso que eu quero. Quero apenas a verdade.

– Preciso saber o que aconteceu naquela noite.

– Você não sabe mesmo?

– Não, não sei.

– O que o Leo te contou?

– Como assim?

– Você tinha um jogo de hóquei, não tinha?

– Tinha.

– Então, antes de você ir pra esse jogo, o que o Leo te contou?

A pergunta me pega de surpresa. Tento voltar no tempo para relembrar os fatos. Estou lá, ainda em casa, pronto para sair com minha mochila do hóquei. A quantidade de equipamento que o esporte requer não é brincadeira: patins, taco, cotoveleiras, caneleiras, ombreiras, luvas, colete, protetor de pescoço, capacete... É tanta coisa que papai chegou ao ponto de preparar uma lista para que eu não esquecesse nada na hora de ir para o rinque.

E você, Leo, onde estava?

Pensando bem, lembro que não estava conosco no hall de entrada. Quando papai e eu repassávamos nossa lista, geralmente você ficava por perto. Depois me levava de carro até a escola e me deixava no ônibus. Era mais ou menos essa a nossa rotina: papai e eu repassávamos a lista, você me deixava no ônibus escolar.

Mas não foi isso que você fez naquela noite. Não lembro direito por quê.

Depois que repassamos a lista, papai perguntou por você. Falei que não sabia, acho, depois fui ver se você estava no quarto. E estava. Deitado na cama de cima do beliche, com a luz apagada. "Você não vai me levar?", perguntei. E você disse: "Pede pro papai. Quero ficar aqui um pouquinho."

Então papai me levou. Foi isso. Essas foram as últimas palavras que ouvi de você. Na hora eu não percebi nada de estranho. Depois, quando começaram a falar de suicídio duplo, refleti um instante, nem tanto sobre as suas palavras, mas sobre o seu estado de espírito naquele momento, você ali, deitado no escuro do quarto. Mas não dei muita importância à coisa. Ou se dei, fiz como Augie e varri para debaixo do tapete. Não queria que sua morte fosse um suicídio, então tentei ao máximo esquecer o assunto, acho. É isso que fazemos, todos nós: registramos aquilo que se encaixa na nossa narrativa e descartamos o que não encaixa.

– Leo não me contou nada – respondo a Beth.

– Nada sobre a Diana? Nem sobre os planos dele naquela noite?

– Nada.

Beth se serve de mais uísque.

– Eu pensava que vocês fossem mais próximos...

– O que aconteceu, Beth?

– Por que de uma hora pra outra isso ficou assim, tão importante?

– Não foi de uma hora pra outra. É desde sempre.

Ela ergue o copo, admira a bebida, mas não fala nada.

– O que aconteceu, Beth?

– Você não vai gostar nada da verdade, Nap. Pelo contrário.

– Não estou nem aí. Vai, fale logo.

E é isso que ela faz.

– Sou a única que sobrou, certo? Todos os outros estão mortos. Acho que tentamos nos redimir de alguma forma. Rex entrou pra polícia. Eu me tornei cardiologista, mas trabalho sobretudo com os desassistidos. Abri um ambulatório pra cuidar de indigentes com problemas cardíacos: prevenção, tratamento, medicação, até cirurgia quando necessário. Todo mundo acha que sou uma pessoa bacana, generosa, mas a verdade é que... acho que procuro fazer o bem só pra compensar o que aconteceu naquela noite.

Beth baixa os olhos para a mesa e se cala por um tempo.

– Todos somos culpados – diz ela, afinal. – Mas tínhamos um líder. A ideia foi dele. Foi ele quem colocou o plano em prática. Quanto a nós, éramos fracos demais pra fazer qualquer outra coisa senão obedecer. O que de certa maneira é ainda pior. Quando garota, eu tinha ódio daqueles valentões da escola. Mas sabe o que eu odiava mais ainda?

Balanço a cabeça.

– Os garotos que ficavam do lado do valentão, só olhando. Pois é. Esses éramos nós.

– Quem era o líder? – pergunto.

Ela faz uma careta.

– Você sabe muito bem.

Realmente sei. Você, Leo. Você era o líder.

– Leo ficou sabendo que Diana ia terminar com ele. Diana só estava esperando passar aquela festa que ela vinha organizando. Não foi lá muito legal da parte dela, usar o Leo dessa maneira. Caramba, estou falando que nem uma adolescente, não estou? Bem, primeiro o Leo ficou triste, depois entrou em parafuso. Você sabe que seu irmão vinha se drogando muito, não sabe?

– Humm.

– Todos nós, eu acho. Ele era o líder nisso também. Aliás, desconfio que foi isso que atrapalhou a relação dele com a Diana. Leo gostava da farra; Diana era a filha do capitão de polícia, não gostava de bagunça. Seja como for, Leo foi ficando nervoso, andando de um lado pra outro, gritando que a

Diana não prestava, que a gente precisava arrumar um jeito de fazê-la pagar, essas coisas. Você sabe do Clube da Conspiração, certo?

– Sei.

– Eu, Leo, Rex, Hank e Maura. Seu irmão disse que ia usar o clube pra se vingar da Diana. Acho que nenhum de nós deu muita bola pra isso. A gente tinha que se encontrar na casa do Rex, mas a Maura não apareceu. O que é estranho. Porque foi ela quem sumiu naquela noite. Sempre tive essa dúvida: por que diabos a Maura fugiu, se ela nem fazia parte do nosso plano?

Beth baixa a cabeça.

– Que plano era esse? – pergunto.

– Cada um tinha uma função. Hank providenciou o LSD.

– Vocês estavam usando LSD?

– Não. Até aquela noite, não. Isso era parte do plano. Hank tinha um colega de química que produziu pra ele uma versão líquida da droga. Rex entrou com a casa; a gente ia se encontrar no porão dele. E a mim cabia fazer a Diana ingerir aquele negócio.

– O LSD?

– Sim. Diana jamais tomaria aquilo por iniciativa própria. Mas adorava uma Coca diet. Então minha função era batizar o refrigerante dela. Como eu disse, cada um de nós tinha uma função. Ficamos lá, prontos pra entrar em ação, enquanto o Leo foi buscar a Diana.

Augie já havia falado sobre isso: ele notara que Leo não estava bem quando apareceu para pegar Diana, não se perdoava por ter permitido que a filha saísse de casa naquela noite.

– O que aconteceu depois?

– Diana ficou desconfiada quando foi levada pro porão do Rex. Por isso era importante que eu estivesse lá também. Pra que ela não fosse a única menina e ficasse mais tranquila. Todos nós prometemos que ninguém ia beber. Começamos jogando pingue-pongue, depois vimos um filme. Claro, todo mundo estava bebendo refrigerante. O nosso estava misturado com vodca; o da Diana, com aquele arremedo de LSD que o Hank tinha trazido. Todo mundo ali, rindo muito, se divertindo... eu já nem lembrava mais o motivo real da nossa reunião. Lá pelas tantas, olhei pra Diana e vi que ela estava quase desmaiando. Fiquei com medo de ter exagerado na dose da droga, porque ela realmente estava muito mal. Então pensei: tudo bem, missão cumprida. A noite já tinha chegado ao fim.

Beth se cala de repente, parecendo perdida. Tento trazê-la de volta.

– Só que a noite ainda não tinha chegado ao fim.

– Não, não tinha. – Beth agora olha ao longe, como se eu nem estivesse ali. Ou como se ela própria também não estivesse. – Não me lembro de quem foi a ideia. Acho que foi do Rex. Ele trabalhava como monitor num programa de acampamento infantil. Contava que os meninos tinham um sono tão pesado que às vezes eles faziam brincadeiras com um deles: uma vez carregavam o moleque com cama e tudo, o deixavam no meio do bosque, depois se escondiam em algum lugar e ficavam ali, rindo, esperando o susto dele quando acordasse. Outra vez Rex se escondeu embaixo da cama de um deles e ficou empurrando o colchão até o garoto acordar gritando. Certa vez ele molhou a mão do garoto com água quente. Pra fazê-lo mijar na cama ou algo assim, mas em vez disso o garoto levantou como se estivesse indo pro banheiro e trombou de frente com um arbusto. Então o Leo disse... Isso, agora tenho certeza de que foi o Leo... Ele disse: "Vamos levar a Diana lá pro bosque perto da base."

Essa não.

– Bem, então foi isso que a gente fez. A noite estava muito escura. Fomos carregando a Diana pela trilha. Fiquei esperando que alguém tomasse a iniciativa de parar com aquilo, mas ninguém fez nada. Tem uma clareira logo atrás daquelas pedras. Você sabe onde é. Leo queria deixar a Diana ali porque era nessa clareira que eles costumavam "namorar". Essa era a palavra que ele usava, mas sempre num tom irônico. Porque a Diana nunca permitia que eles passassem disso, segundo ele mesmo dizia. Então largamos a Diana ali. Simples assim. Como se ela fosse um saco de lixo. Até hoje lembro o jeito como o Leo olhou pra ela... como se fosse... sei lá. Cheguei a pensar que ele ia estuprar a garota. Só que não fez nada disso. Falou que era pra gente se esconder e esperar pra ver o que ia acontecer. Então foi isso que a gente fez. Rex estava rindo muito. Hank também. Acho que estavam rindo de nervoso, preocupados, porque não sabiam como a Diana reagiria ao ácido. Mas o Leo... o Leo ficava olhando pra ela daquele jeito, com raiva. E eu... eu só queria que aquilo acabasse logo. Queria voltar pra casa. Falei: "Acho que já está de bom tamanho." Lembro que virei pro Leo e disse: "Tem certeza de que você quer levar isso adiante?" De repente ele ficou triste, muito triste. Como se de uma hora pra outra ele tivesse percebido a loucura que estava fazendo. Vi uma lágrima escorrer dos olhos dele. Então falei: "Está tudo bem, Leo. Vamos levá-la de volta pra casa." Ele concordou imediatamente. Mandou que o Rex e o Hank parassem de rir. Depois ficou de pé, saiu caminhando na direção da Diana e...

Beth começa a chorar.

– E aí o quê?

– E aí foi aquele pandemônio todo – narra ela. – Primeiro foram os canhões de luz. Diana acordou na mesma hora, como se alguém tivesse jogado um balde de água fria na cabeça dela. Começou a gritar, saiu correndo na direção da claridade. Leo correu atrás. Rex, Hank e eu ficamos parados, como se estivéssemos grudados no chão. Eu podia ver a silhueta da Diana contra a luz forte dos holofotes. Ela continuava gritando. Ainda mais alto do que antes. De repente ela começou a tirar a roupa. Tudo. E aí... aí começaram os tiros. Vi quando ela... vi quando a Diana caiu. Leo se virou e berrou, mandando a gente fugir dali. Nem precisava. Saímos correndo feito um bando de doidos, voltamos direto pro porão do Rex. Passamos a noite ali, no escuro, esperando pelo Leo ou... sei lá o quê. Fizemos um pacto. Não contaríamos nada a ninguém. Nunca. Então ficamos lá no porão, dando tempo ao tempo, rezando pra que tudo acabasse bem. Nenhum de nós sabia exatamente o que tinha acontecido naquele bosque. Não tivemos notícia de nada, nem quando amanheceu. Talvez a Diana tivesse sido levada pro hospital, ia ficar boa. Mas depois... quando ouvimos a história sobre os corpos na linha do trem... deduzimos na mesma hora o que tinha acontecido: os filhos da puta tinham matado os dois e forjado o suicídio pra se safarem. Hank queria fazer alguma coisa, ir à polícia, mas Rex não deixou. O que a gente podia dizer? Que tinha dado LSD pra filha do capitão, levando-a pro bosque, depois os caras tinham matado a garota? Então mantivemos o nosso pacto. Nunca mais tocamos no assunto. Logo depois de nos formarmos no colégio, fomos embora da cidade.

Beth prossegue com seu relato. Conta do medo constante com que viveu, a autocensura, as crises de depressão, os distúrbios alimentares, a culpa, os pesadelos terríveis nos quais via Diana correndo nua para os holofotes e tentava agarrá-la antes que fosse tarde demais. Beth fala sem parar, chora muito, implora perdão e diz que merece todas as coisas horríveis que lhe aconteceram.

Mas a esta altura não estou prestando muita atenção.

Porque minha cabeça está rodando, indo por um caminho que não quero seguir. Lembra o que eu disse antes? Que a gente registra o que se encaixa na nossa narrativa e descarta o que não encaixa? Não é isso que estou fazendo agora. Estou tentando me concentrar, mesmo a contragosto. Minha vontade é ignorar. Beth já havia alertado. Falou que eu não ia gostar de saber a verdade. E estava certa, muito mais do que imaginava. Parte de mim quer voltar no tempo, ao momento em que Stacy Reynolds bateu à minha porta com Bates a tiracolo, e dizer aos dois que eu não sabia de nada, deixar as coisas como estavam. Agora é tarde. Não posso me fazer de cego. Portanto, seja lá como for, custe o que custar, a justiça será feita.

Porque agora eu sei. Agora conheço a verdade.

capítulo 34

– **Você tem um notebook?** – indago.

Beth se assusta com a pergunta. Faz mais de cinco minutos que vem falando sem parar. Ela busca o computador e o liga antes de deixá-lo na minha frente. Abro o navegador e digito o endereço do site. Digito o e-mail no campo de usuário, depois chuto uma senha. Acerto na terceira tentativa. Dou uma olhada rápida nas mensagens privadas, encontro uma com o nome que procuro. Anoto o nome completo e o número de telefone.

No meu celular há um monte de chamadas não atendidas: Muse, Augie, Ellie, um número que talvez seja do FBI. Há também um monte de mensagens. Sei o que é: o FBI, atrás de mim por causa da fita de vídeo. É possível que os investigadores da polícia tenham examinado as imagens das câmeras de segurança da Hunk-A-Hunk-A e me visto dentro do Mustang amarelo.

Não respondo a ninguém.

Começo a fazer minhas próprias chamadas. Ligo para a polícia de Westbridge e dou sorte. Ligo para a Carolina do Sul. Ligo para o número que consegui na internet e me identifico como um oficial da polícia. Ligo para a tenente Stacy Reynolds na Pensilvânia.

– Preciso de um favor.

Reynolds ouve o que é, depois fala:

– Tudo bem, mando o vídeo por e-mail daqui a dez minutos.

– Obrigado.

Antes de desligar, ela pergunta:

– Você já sabe quem foi o mandante da execução do Rex?

Sei, mas não conto ainda. Pode ser que eu esteja enganado.

Ligo para Augie, que atende e diz:

– É possível que o FBI tenha grampeado meu telefone.

– Não tem importância. Estou de volta em breve. Falo com eles assim que chegar.

– O que está acontecendo?

Não sei direito o que dizer a esse pai que vem chorando a morte da filha há tanto tempo, mas acabo decidindo pela verdade. Chega de mentiras e segredos.

– Encontrei Beth Lashley.

– Onde?

– Escondida na fazenda dos pais dela em Far Hills.

– O que ela falou?

– Diana...

Meus olhos ficam marejados. Meu Deus, Leo, o que você fez? Quando vi você no escuro daquele quarto, você já estava arquitetando seu plano, não estava? Seu plano de vingança contra a Diana. Por que não se abriu comigo? Sempre contamos tudo um para o outro. Por que você se afastou dessa vez? Ou será que a culpa foi minha? Eu andava tão imerso nas minhas próprias coisas... O hóquei, a escola, a Maura... De repente não consegui enxergar sua dor, não percebi o caminho de autodestruição que você havia tomado. Será que foi isso?

São muitos os culpados. Será que estou entre eles também?

– Diana o quê? – indaga Augie.

– Acho melhor a gente conversar pessoalmente. Pode vir pra cá?

– É grave assim.

Não é uma pergunta. É uma afirmativa.

Fico calado. Não confio na minha própria voz. Então Augie diz:

– Me dê o endereço. Estou indo pra aí.

Meu coração se aperta assim que me vejo diante de Augie.

Faz uma hora que estou aqui, esperando por ele. Ao contrário da Beth, sou experiente o bastante para ficar longe das janelas. Encontro um ponto cego da sala, de onde posso ver todos os acessos. Ninguém vai poder chegar de surpresa.

Sei da verdade, mas ainda espero que esteja enganado. Espero que tudo tenha sido uma grande perda de tempo, que eu fique esperando neste canto do casarão o dia todo, a noite toda, até perceber que tudo não passou de um equívoco, que em algum momento meti os pés pelas mãos, que estava irremediavelmente (e felizmente) enganado.

Mas não estou enganado. Sou um bom detetive. Tive o melhor dos professores.

Ergo minha arma e acendo a luz. Augie rapidamente se vira na minha direção. Tento lhe pedir que fique onde está, mas não consigo. Então continuo ali, minha arma apontada para ele, rezando para que ele não saque a sua. Augie planta os olhos sobre mim. Eu sei. Ele sabe.

– Entrei no seu site de namoro – digo.

– Como?

– Usei seu endereço de e-mail como login.

– E a senha?

– Catorze, onze, 84. O aniversário da Diana.

– Um descuido da minha parte.

– Examinei as suas conversas. Só tinha uma Yvonne. Yvonne Shifrin. O telefone dela estava lá.

– Você ligou pra ela?

– Liguei. Vocês saíram juntos apenas uma vez. Um almoço. Yvonne comentou que gostou de você, mas que viu muita tristeza nos seus olhos.

– Parecia uma boa pessoa, essa Yvonne – diz ele.

– Mesmo assim, liguei pro Sea Pine Resort em Hilton Head. Só pra ter certeza. Você nunca esteve lá.

– É possível que eu tenha confundido o nome.

– Por favor, Augie. Não comece.

– Tudo bem – concorda ele. – Beth contou o que eles fizeram com a Diana?

– Contou.

– Então você entende.

– Augie, você matou meu irmão?

– Retribuí o que fizeram com a minha filha.

– Você matou o Leo?

Augie não pretende facilitar as coisas.

– Naquela noite passei na Nellie's pra buscar um frango à parmegiana. Audrey tinha uma reunião de pais na escola, então éramos só nós dois, Diana e eu. Ela estava visivelmente chateada com alguma coisa. Mal conseguia comer seu frango, um dos pratos de que mais gostava. Falou que queria terminar com o Leo. Assim, de uma hora pra outra. Era esse o tipo de relacionamento que a gente tinha, Nap.

Ele olha para mim. Não digo nada.

– Perguntei quando pretendia conversar com seu irmão, e ela disse que ainda não sabia, mas que provavelmente deixaria pra falar depois da festa. Eu... – Augie fecha os olhos. – Eu falei que a decisão era dela, mas que isso não era justo com o Leo. Se ela não queria mais saber do namoro, então que terminasse logo. Pois é, Nap, esse foi o meu erro. Se eu tivesse ficado calado, se não tivesse metido o nariz onde não fui chamado... Vi seu irmão quando ele chegou pra buscar a Diana. Vi que ele estava drogado, mas fiquei lá, feito um pateta. Puxa... onde eu estava com a cabeça quando permiti que ela saísse aquela noite? Essa é a pergunta que me faço diariamente antes de dormir, Nap. Todo santo dia dessa minha vida horrível, estúpida e vazia. Deito na cama e fico lá, revivendo tudo, fazendo todo tipo de pacto com Deus, enumerando as coisas que daria ou faria, os tormentos que aceitaria sofrer se pudesse voltar atrás e impedir que minha filha saísse com ele. Deus às vezes é tão cruel... Fui abençoado com a filha mais linda deste mundo, eu sei. Também sei como as coisas são frágeis. Eu fazia o possível pra encontrar um equilíbrio como pai. Procurava ser rígido, mas ao mesmo tempo sabia que devia dar liberdade. Uma corda bamba dos infernos, se você quer saber.

Augie está claramente abalado. Mantenho a arma apontada contra ele.

– E aí, Augie, o que você fez?

– Foi como eu te contei. Passei na base depois da denúncia que recebi por telefone. Fui recebido por Andy Reeves. Dava pra ver que alguma merda tinha acontecido. Todo mundo estava branco por lá. Antes de qualquer outra coisa, Reeves me mostrou o corpo que estava na carroceria da caminhonete. O corpo de um sujeito que estava detido na base. Um terrorista americano, segundo ele explicou. O cara tinha pulado a cerca. Eles não podiam deixar que ele fugisse. E ninguém podia saber que ele estava ali. Por isso teriam que sumir com o corpo, depois dizer que o fulano tinha voltado pro Iraque ou algo assim. Reeves me contou tudo isso em caráter estritamente confidencial. Logo vi que se tratava de um segredo de Estado. Ele perguntou se podia confiar em mim, e eu disse que sim.

O rosto de Augie começa a murchar aos poucos.

– Depois disso... Bem, ele contou que tinha uma coisa horrível pra me mostrar. Me conduziu até o bosque com dois de seus homens. Outros dois já estavam lá, mais adiante. Reeves acendeu a lanterna e... lá estava ela... a minha filha. Morta no chão, nua.

Os olhos brilham de ódio quando ele ergue o rosto.

– E ao lado dela estava... Leo. Chorando histericamente, segurando a mão dela. Eu não conseguia tirar os olhos daquilo, completamente aturdido enquanto Reeves explicava o que tinha acontecido. O tal prisioneiro havia fugido. Eles ligaram os holofotes, e os guardas, do alto das torres de vigilância, começaram a atirar contra o bosque. Não era pra ter ninguém ali naquela hora da noite. Havia placas de advertência por todo lado. Os guardas mataram o fugitivo. Só que por acidente... Quer dizer, minha filha estava gritando feito uma maluca, correndo na direção deles, completamente nua... Um dos guardas, um novato, ficou apavorado e puxou o gatilho. Você deve estar pensando que eu caí de joelhos ao lado da minha filha e desandei a chorar, não está? Isso é o que um pai faria ao ver a filha morta no chão, certo? Pois é. Mas não foi isso que eu fiz.

Augie olha para mim. Não sei o que dizer, então fico calado.

– Leo continuava lá, totalmente transtornado. Com a maior calma possível, perguntei a ele o que tinha acontecido. Reeves despachou os homens dele de volta pra base. Seu irmão secou o rosto com a manga da camisa e contou que ele e Diana tinham ido namorar naquele bosque e que já estavam... você sabe, meio que tirando a roupa quando... quando foram surpreendidos pelos canhões de luz. Segundo ele, minha filha entrou em pânico. Olhei pro Reeves, que balançou a cabeça. Sabia o que eu tinha visto nos olhos do seu irmão: olhos de quem estava mentindo. Então falou no meu ouvido: "Temos as imagens das câmeras de segurança." Ajudei o Leo a levantar, depois voltamos os três pra base, a fim de ver a gravação. Primeiro Reeves me mostrou um vídeo da sua namorada, que também tinha sido filmada pelas câmeras. Perguntou se eu conhecia a garota. Eu mal conseguia falar, tamanho o susto que levei, mas respondi que sim, que a menina era Maura Wells. Depois ele me mostrou outro vídeo. Da Diana. Ela estava correndo e gritando, visivelmente apavorada, arrancando as roupas como se pegassem fogo. Foi assim que a minha filha passou os últimos minutos de vida, Nap. Gritando de pavor. Dava pra ver tudo naquela gravação. Inclusive a bala entrando no peito dela. Diana desabou no chão, depois chegou o Leo, que vinha correndo atrás. Reeves parou a gravação, aí me virei pro seu irmão e perguntei: "Por que você não estava pelado também?" Chorando muito, ele inventou uma história ali na hora, dizendo que eles se amavam muito, etc., etc. Acontece que eu já sabia: Diana queria terminar o namoro. Então fiquei calado por um tempo. Um policial que de repente percebe que está diante de um criminoso, que precisa tirar a verdade dele. Com o coração apertado, falei: "Está tudo bem, Leo, basta você contar a verdade." Contei que eles iam fazer uma autópsia, que iam acabar descobrindo se Diana estava drogada ou não. Peguei pesado, colocando-o contra a parede. Leo era apenas um menino, não demorou muito pra dar com a língua nos dentes.

– O que ele disse?

– Que era pra ser apenas uma brincadeira. Repetiu isso um monte de vezes. Falou que não queria machucar ninguém, que tudo não havia passado de uma brincadeira de mau gosto, que ele queria apenas se vingar da minha filha.

263

– E você fez o quê?

– Olhei pro Reeves, e ele me encarou como se soubesse o que eu estava pensando. E sabia mesmo. Aquele lugar era um *black site*. O governo nunca ia permitir que a história viesse a público, mesmo que isso implicasse a morte de civis. Ele saiu da sala. Leo continuava chorando. Pedi que ele não se preocupasse, que tudo ia acabar bem. O que ele tinha feito não estava certo, mas, pensando bem, o que poderia acontecer se ele fosse indiciado? Nada de mais. Ele não tinha feito mais do que fornecer LSD pra namorada. Só isso. Na pior das hipóteses, seria condenado por homicídio doloso e cumpriria sua pena em liberdade condicional. Falei tudo isso porque era verdade. Mas, enquanto falava, tirei minha arma do coldre, encostei na testa dele e puxei o gatilho.

Sinto uma dor no peito como se estivesse lá, Leo. Como se estivesse ao lado do Augie quando ele te mata a sangue-frio.

– Reeves retornou dali a pouco, dizendo que eu voltasse pra casa, que ele cuidaria de tudo. Mas não fui embora. Fiquei com eles. Encontrei as roupas da minha filha, vesti o cadáver dela. Não queria que ela fosse encontrada nua. Colocamos os corpos na carroceria da caminhonete e fomos pra ferrovia do outro lado da cidade. Fui eu quem deitou o corpo da Diana naqueles trilhos. Vi quando a locomotiva passou por cima da minha filhinha tão linda... Nem sequer pisquei. Precisava ver todo o horror. Quanto mais horrível, melhor. Só então voltei pra casa. E fiquei lá, esperando o telefone tocar. Foi isso.

Minha vontade é despejar uma montanha de palavrões sobre o homem, cobri-lo de porrada. Mas... do que isso adiantaria? De nada.

– Você é um ótimo interrogador – digo –, mas Leo não contou toda a verdade, contou?

– Não – respondeu Augie. – Protegeu os amigos.

– Pois é. Liguei pra delegacia de Westbridge. Falei com Jill Stevens, sua trainee. Fiquei encucado desde aquele dia em que ela disse que deixara o dossiê sobre o Hank em cima da sua mesa e você não deu sequência. Mas você *deu* sequência, certo?

– Encontrei Hank lá na quadra de basquete. Ele estava muito abalado com aquele negócio todo do vídeo. Sempre tive certo carinho por ele, então falei que ele podia pernoitar lá em casa. Vimos um jogo dos Nicks na TV, depois arrumei uma cama pra ele no quarto de hóspedes. Quando viu uma foto da Diana em cima da escrivaninha, ele entrou em parafuso. Desandou a chorar, implorando meu perdão, dizendo que a culpa de tudo era dele. Primeiro eu não entendi nada, fiquei achando que o cara estava tendo um surto psicótico ou algo assim, mas lá pelas tantas ele comentou: "Eu não devia ter arrumado aquele LSD."

– Aí você sacou.

– Ele meio que tentou se corrigir. Viu que tinha falado mais do que devia. Então percebi que precisava pressioná-lo também. E ele acabou se entregando. Contou tudo sobre aquela noite. Sobre a participação dele, do Rex e da Beth. Você não é pai, Nap, então não vai entender. Eles todos mataram a Diana. Eles todos assassinaram a minha filhinha. Minha menina. Minha vida. Os três tiveram a oportunidade de viver por mais quinze anos. De respirar, de rir, de chegar à vida adulta. Enquanto minha filha apodrecia debaixo da terra. Será tão difícil assim entender os meus motivos?

Prefiro não responder.

– Você matou Hank primeiro.

– Sim. Escondi o corpo num lugar onde ele nunca seria encontrado. Mas depois fomos lá, eu e você, na casa do pai dele. Achei que Tom merecia saber o que tinha acontecido com o filho. Fiz o possível pra associar a morte dele com o tal vídeo.

– E antes disso você foi até a Pensilvânia.

Augie nunca deu ponto sem nó. Sempre analisou o terreno antes de pisar nele. Certamente vasculhou a vida do Rex, descobriu a jogada do cara e usou a seu favor. Lembro-me da descrição que Hal, o barman, deu do assassino: barba desgrenhada, cabelo comprido, narigão. Maura, que só tinha visto Augie uma única vez (na última festa de aniversário da Diana), fez a mesma descrição.

– Você usou um disfarce, chegou até a mudar o jeito de caminhar. Mas, quando as imagens da loja da locadora de carro foram analisadas, tudo bateu com você: altura, peso... inclusive a voz.

– O que tem a minha voz?

A porta da cozinha se abre. Maura e Ellie entram. Eu não queria que elas ficassem, mas ambas insistiram. Ellie já havia observado que, se elas fossem homens em vez de mulheres, eu não pediria que elas fossem embora. E ela tem razão. Portanto, cá estão as duas.

– É a mesma voz – confirma Maura.

– Maura disse que o cara que matou Rex era um profissional – digo, porque não vejo a hora de tudo isso acabar. – Mas esse profissional deixou que ela fugisse. Essa foi a minha primeira pista. Você sabia que a Maura não tinha nada a ver com o que havia acontecido com a Diana. Por isso você poupou a vida dela.

Na realidade não tenho muito mais o que dizer. Até poderia revelar as outras pistas que me levaram até ele, como o fato de que ele sabia que Rex tinha levado dois tiros na nuca, embora eu não tivesse contado nada. Ou de que Andy Reeves, ao me prender naquela mesa de tortura, não dissera nada sobre o Leo, mesmo depois de ter admitido que havia matado Diana. Mas nada disso é importante.

– E agora, Nap? – pergunta Augie.

– Imagino que você esteja armado.

– Foi você mesmo que me passou este endereço. Sabe o que vim fazer aqui.

– Sei.

Matar a Beth, a última participante da brincadeira que havia resultado na morte da filha dele.

– O que eu sentia por você, Nap... ou melhor, o que ainda sinto... é verdadeiro. A dor realmente nos deixou mais próximos. Eu, você, seu pai... Sei que isso não faz muito sentido. Pode até parecer meio doentio...

– Não, eu entendo.

– Gosto muito de você, Nap.

Novamente sinto um aperto no coração.

– Também gosto de você.

Augie leva a mão ao bolso.

– Não faça isso – digo.

– Eu jamais atiraria em você.

– Eu sei. Mesmo assim.

– Me deixe acabar com isso, Nap.

– Não, Augie.

Atravesso a cozinha, tiro a arma do bolso dele e a arremesso para o lado. Parte de mim quer deixar que ele leve o suicídio a cabo, que dê um fim definitivo à coisa toda, que descanse em paz. Decerto haverá alguém para dizer que finalmente aprendi a lição: se às vezes dou uma de justiceiro, se acho que o sistema judiciário nem sempre cumpre o que promete, foi com Augie que aprendi tudo isso; mas se o sistema é falho, isso não significa que devemos sair por aí fazendo justiça com as próprias mãos, e se o que Augie fez com Leo está errado, o que fiz com Trey também está. Alguém há de pensar que impedi o homem de se matar porque agora prefiro deixar as coisas nas mãos da justiça oficial, deixar que a lei, e não a minha revolta pessoal, decida o que deve ser feito.

Mas também é possível que outra ideia tenha passado pela minha cabeça ao algemá-lo: o suicídio seria uma saída fácil demais; castigo muito pior seria permitir que ele, um policial de carreira, passasse o resto dos seus dias numa cela de prisão, apodrecendo aos poucos na companhia dos próprios fantasmas.

Onde estaria a verdade dos meus sentimentos? E que diferença isso pode fazer?

Estou completamente arrasado. Por um instante, penso na arma que trago comigo e em como seria fácil usá-la para ir ao seu encontro, Leo. Mas a ideia desaparece depressa.

Ellie já chamou a polícia. Antes de ser levado, Augie se vira e olha para mim. Talvez queira dizer alguma coisa, mas não quero ouvir. Perdi meu amigo. Não há nada que ele possa dizer para mudar isso. Dou as costas para ele e saio pela porta dos fundos.

Maura está no quintal, olhando para a vastidão dos campos vizinhos. Assim que percebe minha presença, diz:

– Tem mais uma coisa que preciso te contar.

– Não é importante.

– Naquele dia, mais cedo, encontrei Diana e Ellie na biblioteca da escola.

Já sei disso, claro. Ellie havia contado.

– Diana falou que ia terminar com o Leo depois da festa. Eu não devia ter dito nada. Que importância isso podia ter? Devia ter ficado na minha.

Essa parte eu já havia deduzido.

– Você contou pro Leo.

Foi assim que você ficou sabendo, não foi, Leo?

– Ele ficou puto. Falou que queria se vingar. Mas eu disse que não concordava com aquilo, que queria ficar de fora.

– Por isso você foi parar naquele bosque sozinha.

– Se eu não tivesse contado nada pro seu irmão... nada disso teria acontecido. A culpa é toda minha.

– Não, não é – retruco, e não estou falando da boca para fora.

Puxo Maura para um beijo.

Quanto a essa história de culpa, poderíamos passar o resto da vida tentando chegar a uma resposta final. É ou não é, Leo? A culpa é da Maura porque ela contou a você que a Diana pretendia terminar o namoro; a culpa é minha porque não lhe estendi a mão quando devia. A culpa é do Augie, do Hank, do Rex, da Beth. Caramba, a culpa é do presidente dos Estados Unidos, por ter aprovado o *black site* em Westbridge.

Mas quer saber de uma coisa, Leo? Não me importo mais. Na realidade, nem quero mais falar com você. Você está morto. Sempre te amei, sempre vou sentir sua falta, mas faz quinze anos que você morreu. Tempo suficiente de luto, não acha? Então agora vou deixá-lo em paz e focar em algo bem mais substancial. Agora sei a verdade. E, diante dessa mulher linda e forte que tenho nos braços, é bem possível que essa verdade finalmente tenha me libertado.

agradecimentos

Se você leu a nota do autor no início do livro, sabe que voltei aos dias da minha infância. As lembranças registradas na página "Livingston – 60s and 70s", do Facebook, foram de valor incalculável, mas devo agradecimentos especiais a Don Bender, um homem paciente e especialista em tudo que diz respeito às velhas bases militares do estado de Nova Jersey. Agradeço também a Anne-Sophie Brieux, Dra. Anne Armstrong-Coben, Roger Hanos, Linda Fairstein, Christine Ball, Jamie Knapp, Carrie Swetonic, Diane Descepolo, Lisa Erbach Vance, John Parsley e mais alguns que estou esquecendo, mas que, por serem pessoas maravilhosas e generosas, vão me perdoar.

Também gostaria de agradecer a Franco Cadeddu, Simon Fraser, Ann Hannon, Jeff Kaufman, Beth Lashley, Cory Mistysyn, Andy Reeves, Yvonne Shifrin, Marsha Stein e Tom Stroud. Essas pessoas (ou seus responsáveis) fizeram generosas doações às instituições de caridade escolhidas por mim em troca de ter seus nomes incluídos neste livro. Se você também quiser participar em livros futuros, entre no site HarlanCoben.com para obter mais detalhes.

CONHEÇA OUTROS LIVROS DO AUTOR

Volta para casa

Dez anos atrás, dois meninos de 6 anos foram sequestrados enquanto brincavam na casa de um deles, uma mansão em um bairro elegante de Nova Jersey. Mas, após o pedido de resgate, as famílias nunca mais tiveram notícias dos sequestradores nem de seus filhos.

Agora, Myron Bolitar e seu amigo Win acreditam ter localizado um deles, o adolescente Patrick, e farão de tudo para resgatá-lo e obter as respostas pelas quais todos anseiam:

O que aconteceu no dia em que foram raptados?

Onde ele esteve durante todo esse tempo?

E, o mais importante, onde está Rhys, seu amigo ainda desaparecido?

Harlan Coben brinda os leitores com *Volta para casa*, um suspense explosivo, como só o seu talento pode criar. Um thriller profundamente comovente sobre amizade, família e o verdadeiro significado de lar.

A grande ilusão

Maya Stern é uma ex-piloto de operações especiais que voltou recentemente da guerra. Um dia, ela vê uma imagem impensável capturada pela câmera escondida em sua casa: a filha de 2 anos brincando com Joe, seu falecido marido, brutalmente assassinado duas semanas antes.

Tentando manter a sanidade, Maya começa a investigar, mas todas as descobertas só levantam mais dúvidas.

Conforme os dias passam, ela percebe que não sabe mais em quem confiar, até que se vê diante da mais importante pergunta: é possível acreditar em tudo o que vemos com os próprios olhos, mesmo quando é algo que desejamos desesperadamente?

Para encontrar a resposta, Maya precisará lidar com os segredos profundos e as mentiras de seu passado antes de encarar a inacreditável verdade sobre seu marido – e sobre si mesma.

CONHEÇA OS LIVROS DE HARLAN COBEN

Até o fim
A grande ilusão
Não fale com estranhos
Que falta você me faz
O inocente
Fique comigo
Desaparecido para sempre
Cilada
Confie em mim
Seis anos depois
Não conte a ninguém
Apenas um olhar
Custe o que custar
O menino do bosque
Win
Silêncio na floresta

COLEÇÃO MYRON BOLITAR
Quebra de confiança
Jogada mortal
Sem deixar rastros
O preço da vitória
Um passo em falso
Detalhe final
O medo mais profundo
A promessa
Quando ela se foi
Alta tensão
Volta para casa

editoraarqueiro.com.br